住在峒蛮的家，
有鱼有虾；
献给田野的牙，
最怕牙刷。
乩童穿着肚兜，
一屁股坐上刀架；
道士像个孙猴，
头顶一串麻花。
左手照妖镜，
右手桃木剑，
踱起天罡步，
祭起蛇头鞭，

要让野鬼人间蒸发。
神轿抬过家户，
燃起几丛烟花；
孩童点着炮仗，
吓跑一群鸡鸭。
下风口，
烟最大，
有一个傻瓜，
熏得眼泪直下，
名叫人类学家！

张经纬 著

FIELD

田野

一个人类学者的成长纪实

天津出版传媒集团
百花文艺出版社

目 录

拉萨蜻蜓点水录

那个打败我的滨海渔村

瑶山访女人类学家记

谷歌地图旅行者的绍兴—江山断裂带之旅

西苏角河惊魂

我在松花江下游买鱼皮衣

明先生的晚餐

千万不要招一个像我一样的学生

南海纪行

回忆松坪沟

序

人类学是什么？

在 BBS 鼎盛的年代，许多人都问过我这个问题，因为我一度担任国内几乎所有人类学论坛的超级版主。时至今日，我仍旧时不时需要为同学们解答这个问题。

其实，和这个问题相伴的，还有另一个问题：人类学有什么用？

许多年过去了，我一直靠着打马虎眼，应付着同学们对第二个问题的疑问。除了冠冕堂皇的答案“这是一门贵族学科，这是让你更好认识人类自身的学科……”我也没有更好的解答，一个原因，或许是我自己也在寻找着这个问题的答案。

直到有一天，我看到一个关于“是否要攻读、钻研人类学”的帖子，内容无非是人类学“投入太大，产出太小”“缺乏社会贡献”这样的老生常谈。就像任何一个热爱母校的学生一样，我们可以容许自己吐槽自己的母校，却容不得他人“非议”母校的种种。

于是，我便半开玩笑地回复道：“人类学其实是一项被动技能，能让你所有普通攻击翻十倍暴击伤害；然而，要打出高伤，前提是你的普攻得高，或者你得有普攻啊。”

“骗”了几十个转发和点赞之后，我开始反思自己的这句调侃。岁月如梭，我自己又何尝不是在这条提升“普攻”的道路上苦苦磨砺。我在中学时代最早接触的是社会学，后来是心理学和考古学，当我把所有这些曾经的爱好糅在一起，就成了我从大一下学期至今不曾舍弃的人类学。

然而，我在这条道路上同样走了一条曲折的道路。像所有的初学者一样，我在一开始，也渴望田野调查，渴望走出去，看一看“异文化”中生活的模样。大学时代，作为一个东部沿海居民，我对西北民族同胞的生活充满好奇。在我早期的调查实践中，我充满热情地跟随老师们进行民族文化的调查，前往保安族、东乡族、裕固族自治地区，并尽可能将与我自身经验有所差别的所见、所知记录下来，以为这就是人类学对文化的记录。

这样的尝试在我打算独立走上田野考察道路时，就碰到了巨大的障壁，一种无形的阻力把我挡在文化之外。在藏区、闽东的屡次碰壁，让我几乎放弃了浸入式的田野体验，让我开始反思自己究竟遇到了什么困难。

从最初在广西瑶山的误打误撞，到后来毅然决然放弃学院式的人类学训练，“任性”地按照自己设想的路线考察、试探、前进，我渐渐发现了那条等待我的“终极之路”。

其实，我发现，自己的研究和传统人类学最大的差异，出现在对待“异文化”的基本看法上。传统人类学更愿意强调文化之间“异”的一面（我想这大概源自人类学诞生之际，人类族群尚且天各一方的生存状态）。相比之下，我更愿意看到文化之间“同”的一面。在我头脑中，仿佛有一台天然的文化翻译机，把彝族的语言艺术、赫哲族的生计之道，甚至后藏的绘画传统，翻译成我自己生活经验中的对应项。

我想看到文化之间的相似联系：我和闽东山区的居民并无不同，我与东北制作鱼皮衣的大爷之间没有本质上的文化差异，甚至和跨越整个太平洋的新西兰岛民之间也不存在天然的鸿沟。那些传统人类学研究的表面上的文化差异，其实只是人们因不同自然环境所形成的不同应对方式。而我，注定要找到文化之间可以“通约”的法则。

回眸过去，那些一度被我视为畏途或者歧路的修炼，竟在冥冥之中提升着我的“技能点”。我曾在田头祠堂拍摄过族谱，在宿舍对着屏幕一字一字精读完那些几十个G的数码文献。我曾在博物馆的办公室里翻译了好几本民族志入门教材，这些现成的数据，帮我打造了头脑中文化转译的智能助手。为了资助我的另类田野考察，我还接下了大量媒体稿约，用人类学书评和媒体评论的稿酬支付了自己的旅行费用（这件事的“副作用”之一，是让我后来成了一个专栏作家）。

让我惊讶的是，当我掌握了文献精读的技能，收集了无数的民族志数据，在田野中积累文化经验，并写了许多媒体稿件后，我的“普攻”技能点差不多也接近满级了。

我曾走过许多弯路，也放弃了许多别人眼中的正经之途。所幸，我在这片荆棘丛生的荒野中练成了我的独门秘技。当然，我是不是真的就发挥出了人类学的十倍威力，有待各位对我已刊作品《四夷居中国》的评判。不过，对于开头的那个问题，我已经有了明确的答案：人类学是一个化约人类所有文化现象，为人类所有文化差异寻求通解的学科。

人类学是我的梦，文字是梦里载我奔驰的飞马。如果你想成为这样一个致力于文化解读的人类学研究者，为人类文化差异的弥合，架设一座沟通的桥梁，或许，你可以走入我的梦中，和我一同重温这样一个所谓的“人类学家”的旅程。

今日看来，我经历的所有摸索和困顿，可以说，都是为这个目标所做的不懈尝试。因为，无论是成功还是失败的田野经验，都将指引我们找到正确的道路。

最后要记一笔的是，本书中大部分篇幅都来自我多年的笔记实录，少数是后来回忆补录，语言风格稍有时序差异。除少数有特别说明外，相信各位读者自能分辨。

2018年8月24日

甘南寻碑记

我想征服世界
传遍所有的荒野
我想西装革履
富有而风趣
我想一往无前
姑娘为我流连

可我失去宠爱
包围漫天雨雪
天生脚步趔趄
像朝圣者困在羁旅
衣衫褴褛

等待山中精灵
为我打开秘境
直到醒来
回到那一片花海

回到未来

下午五点半刚过，天已经完全黑了下来，我和同事坐在一辆比亚迪的后座，行驶在洮河边的土路上，任凭飞起的碎石溅起，击中车子的底盘。边上的洮河平缓而饱满，开始蓄水的水库，让水位迅速升高，已经完全不见了几年前高低缓急多变的河水与河中不时可见的卵石。

副驾驶坐着的是临潭县的工艺美术大师，他以制作洮砚著称。洮砚是取洮河边上开采的特有的绿色页岩制作而成的砚台。这种砚台最早出现在唐代，宋朝时洮砚被选为贡品，从而变得有名，位列四大名砚之一，并得到苏东坡等一干名家的推崇。这种制砚的石材今天还在开采，我的同事是研究“文房四宝”的专家，这次是来看洮河石的矿坑。

大师是同事的网友，非常热情，亲自开车带我们去看老坑。老坑，据说是从宋代一直开采至今的矿坑。车子一直沿着洮河开出很远，进了卓尼县境内一处临水的山崖边停下，这里就是传说中的老坑——水泉湾。说是之前都还能到水边的矿坑开采，水位上来以后，坑洞就给淹没了，只能见到一条通向河边的小路，遇到枯水季，水位下降，可能还能看到洞口。现在的石料，都在山另一边高处的喇嘛崖。

山上的石头和水边的矿脉是一样的，石头也是一样的，只是没在水边，有人认为用水边的洮河石做的砚台更好。我不以为然。反正，我们最后也没去喇嘛崖，我在通往水下洞口的小路上捡了几块废弃的石料。这和一般做洮砚的石头是一样的，拿回来可做标本，然后就上车回来了。

回来的时候，天刚开始还是亮的，但路途漫长，走着走着天就黑了，最后走到全黑，车开着车头灯，一路都没遇到往来的其他车辆。回来时开车的是大师的朋友，我和两位同事挤在后座上，他们分坐两边，我挤在中间。车子颠簸，再加上弯道，左右摇摆不断，我尽量稳定自己，不要撞到他们。

这是我上班后第一次出差，那时我入职三个月，刚过试用期。我结束了学院生涯，找了一份非常符合人类学的工作——在一家博物馆里研究少数民族工艺。为了给即将开幕的民族工艺馆征集展品，我联系了临夏回族自治州的一位保安腰刀[①]收藏者。他打算把他收藏的一批刀具出售给

① 这是一种保安族制作的传统刀具，品质享誉西北地区。

我们。我和新同事们就是为这个来到甘肃。

昨天晚上，我们已经看过了刀具，从二十几把中挑选了七把制作精美的钢刀。今天就沿着洮河执行第二个任务。洮河从青海流入甘肃，依次流过甘南、临夏，最后在刘家峡汇入黄河。研究文房四宝的同事早有考察洮砚矿坑的打算，只是没有机会，这次借着来临夏征集文物，正好同行。当然，他们也是怕我眼力不行，一起来给我把关。今天大早，我们就从临夏出发，沿着洮河溯源，探访洮砚的原石。

他们都是首次来到甘肃，清早出城时，就为班车晚点还一直在城里绕行揽客逾一个多小时，发了一通牢骚。现在，他们和我一起挤在黑漆漆的车里，一边是宽阔的洮河，一边是山崖，断断续续的是石头击中底盘的声音和出人意料的大拐弯，安全行驶全凭司机的驾车技术。他们紧紧抓住车窗上面的把手，安静但无法掩饰焦虑，不知有没有后悔这趟洮河之旅。

不过，和他们相比，我却拼命掩饰内心的兴奋。大师没送我洮砚，因为做工精细的砚台价值不菲，估计他也舍不得。但我兜里揣了好几块捡来的洮河页岩，不嫌重。摩挲着这几块普通得不能再普通的石头，让我满足，也让我感慨。因为，这一次，我终于能名正言顺地从洮河边把它们“带走”了。

一个不靠谱的想法

其实，同事们不知道，几年前我就来过洮河边，从临潭到卓尼，这一路都来过，我之前没告诉他们。我甚至连大师家门口的那条主街都走过，谁让临潭县城就这么大呢。

那是我在兰州大学读书的最后一年，偶然的机会，认识了哲学系的两个老师，李老师和邢老师。李老师教科技哲学，邢老师教社会学调查。我和他们私下里关系都不错。

那个时候，邢老师刚从甘南做社会调查回来，发现那里有传教士的墓碑。

甘南位于甘肃最南部，和青海、四川北面都接壤。费孝通当年提出过一个构想，叫“两南兴藏”，一个说的是陇南，另一个就是甘南。意思是，这两个地区，都靠近藏区，有助推动藏区发展。但换个想法，说明这两个地区也挺偏远的。

我之所以觉得遥远，大概因为我是从甘肃的角度来理解甘南，觉得当年的传教士，要从北面打华北，经过陕西、甘肃陇东，再由省会兰州进入甘南，这一路颠簸劳顿，道阻且长。其实，这个地区紧靠川北，再往南一点就是四川的九寨沟了。从成都沿着汶川、茂县，向北过来并没有想象的那么困难。民国时候，成都就已经是基督教在西南活动的中心，传教士从四川北上甘肃，也是可以想象的。

但最重要的不在他们是哪里来的，而是这些传教士在那里待了好多年。最后还葬在了村里，有墓碑为证。据邢老师说，这些墓碑都在村里，村民只是放在路边，有的还用来铺路。她看的时候，倒是翻过来看到实物，但没机会拍摄照片，也没其他凭证。

说者无心，听者有意。基督教在当地的传播或许是人类学、社会学研究的好题目，但李老师没往这里想。他当时有一个基督教的研究项目，但唯独缺乏具体内容，也就是这当口，听到邢老师说的这个事情，李老师马上就有了一个想法。

如果能把这些墓碑弄回城里，就有了研究的第一手资料，申请课题，成立研究中心，也就有了依据。

想法虽好，关键需要有人执行。也就是得有人去把墓碑弄回来。李老师就找到了我和伟哥，我们和他的关系亦师亦友，都是不拘小节的人。我又常常打着人类学的旗号，以此来掩饰自己不安于读书、想到处闲逛、追求刺激的真实想法。最重要的是，我们不是哲学系的学生，没了这层关系，别的都好说。他从课题里拨了经费，我们说走就走。

李老师也看得挺开，他对此事很是乐观，觉得我们出马，当地村民就能马上把墓碑相赠。对于他的乐观想法，我不知道是不是我平日给他吹嘘“人类学家最擅长翻山越岭、结交各色人等”起了作用。但他也说了，能弄成就是一件事情，弄不成也没什么，就当是资助我们去考察。倒是邢老师知道了，挺为我们担心。他没说不鼓励我们接这个活计，只是送了我们一只黄军包，这是西北地方乡民出远门常见的款式，叫我们看着没那么显眼。

我要去甘南

我们出发这天是五月一日，我记得特别清楚。对于大学生来说，哪天不是放假？其他就没考虑那么多了。在兰州的小西湖车站上了去往合作市的班车。从那以后我知道，去兰州南边临夏回族自治州、甘南藏族自治州的班车，都在那儿坐。到这边坐长途车的乘客，从外形上就能看出谁是返乡的当地人，谁是外来客。我们两个学生挤在当中，觉得自己也是蛮拼的。

合作市是甘南州的首府，我们去的村子在临潭县，没有车直接到，必须到合作再换别的车子下去。以前我没有这个经验，以为可以直接下到县里，从此以后，我坐下县的班车，就知道得先坐到当地的地级市。这个经验，究竟是邢老师告诉我的，还是我在车站自己琢磨出来的，已经记不清了。

和我一起去的是伟哥，我认识李老师，也是通过他。伟哥是北京人，为人更不着调，和我的共同点是胆子大。我之前刚有一些做人类学调查的经验，但也就一点点而已。虽然书上的人类学家经常打着研究文化的旗号，去天南海北弄点纪念品回来，充实自己的博物馆，可现在真的轮到我自己，还真是有点超现实主义。

甘南我没有去过，我最远只到过兰州南面的临夏，甘南在临夏还要往南的地方。甘南有一座有名的寺院，夏河县的拉卜楞寺，我有很多对藏文化感兴趣的同学都自己去过，还有三个同学骑自行车去过。但我对这个地方一点都不了解，尤其是我这次要去的这个村子，我还是头一次听说。

但这并不妨碍我们冒冒失失地出发了。说是冒失，我也留了一个心眼。我不知道这事办得成办不成，但总觉得有点异想天开——两个大学生去村里拉一车墓碑回来，这事实在不靠谱。所以我想了一个法子，就算没有搞回墓碑，可也得留个凭证。什么凭证呢？我要把墓文给拓回来。

我和李老师说，我会拓片。其实我不会，历史系没教过，也没有祖传的手艺。但我会刻图章，觉得这个和拓片有点像，加上以前看过一个讲拓碑的纪录片，至少知道要准备点啥。所以我就对外宣称，我会拓碑了。

我对伟哥说，我要棉花和纱布，做一个拓包。还要一点墨水和生宣，就是遇水不会马上洇开来的一种宣纸。临出发的时候，伟哥还真的准备好了。伟哥一直说要练毛笔字，但从没见他动手写过一个字，所以，墨水和宣纸是现成的。棉花和纱布，我们拆了一条旧被子，棉花拣被芯里还没完全压实的。没有纱布，反正被子也给拆了，被套早就被睡得透光了，扯下一大幅塞在黄军包里，打算用来裹棉花。

所以，我们的背包里除了一点现金、干粮和水，就是一瓶“一得阁”的墨汁、一卷宣纸、半张被面、一包棉花。其他都没了，连换洗的衣服也没带。

就这样出发了。

甘南的雪

班车一路往南开去，路过永靖县，那里是刘家峡水库的所在。我几年前骑自行车来过，还在峡谷修路的指挥部过了一夜。接着是临夏州的首府临夏市，到处是有着砖雕的拱北——这是圣人的墓地。再往下的路我就没来过了。

进夏河县的时候，路边出现了四座白塔，路两边各有两座。不用看公路上的“夏河欢迎你”，我就知道我已经出了临夏回族自治州，进入了甘南藏族自治州。以后我每次走过这条路，这四座白塔都是我不会忘记的路标。

班车在省道上开着，忽上忽下。临夏的山路两旁少有草木覆盖，大部分是裸露的黄土。但进了甘南，公路两旁的地面，都有一层均匀的草皮，除非某个地方修过路，打破了这种均衡，才能看到一点裸露土地，而且也不是黄色的，而是泛着褐色。路边还能见到一些长着水草、芦苇的水塘，隐约能见到里面有野鸭。

一路往前，原本五月高照的艳阳，变成了多云，然后是阴天，最后开始飘起了密密的细雨。我们边上的乘客，不知道从哪个口袋里掏出了秘藏的羽绒服，套在袍子的外面，把自己裹了起来。我们两个只能把手缩进平地上五月气候穿着的外衣内层，任凭脚丫子在潮冷的单鞋里挨冻。就这样，我们两个不知天高地厚的小子，在五个多小时的苦难后，到了甘南的首府合作市。

我们确实是不知天高地厚，后来我查了一下，兰州的海拔是1600米左右，合作的海拔将近3000米。按照中学地理知识，海拔每上升100米，气温下降0.6度，现在的气温距离我们出发时，已经下降了近10度。还没到达合作的时候，天空中的细雨，已经变成了鹅毛大雪。我们两个背着黄军包，穿着单衣，在五月一日，走在雪花霏霏的合作市大街上。从我们下车的汽车总站到下县城的车站，差不多要横穿整个城区。

我们没有打车，就这么走着，没带伞，没有雨衣，单鞋在雪地上早已洇水了，走走还能暖和点。好在，路上的行人也有穿单衣冒着雪的，唯一区分彼此的，大概是他们神情自然，而我们表情狰狞，就像藏戏面具里的怙主。

我们到临潭的时候，已经是下午，老天突然对我们特赦，在进城的瞬间，云收雨住，出了太阳。我们在车上啃了一个在合作车站买的白皮馍馍，加上阳光晒了一下人也终于暖和起来了。县城不大，我们的目的地就是县上的教会。邢老师给我们说过，下到村子前，最好先和教会联系一下。

到了教会，先确认了一件事，这里的是基督教会，不是天主教。这是一个寻常的教堂，混搭着民族风格和几十年前的革命时尚，要不是写着教会管理会几个字和十字架，或许就淹没在民房之中了。大门开着，门内的板报上写着一些常识介绍。现在不是做礼拜的时候，里面空荡荡的。看门的大爷，看见我们也没管，就让我们进来了。我随便逛了一圈，产生了一种不靠谱的感觉，感觉自己在做一件没有方向的事儿。别说书本上的人类学，就是现实中任何一所大学里开设的学科，也没教我该如何开始。“要是我只是这样当一个普通的游客，就好了。”我心想。

还是看门大爷给了我一个打破僵局的机会，他问：“你找谁？”

我说，我是省会下来搞调研的大学生，想打听一下这边一个有传教士墓碑的村子。

大爷挺爽快：“沿着洮河往北二十里地，就是了。”

我和伟哥对望了一下，就这么简单？

大爷又补充了一句，早上班车，下午就没了。

接着他又靠在门板上，眯着眼打盹了。

就这么简单。

我扯了一个谎

我们出发往村子里去的时候，已经是第二天临近中午了。昨晚上我们在临潭的旅馆住了一宿，一边暖脚一边想到了一个严肃的问题：我们没有任何官方证明，既没有任何形式的工作证，也没有介绍信，只有两张学生模样的脸，学生证都不好意思拿出来。我们该怎么下村子呢？

伟哥提议，我们说自己受到教会委派，来调研传教士的历史。我否决了，还不如老实说是代表李老师那个还未成立的“宗教研究中心”，至少这不是胡说的。

睡到自然醒，昨天从兰州出发起得太早了，现在总算能补一觉。我们先在县上的百货商店买了点礼品，茶叶、桂圆和冰糖，在这边作为礼品比较合适。给人送礼这件事情，大概每个人都有无师自通的这么一个瞬间。我们后来见到店里还有卖白纱布的，也扯了两尺，如果不需要就不用把破床单亮出来了。我们包了一辆拉货的面包车。司机问我们去哪儿，我们说了村名，他说太远不去。我们问包车一天怎么算，他说了一个价，我们没还价，然后就上路了。这是我长这么大头一次包车。

沿着河边，一路开着，司机说，村子在洮河边上，我们边上的这条，就是洮河。这是我第一次见到洮河。可能昨天下过雨雪，河水有些湍急且混浊。司机说，河水一般不是这样，这在黄河上游的支流里，还算是挺清的。路过一家沿河的人家，院子里晾着渔网。

一个半小时，还是两小时，司机把车停在路边，到了。靠河边的路，窄窄的，得把车停到一个小斜坡上，才不至于挡住来路和路边来回走动的散养猪。甘南的猪是黑色的，到处可见，我们一路上遇到好几次，一头大猪领着一群小猪在过马路。我曾经最多是给羊群，其次是牛群，还有两次是给鹿群、骆驼群让过道，这是我头一次给猪群让道。甘南的猪，都从背上长着长及地面的毛发，我怀疑它们都走上了和牦牛相似的进化道路，如果我是生物系学生，或许会写一篇关于“进化趋同”的文章。

背着包，绕开猪，我们就往村子里走。村口一个刚从田里回来的中年汉子拦住我们，问找谁。

我说，找村里的长老，是临潭的教会让我们来找的。这里我扯了第一个谎。我只是心虚，不知道该如何打开局面。

汉子打量了一下我们，将信将疑地和边上一户人家里闻声探头的矮个男人说，他们找四大爷，你带他们去。

跟在他后面，走过一个类似门洞的过道，地上淌着水，还好铺了几块平整的大石块，踩在上面，就过去了。进了一个院子收拾得很整洁，中间种了棵石榴树，边上有几盆花。窗户和门廊是木头雕的，样式看不出什么风格。矮炕上坐着一位瘦瘦的大爷，没留胡子，戴着一副甘青地区特有的宽大粗边的墨镜。

给大爷送上茶叶、桂圆和冰糖，感觉许多世纪以前，明代到这里来进行“茶马贸易”的商人，大致也是送上这些礼品。大爷没弄清我们的意图就让我们坐，我们就坐下来。大爷给我们倒了“三炮台”① 我们就喝起来了。大爷让我们吃桌上的花卷，我们就吃了起来。

吃了一会儿，喝完了一杯隐藏着羊奶味道的茶水，我想起要说说自己的来意。我说，我们是省会大学的宗教研究中心，想来看看埋葬在这里的传教士的墓碑。

大爷让我们继续吃花卷，开始给我们介绍村子信教的历史。不远万里而来的传教士和虔诚的村民是这个故事的主要人物。当年传教士如何医好了大爷六世祖的痼疾，这

---

① 这是一种西北特有的，在茶叶中加入桂圆、红枣、菊花、冰糖的饮料，甘甜而解渴。

是一个有点神奇的故事。六世祖生活在清末民初，据说得了食道癌，但用了传教士简单的手术和超神的药品后，居然痊愈了。传教士和祖辈交好，在村里待了几十年时间，最后又葬在村里。四大爷本人也是非常虔诚，经常去县城的教会云云。

但他没有提到墓碑。

“碑”就在脚下

我看到墓碑的时候，已经是一个小时以后了。或许因为我撒了第二个谎，也或许桌上的花卷盘子见底儿了。我说，我们回省会后，会尽力向研究中心申请经费，修缮村里的墓葬，但需要先看一下墓碑。撒完这个谎，我就后悔了。因为四大爷看了我们几秒钟，真的叫来一开始遇到的中年汉子，带我们去看墓碑。

汉子拿了一柄锄头，就带我们过去了。走过一段房子之间的夹弄，又经过一片抛荒的土地（看得出之前有开垦的痕迹），中年汉子说，之前这里是墓园，后来在特殊年代，辟成了农田。最后，他带我们走到开始进来的那条过道。

他叫我们靠边站，然后用锄头刨去水沟边的一点表土，把锄头插到铺路的大石块边上的缝隙，用力往后一拽，石块竟翻了起来。他腾出一只手，按住石块的边缘，让它竖了起来。石块向下的一面本来是干的，但掀起的过程渗进了一点沟水，把表面的浮土弄湿了——一下就看到石块背面有一些明显是人为刻画的线条。

汉子从沟里舀了点水，泼到有线条的一面，一些汉字和拉丁文字母就显露出来了，能看清几个字："主""爱""美国女传教士""林氏"，正上方还有一个十字架，然后是民国二十几年的日期。看样子，这是个美国传教士的墓碑。

汉子把石碑弄干净，好叫我们看清楚。当时数码相机还是稀罕物，我用相机拍了两张照片，两边的屋子挡住了光线，拍得不很清楚。我以为他要把石碑放到路边，保护起来。可他并没有这么做，待我们看完，他又把石碑放回了原处，还是背面向上，有字的一面向下。放好以后，人走在上面，在不晓得的人看来，依旧像一块铺路石。他又指指边上的几块，和刚才那块大小相近，意思是，那几块也是。我突然有种想法：这墓碑的所在就像密室一样，只有知道机关的人，才能触到密室里的秘密。

看到了石碑，感觉自己迈出了重要一步，这件大事几乎就完成一半了。我们又跟着汉子回到四大爷那儿，喝了一口茶，一扫早晨出门时的不知所措，拿出了异想天开的劲儿，提出想把墓碑运回省城的真实想法。我差不多是这么说的："这些墓碑在村里埋在土里，保存的条件比较差，还是比较适合拿到省城我们宗教研究中心妥善保护比较好。

我们面包车就停在外面，可以直接运回省城。您看，这事儿就这么吧。”

我没看到宽大的墨镜后面四大爷的表情，他对这两个一没有介绍信，二来路不明的小伙子，到底有什么想法我一点不知道。但是，如果当时有“脑残”这个词儿的话，他的头脑一定会被这两个字刷屏的。后来回想这事儿，有点像在马路边遇到一个完全不相识的人，让人把外套马上脱下给我保存这么一个超级不靠谱的想法。

然而，当时的我，确实提出了这样一个非常“虎”的要求，而且态度非常认真。四大爷和气且同样认真地回答我，这是件好事，保护起来也很重要。他们这个村子之所以把墓碑当作铺路石也是没办法的事情，放在最不起眼的地方，或许是最不容易被坏人注意的保存方式。而且，能不能给我们，这个事情他做不了主，现在负责这些事情的是教会里的二大爷。只要二大爷点头，并不是不可能。

好了，认识了四大爷后，神秘的二大爷又出现了。我一度觉得，如果能集齐一大爷到七大爷，一定会发生奇迹。

然而，四大爷说这话的时候，非常诚恳，让我们把希望都放到了二大爷身上。

“二大爷，在村子里吗？”我问。

“早年也是这村里的。现在搬走了。”

“他现在住哪儿呢？”

田野

“卓尼。”

“卓尼哪儿？”

“禅定寺边上。”

我在村边拓碑

司机姓杨，比我俩大不少岁数，跟我们折腾了一路，路上也没怎么说话。卓尼是临潭邻县，也在洮河边上，村子在县城北面，卓尼在东南方向。从村子去卓尼又得经过一次县城。过了卓尼再往前一点，就是东汉董卓的老家，今天的岷县。我跟杨师傅说了声，今天劳烦您了，师傅“嘿嘿”笑了一下。

开到村外远处一片空地上，他指指路边，我们看到草丛中有几块石碑竖着。地上虽然已经没了堆土，但从摆放的格局看，应该也是墓碑。我眼睛好，还瞥见碑额有十字架的装饰。

我和伟哥商量了一下，决定下去看看。

荒草丛里，隔着一条干涸的水沟（粗看半人深，沟里杂草蔓芜）有两块半人高的石碑没在草里。我跨过沟渠，看到沟里还有积雪，不知深浅，还好没掉进去。到了石碑跟前，把草扒拉掉一点，露出字样，是不太工整的汉字。石碑在露天久置，日晒风吹，表面就粘了一层浮土沙砾。

五月的天气，甘南还在下雪，树枝上根本没有新芽，地上的草也是枯枯的，眼见没有东西擦拭，直接就用手掌擦掉碑上的尘土，字就显露了出来，还能认出不少。上面写着："差会牧师霍氏之仆赵朱…… "后面还有日期，和之前村子埋在地上铺路的相差不大。另一块的字迹没有这么清晰，但也能辨认出十字图案和差会字样。

看来，这也是当年同期的墓葬，只是不是传教士本人，就一直放置路边，听任风雨了。伟哥摇了摇石碑，纹丝不动，我猜出他的意思，冲他摇了摇头。

未得村里四大爷同意，二大爷也没见到，石碑是不能损坏的。村里的石碑铺在地上，照相也不清楚，路边的石碑终于能让我试试拓碑的手艺。反正一路过来，冲到村里，也干了不少不着边际的事情，在这荒天荒地，留一张拓片，反而成了最中规中矩的一件。

摊开纸，用石块压住。想起要把纸贴在碑上，就把包里的矿泉水掏了出来，直接浇在碑上怕浪费也不均匀，就索性含了一口，喷在石头上。天干物燥，得亏刚下过一场大雪，石碑本身还有点潮润，用不了太多水。赶紧把宣纸贴在石碑正面。可是因为之前表面没有清理干净，还有许多沙粒，这一次居然就没贴住，来了一阵风，就把刚贴上的宣纸给掀开了。再用力贴，就贴不住了。这张宣纸浸了水，又在风中，就“哗啦”破了，算是出师不利。

我们把这纸揭下，当作抹布把石碑又好好擦了一遍。重新喷水、上纸，终于是粘住了一回。我赶紧掏出拓包，往上面倒墨水。电视里拓片师傅都是用砚台研墨，干湿可以控制，哪像我们直接往纱布上倒墨——纱布太干，棉花没有事先湿过——结果就是，墨水流了一地，手上、鞋上都粘了墨。终于让拓包吸饱了墨汁，正要往碑上敲打下去，发现刚在舍不得多喷水。宣纸又快被风吹干了。

和沙砾战斗，和风战斗，和墨汁战斗，等把拓包拍到石碑上的时候，发现纸太湿，而墨汁不够厚，好比墨汁滴到一张餐巾纸上，像一副泼墨画一样，宣纸上的墨一下子荡漾了开来。水有限，纸有限，墨汁也有限，容不得再浪费一张，就硬着头皮，一下一下，在整块碑上拍满了墨汁。浓的，淡的，还有指纹，都不管了，终于拍好了一大片。

一块弄完，又去弄另一块。第二块略微积累了一点经验，知道喷水、贴纸的时机，拓包也是用过的了。其实这是我第一次用拓包，之前把做好的拓包拿在手里还没有特别的感觉，现在知道，它就像一个巨大版的粉饼，拍一下，再拍一下，可以借助棉花和纱布的弹性，手里也有了劲道。伟哥看我拍得起劲，也拿过来拍了半块，经验自然也要重新摸索。所以两张拓片的水平也就差不多了，另一块拓得水准有差异的，就是他干的。

我们好歹也把两块石碑给拓完了。坐在路边的石头上，等着宣纸风干，好揭下来。这时，我们终于想起了那半幅破烂的被套，找出来擦了擦手，这是这幅被套全程唯一的用处。司机杨师傅全程坐在车里，在一旁看着我们胡闹。所幸，我们胡闹的工夫里，一直没有经过的路人。

大爷开会

车开出了挺远，沿着洮河，下午的阳光照在河面上，我们的包里，曾经有过一幅旧被套和一包棉花，它们现在都留在了洮河边上的一个垃圾桶里。包里曾短暂有过茶叶、桂圆干和冰糖，现在也都留在洮河边上的村子里。现在包里的东西，变成了两张污迹斑斑的墓碑拓片。

我和伟哥闲聊，要是出来玩一圈，不做这趟差事也挺好。

“你们要出来玩，最好到‘野林关’去看看，那里风景好，还拍过《西游记》。夏天可以吃烧烤，在草原上骑马。”一直沉默不语的杨师傅插了一句。

后来我才搞清楚，杨师傅说的“野林关”，其实是冶力关，是青藏茶马古道的一个重要关隘，在卓尼往北的地方。

我对杨师傅说：“我们还在做事呢，要是能把这件事情做成了，说不定还能包你的车去‘野林关’玩一玩，做不成就只有回去得了。你看我们能不能做成，这个二大爷会不会答应让我们把碑运走？”

杨师傅又“嘿嘿”了一下：“这个要问二大爷咯。不过这个村子里来的人多了，英国人、美国人、德国人都来过。比你们早的多了。”然后，他又保持沉默了。我们也沉默了。

我和伟哥对望了一下，我们还要不要去见二大爷呢？快到卓尼县的时候，我们达成共识，还是去一趟吧，给我们这趟寻碑之旅画一个句号。

在禅定寺边上，我们真的找到了二大爷家。二大爷也正好在家。如我们所料，比四大爷更年长也更和善的二大爷，又请我们吃了花卷和三炮台，尽管我们没有给二大爷带去礼品。他没有像四大爷那样给我们讲一遍村里传教士的历史，而是希望我们向省城的宗教研究中心提一下。

当我们再次提出那个荒诞的要求时，二大爷考虑良久。最后，他告诉我们，这需要临潭教会的三大爷、村里的四大爷，还有杨巴村的五大爷一起开会才能决定。他对我们一开始居然没有拜访教会的三大爷感到遗憾。

第二天一早，我们就离开了临潭。当然，我们也没去“野林关”，因为路上又开始下雪了。杨师傅预言我们最终无法凑齐二大爷到五大爷，对于这点，我无力反驳。

我们兜里只有两张拓片，拓自洮河边上一个村子外头的墓碑，两张民国教徒墓碑的照片。我们自我安慰，有了这两张纸和照片，也算能回去交差吧。我们再度经过海拔三千米的合作市，跋涉大半个城区，去搭乘返回省城的班车。除了来时的迷茫，还多了几分狼狈和惆怅。我不知道，这趟差旅对我人生的意义。我在有生之年，还会不会再次踏足这个地方。

中午，我们终于吃了几天来唯一一顿正经饭，炖蕨麻猪脚，就是那种我在路边见到的长毛猪，据说它们会在土层下面挖掘一种名为蕨麻的植物进食，对人来说，蕨麻则是一种救荒作物。

让我们有些意外的是，李老师对我们的无功而返倒并不特别在意，他收下我们的照片和拓片，顺便听了途次见闻，他似乎对我们在几位大爷之间的左右不逢源更有兴趣。

对我自己来说，这是一个好坏参半的结果。好的方面是，后来李老师又资助我们沿着塔里木盆地前往霍尔果斯口岸，前往陕西扶风，继续调查当地景教徒（早期基督教分支）留下的墓葬碑刻，一年以后，他那个宗教研究中心居然真的成立了。坏的方面是，我对人类学调查，尤其是直面他人的对话交流产生了困惑。通过长期驻村田野调查，和村民沟通收集资料这件事情，渐渐变成我心中的一片阴影。而对于这点，我当时还不知道。

需要两遍，才能发现

前方的来路终于有了点灯光，其实是洮河对岸的山路上，来了一辆小车。那辆小车在蜿蜒的路上，缓缓跋涉。在对面小车眼里，我们这辆也同样如此吧。我们的车灯忽闪，前方的土路，慢慢变成了柏油路，路边的河道最终消失在后方。

同行的旅客不知道，几年前的夜晚，我也行驶在这样一条路上，揣着我飘忽不定的人类学梦。

大师的朋友终究是位技术娴熟的老司机，带着我们回到了城里。晚上请我们吃饭，在临夏市找了一家餐馆。大师表示非常抱歉，只请我们吃这样一顿简餐。同事回礼，说大师开车带我们去看矿坑，又招待吃饭，已经是最大的慷慨。

主人一一介绍菜肴，席上少不了的是甘南的蕨麻猪，还有虫草炖盅，没有青海湟鱼，黄河鲤鱼是少不了的。看着那盘猪肘，不由让我想起许多年前，漫天飘雪的那次甘南之行。

“洮河这两年涨水，靠河边的矿坑、村子都被水淹没了，我们回来这条路，原先是山上的，没几年也给压得不成样子了。要是你们早几年来，还有很多风景不错的地方，可以带你们去。”不知怎的，大师说起了洮河蓄水的事情。

我从甘南回来以后，有同学到过那个村子，他告诉我，因为涨水，村子整体搬走了。在那之前，四大爷就已经去世了。至于村里的墓碑，他不知道去了哪里。

“你们这边有个叫冶力关的草原。夏天，开很多花，可以吃烧烤，在草原上骑马。还拍过《西游记》。”我插了一句。

“是啊，小兄弟你对这里很了解嘛。”

同事替我解释，我在省会读过大学。大师“啧啧”，若有所悟。

第二天，我们去了西宁，和另一个青海的卖家会面，他带给我们一批土族服饰、藏族面具。在西宁火车站广场，我对同事说起许多年前我曾来过这里，这是我当时去拉萨游荡的另个途中站点。同事对我肃然起敬。

在回去的飞机上，我兜里还揣着那几块从洮河边捡来的洮砚废料。黄土高原在我脚下远去，我又一次离开了洮河边上，这一次我既不狼狈也不惆怅。人生的经验，并不总是西装革履来到你的身边，大多数时候，它就是混乱不堪，又不忍直视的。

这一次，我选择接受，接受那个漫天飞雪中甘南寻碑的五月一日。至少许多年过去，我还走在这条人类学的路上，我离开了，我又回来，我再度离开，这一次，我不再担心无法回到这里。

今到民家调查，主人给我倒茶。
边上一个馍馍，被我掰到掉渣。
主人看不下去，炒了牦牛肉蒜薹。
佯装客气推辞，牛肉已经下肚。
只想吃上两筷，不料暴雨突降。
不忍离席浪费，最后全都吃光。
馍馍牛肉蒜薹，晚饭已经解决。
调查没有做完，主人已经哭瞎。

附 录

从甘南回来的飞机上，我们空手而归。因为刚征集来的刀具不能托运。当我们怀疑从此不能再见这些保安腰刀时，有一天突然来了一个快递，包裹得沉甸甸的，里面是十二把打磨锋利的腰刀。

保安刀的全称，叫作“保安腰刀”，它既不是“保安”专用，也不是“妖刀”，这是首次听闻这种刀具名称的人，难免存在的误会。保安刀在甘青地区负有盛名，之所以得名与生活在甘肃青海交界处的制作者有关。

突然之间，我有一些嫉妒卖刀大哥。因为许多年前，我也曾拥有一把保安刀，真的来自那个甘青之间的小镇。一次坐火车安检级别提升之后，那把牛角小刀就被安检系统扫描出来，然后，被抛弃在火车站的自弃箱里，从此也封沉了那段久远的记忆。

那把牛角小刀不是典型的保安腰刀，没有那种牛角上用牛骨和银饰镶嵌的花纹，但是我第一次进行人类学田野调查时的一个纪念品。2004年5月至8月，还在本科三年级的我参加了一项名为“甘肃少数民族地区教育与社会发展状况”的调查。我作为调查组成员，分三次前往保安族、东乡族和裕固族所在民族自治地区参与调查。本次考察的两位负责人分别是兰州大学西北少数民族研究中心的两位博士，杨博士与沈博士。

不幸的是，这段难得的经历并没有让我对传统的人类学田野有调查产生更深入的爱好，却为我在许多年后走上另一种人类学路径埋下了伏笔。后来，在回顾自己的人类学追求时发现，我对单纯的民族志调查的疏离似乎早有征兆，大概就可以追溯到这个时期。就像那把从最初开始伴我走过许多道路，但最终不知流落到哪个自弃箱中的牛角小刀一样。

拉萨蜻蜓点水录

我已从此走入丛林
请不要给此间的我写信
如果你发现我遗落的伽倻琴
请告诉溪边点水的蜻蜓
我会派浣熊和鼩鼱
送你湖间难觅的野菱

我已从此走入丛林
请不要给此间的我写信
如果你发现我遗落的曼陀林
请告诉我想象出来的虎蝇
我会派狐狸和黄猄
送你旷野蔓生的稻粳

我已从此走入丛林
请不要给此间的我写信
如果你发现我遗落的金刚铃
请告诉夜空中飞舞的流萤
我会派黑虎和山精

送你去人迹罕至的秘境

我们会在最初的地点相逢

仿佛从来没有离开

在密匝的人群中悄然穿行

坐在路灯上俯瞰人间的精灵

微笑并轻吟

大哥邀我去西藏

我去西藏非常偶然，因为认识了一个大哥。

我这个人只有一丁点儿文艺，很遗憾，我对西藏并不向往，也不期待。比起高原，连接中亚草原的新疆更吸引我一点。

所以，一直想不出去西藏的理由。

但我大三的时候在网上认识了一个人。有一个在西藏工作的陈大哥，因为对人类学的兴趣和我认识了。他和太太都是内地前往西藏支教的老师。有一年，他带着太太从西藏回内地，路过兰州和我见了一面，我们就有缘分了。从那时起，他就一直邀我到拉萨去看看，研究下藏文化。

可我不想去，一是没钱，二是还是没找到去西藏的理由。

我考上研究生以后，他又邀请我。这次换了一个理由。

他说他上回见我以后，就不在拉萨的学校教书了，被派到阿里地区待了两年。现在他支教期满，即将返回拉萨。阿里地区教委要表彰他的支教奉献，他却不要表彰，只提出一个要求，就是让地区上给他搞辆车，到阿里有名的古格王朝遗址、象雄文化遗址走一下。这些地方，一般人没有交通工具是很难前往的。

加上他给我描绘了雅鲁藏布江沿岸的奇景，什么走夜路的时候，大车开着远光灯，经常能撞见夜里好奇的棕熊、野山羊、野狼。不知是阿里，还是棕熊，或者两者兼而有之，我真的就动心了。因为要去上人类学的研究生了，到西藏去溜达一圈，尤其是如果有在阿里穿行的经历，那在以后的同学面前也有一点吹牛的资本。（官方的说法就是，说不定还能选个论文方向。）这就是我要去西藏的重要原因。

陈大哥给我指了三条入藏的路线：滇藏线风光好，川藏线次之，青藏线最一般。但是，夏天雨季到来时，走前两条路有可能会遇到滑坡、落石，所以还是走青藏线最安全。我后来想，滇藏线、川藏线常年跑着小汽车、大货车，也没听说有多危险，但那时的我年轻，他说青藏线好走，我就定下来了。

其实，青藏线也不好走。

当时，青藏铁路还没通车，火车只到青海西南的格尔木，到了格尔木，就只能换大巴，再走十七个小时到拉萨。

之前，我只到过西宁，那是兰州到格尔木之间的一小段距离，不记得是因为去东乡还是去积石山调查的时候，归途绕道西宁走了一圈。再往西南方向，就没去过了。

在我即将出发时，陈大哥催我，说他马上要返回拉萨了，我去晚了可能就赶不上他的阿里环游了。我没准备什么东西，就要这样出发了。兰州的同学给我送行，我们吃了一顿羊肉大餐，同学们有的叫我买红景天，有的叫我准备葡萄糖，还有的叫我备好氧气瓶，一副壮士一去不复返兮的架势。

等我真真要出发了，陈大哥说，阿里教委为他身体考虑，建议他还是不要展开环阿之旅，所以他提前回到拉萨，就在拉萨等我了。只是他觉得让我失望了，很不好意思。

然而，让我自己都有些吃惊的是，我并没有十分失望。我这才发现，我对阿里也没有特殊的期待。我竟不能如数家珍地说出那里任何一处值得一去的地方，这种状态也延续到了对拉萨的态度。

当然，我对去拉萨这件事情本身还是挺期待的，我要坐大巴去拉萨，再经将要开通的青藏线返回内地，而且拉萨还有一位朋友邀请我，这是值得期待的。后来回想起来，在去拉萨这件事上真正鼓舞我的，反而是坐大巴这件事情。

我要去格尔木坐大巴

坐大巴我是很喜欢的。上一次坐大巴是去伊犁。那次甘南寻碑回来，虽然没把碑带回，但得到李老师的信任，他后来又给了我和伟哥几千块钱和一台当时罕见的单反相机，让我们去了一趟伊犁。因为那里的霍城县出土过带着十字架的聂斯托里教徒的墓石，我们虽然不能把这些博物馆里的藏品搬走，但可以拍几张照片回来作为证据。那一次我们坐火车到了乌鲁木齐，然后换了大巴穿过果子沟来到伊犁。在通宵行驶的大巴上，度过一个傍晚和清晨，戈壁、沙漠、森林、湖泊间交替的感觉我至今记忆犹新。

在车位的通铺上，一个哈萨克族小男孩躺在我的身边，整夜里只要没有睡着，他就一直在和我嘀咕他要前往的在伊犁的姥姥家。小胖孩在好不容易睡着以后，一个翻身，还把腿压到我的胯上，我费了老半天劲才给他搬回去。在快下车的时候，我还凭着乡音发现车上有一个上海人。在上海师大毕业后，他只身来到北疆冒险，当时他的工作是在伊犁出售摩托车。

而返程的时候，一个有些多云的午后，大巴围绕赛里木湖行驶在盘旋的山路上，些许阳光透过云层，放射状地泻在深蓝色的湖面上。湖水和远山和树林融为一体，一切仿佛是从这片广阔的水域中直接生长出来的一样。这是我今生难忘的景色。

这些经验，让我对青藏线之行充满期待。

现在我从西宁去了格尔木，沿途不时能看到上面架设铁轨的路桥，不少挂着红色的横幅祝贺青藏铁路顺利通车。这些高架路桥下方高起的支柱形成了不少拱门结构，据说是给藏羚羊通行提供方便的。但我没有看清青海湖，火车离湖有段距离，远远的，只有远影和草地。牛羊自顾自地吃草。我想大概是因为地处平原，和赛里木湖边的山路攀爬无法相比。我翻了一下随身的小地图，火车路线虽然靠青海湖挺近的，但是，这是微缩的地图啊，大家都懂的。

将近七个小时后，我在一个六月末的清晨到了格尔木。一个人穿行在格尔木荒凉的郊区，甚至没有注意到这个城市的市区。我找到了进藏的大巴车站，一个几乎门面不整的停车场，里面停了几辆驾驶窗前放着“拉萨”字样牌子的大巴。

我先找一个小馆子吃了点东西，这时见到几个和我一同从火车上下来的人，也晃着晃着来到车站。

买票，一百六十元，只有一班，中午十二点发车。心想，还真是挺远的路程，查了一下，还有一千多公里，已经超过拉萨到印度洋的距离了。

六月末，我穿着衬衣，为了保险已经在火车上换好了棉毛衫，快中午了，在阳光底下居然不热。上车找了个靠右边车窗的位置坐下。现在是上午，但开车就是下午了，车子又是朝南开，应该是太阳打西边晒多一点，过雪山的时候可能暖和一点。我后来回忆，大约是从这个时候，我学会了坐车时判断阳光直射方向的技能。

快开车的时候，在火车站看到的几个人终于上车了，其中一个胖胖的姑娘坐在我边上，肩上披着披肩。车下有卖葡萄糖、红牛和红景天的，我去买了两支葡萄糖和一罐红牛，准备有高原反应的时候就嗑一点葡萄糖。我没有买红景天。回到座位上，边上的姑娘已经睡着了，我提醒她坐回原位，她放我进去又睡着了。我心想，她身体素质真好。

车开起来，道路宽阔，两边的山脉也不见特别之处，远远的在路的远处。我有些失望，这里路边的景观都比不上甘南。甘南那一路还时而盘山而上，时而下山，而这一路只能遥望远方，感觉缓缓上升。慢慢的，我也困了，只是坚持着，也可能是，攀升过程中空气中氧气含量的下降让我犯困。

我没有查资料，没有上网看攻略，什么都没有准备

一开始，我觉得我感冒了。我穿得已经够多了，有棉毛衫、绒布衬衣、外套，后来还在外套里面加了件毛衣，但没用。因为我感冒就会头疼，是眼珠子后面的区域疼。

陈大哥之前和我通过电话，说进藏千万不要着急洗澡，因为这会引起感冒，但比这还严重的就是咳嗽引发的肺水肿。所以我一连好几天没洗澡，担心感冒。另外，葡萄糖也是他叫我备下的。这就是我对进藏仅有的生理知识了。

我没有查资料，没有上网看攻略，什么都没有准备。

大巴开出两个多小时后，道路两边的山脉开始离道路越来越近，路面上升的幅度也开始明显起来。接着，山头开始出现白色，然后是山顶到半山腰被雪覆盖，最后是离山脚很近的地方也是白色的雪。

这时车子停了下来，我头疼得更厉害了。司机让我们

下车活动一下。坐我边上的姑娘一下醒过来，激动地下了车。我晃着沉沉的脑袋也跟着下去，发现天空是灰白色的，有小雪花飘落在我的外套上，分不清是从天而降的，还是从边上山头上吹下来的。抬头望，路边近处的一块高大的石碑写着四个大字：昆仑山口。边上的小字写着：海拔四千七百六十七米。

这么高了，我心想。刚到兰州上学的时候，以为海拔有两千多米，逢人就说我上高原了，后来才弄清，那里的海拔只有一千五百米多一点。现在的海拔是四千七百多米。

一阵冷风吹过，我脑袋里、眼珠子后面，又一阵懵懵胀胀地疼。莫非这就是高原反应？饶是后知后觉如我，也终于想到了这件事情。这就是真的高原，放眼望去，并不是一座山峰的顶端，而是四野平旷，除了遥远仍然可见的雪山，不见他山。或许是这座高山过于巨大，以至于山顶可以平展得如同一块平地。

山口石碑的边上，有一对高高的羊角刺破天空。许多人围了上去拍照。我跟着凑过去，原来是座藏羚羊的塑像，一头长角大羊，下面几只小羊，边上写着“可可西里国家级自然保护区”。再边上是一座纪念碑，杰桑·索南达杰烈士纪念碑，还有烈士塑像——一位高大的藏族汉子，穿着藏袍，拿着步枪站在那里，望着远处——以及一座石砌的白色香炉，空中是被高原的风吹动的风马旗和哈达。

索南达杰我是知道的，为了抓盗猎者而牺牲的保护区卫士。只是没想到会在这儿遇到他的纪念碑，真的没想到，司机还在这里专门停了一下，让进藏的乘客瞻仰烈士。跟在我们大巴后面的车子也都在昆仑山口的牌子前停下，乘客下来与4767米石碑、藏羚羊雕像和索南达杰塑像合影。我掏出刚买的数码相机照了几张。这是我为了进藏专门买的第一台卡片机。

“你要照相吗？”有人问我。

我回头看，原来是车上坐我边上披着披肩的姑娘，这是她头一次和我说话。

我说好，毕竟我也是个首次进藏，看见雪山会激动的游客啊。我就摆了pose拍了一张与雪山的合影。她让我给她拍了十几张。

再次上车之前，我觉得头疼得厉害，掏出一支葡萄糖，准备服下。这支葡萄糖就像医用的注射液一样，装在一支玻璃管里。我小时候去医院打针，护士会用砂轮在玻璃管最窄的地方磨几下，然后用力一下掰断，再将里面的注射液吸入针管。我没有砂轮，直接拿了一块石头，“啪”地一下砸掉管子的尖端。把里面的液体一下倒入喉咙，很甜——谁让人家本来就叫“葡萄糖”呢。

“你刚才喝的是葡萄糖吧？”我回到座位上，车子开动前，边上的姑娘问我。

“是的，朋友告诉我，有高原反应头疼的时候，喝一点葡萄糖。”

“你也是头一次到拉萨去吗？”

“是啊，朋友要我去玩一下。你也头一次去吗？”

后来聊天中我知道，她当过老师，比我小两岁，还干过导游。她说不想在陕西老家继续当导游，想来拉萨考个证，在这边挂靠一个旅行社。她还特意记熟了拉萨的景点：布达拉宫、大昭寺、小昭寺、三大寺、罗布林卡、八角街、羊八井。还有，要在八角街哪家店喝奶茶，这是她攻略上看来的。最后特别告诉我，哪些地方可以免费进去。

然后，我也告诉她，我是个准人类学研究生，现在，正为了满足我的虚荣感，去西藏转一圈。

她问我有什么参观计划。

我说没有，只知道要先看一下布达拉宫吧，其他先见了朋友看他怎样建议。

我问她头疼吗，她说有一点，不很厉害。按理说，胖的人确实没有瘦的人反应强烈。但我把另一支葡萄糖给了她。

她问：“你就没一点计划吗？你们搞人类学的都这么走一步看一步吗？”

我说：“不是，只是我自己没计划。你没准备抗‘高反’的药物吗？”

再见吧，姑娘

进拉萨的时候，已经是第二天上午。

这辆大巴开得很稳，在十七个小时后，到了终点。中间不包括晚上吃饭和休息。吃饭的时候，车停在一个简易休息点，我下去喝了点水，吃了个不热的馒头。头很胀。

夜里车外黑黝黝一片，看不见雪和雪山，其实翻过了昆仑山口，雪就不怎么下了，沿路只有一些给大车补水的加水站。过唐古拉山口的时候已经是摸黑了，只听车里有人低声说了句“这是要过唐古拉山口了吧”。我勉强睁眼看了一下，什么也看不清。

天亮了以后，我看到一个写着羊八井和纳木错的指示牌以及铁路的高架桥。我又翻出了随身的小地图册，看了看纳木错到拉萨的距离，我想应该是快到了。

下车的时候，我的头已经不太疼。我叫了两个摩的，到陈大哥的同事折老师的宿舍——陈大哥临到跟前又告诉我，他有事在路上耽搁了，要第二天才能回到拉萨，所以他把我安排在他工作的中学的同事处住。去的时候，我给折老师多弄了一件麻烦事。

快到拉萨的时候，坐在我边上的姑娘问我："住哪儿？"我告诉她，我住朋友的宿舍。她眼睛一亮，想也没想，就问我能不能给她在女生宿舍找张床。我傻乎乎地就答应了。那时我还不知道有"穷游"这件事。

折老师见到我们的时候有些惊讶，陈大哥告诉他我是一个人来，可现在我带了一个不请自来的半路旅伴。不过他还是按照陈大哥的嘱咐，让我先睡一觉，第一天就先别活动了。然后他虽然不太高兴，但还是又收拾了一个房间，让这个姑娘住下。我到了折老师的房子时才发现，他住的也是宿舍，但已经改造成自己的住房，一间书房一间住房，我睡了他的书房，而他又把自己的卧室给让了出来。

我下车的时候，感觉头不太疼了，一时兴奋，跨栏一样越过两道栏杆，现在收到了高原给我的反作用力，一种胀裂的感觉从脑袋由内而外蔓延。虽然大白天的，我也只能躺倒了。临要睡着时，我接到陈大哥一个电话。他先是慰问了一下我的"高反"，告诉我明天就回来见我，让我安心，然后委婉地问我，和我一同来的女子是什么关系。

我告诉他，不认识，就是车上遇到的。

他对我的神经大条表示惊讶，然后理解。但也让我理解一下折老师的住宿条件。我顿时感到很不好意思。其实，我一路上都没意识到住宿的问题，觉得朋友给我这个学生仔提供免费住宿并没有什么不妥，没想自己也给别人带来不少的困扰。

我躺在床上没怎么睡着，一则大白天到了陌生的床上不太习惯，一则有过缺氧经验的人都体会过，因为缺氧反而容易引发大脑的兴奋。我在床上翻了半天，听见隔壁主卧有了动静，就起来了，因为折老师一早给我们腾清房间就出去了。

隔壁姑娘确实起来了，她也头疼没睡熟。我编了个话和她说，折老师去问了女生宿舍，但学校里最近都没有现成的房间了，可能也住不了。

胖姑娘也挺爽快，收拾了东西，说请我上街喝个甜茶就走了。折老师没回来，我和她去了一家街上的茶馆，一暖壶奶茶五元，一暖壶甜茶六元。我望着街上人来人往。老板娘腰上围着藏式围裙，头上盘着麻花辫，边上喝茶的大爷们戴着圆边帽和墨镜，闲聊着。我们点了一壶奶茶，加了盐。喝完，姑娘说去找家青旅，就走了。

我一个人上街，在拉萨的街道上走着，遇到一段红墙，怎么走都走不到头，往上瞧，墙还特别高，墙上有茂密的植物，好像是把一座山围在了里头。头还有点疼，我就不往上看了。

最后，走到一个路口拐角，终于绕过了红墙。眼前突然变宽了，是一个广场，我走到广场上再往高处看，我眼前的一座山上，就是红白相间的布达拉宫。而我刚才就走在它的背面，这么近，我头一次看到了这座高原最中心的宫殿。

虽然我后来又来过拉萨，但每次看都很震撼。

布达拉宫，我没看明白

我见到陈大哥的时候，是第二天中午。

他比几年前见到时更沧桑一点，只有一个拉杆箱，和一个下挎包，上面写着：援阿教师留念。要是过几年，谁知道这“阿”是援助阿里，还以为“阿富汗”“阿尔巴尼亚”“阿拉伯”呢，我心想。

我和折老师，还有一个他的老同事刘老师，四个人去吃接风宴，去一家四川人开的火锅店里吃串串。这是我头一次吃串串。素的一毛，荤的三毛，吃完数签子。不说一根签子上丁点大的肉或者鸡胗，但是一个人吃了百多根签子，最后也是填饱了。

我没想到，这只是一个开始。后来的一星期里，我几乎每天要吃一顿串串，不是中午就是晚上。在座的几位除了刘老师有家属在拉萨，其余的不是光棍，就是老婆回家了，都不自己开火，热衷于轮流请吃。加上听闻陈大哥回来的故交不时过来邀约，我就这样吃了一星期不带重样的串串。

不过这天，两位同事庆祝陈大哥援阿归来的午宴上，陈大哥不像功成归来，倒是一副如释重负的样子。

我的头已经不疼了，提出来第二天要去布达拉宫看看，他们让我下午去布达拉宫门口预约一下，第二天要凭前一天的预约单购票。从很早之前开始，布达拉宫就开始每天限流，没有提前预约就不能取票。最后，陈大哥还是和我一起去了预约处，他说自己也很久没有看到布达拉宫了，要去看一眼。

在布达拉宫的广场上，他感觉比我还兴奋，就像是回到了天堂。这让我突然有点想知道，这个已经被高原晒得黝黑的汉子在阿里都是怎样过的。他觉得我初到拉萨要拍照留念，而我一般只喜欢拍些景物，但他硬是从广场边叫住两个路过的僧人，请他们与我合影，僧人们倒是非常配合，他们戴着墨镜，一左一右把我夹在中间。

晚上我从折老师家搬了出来，搬去了陈大哥的住处。如果说折老师硬是把宿舍变成了家的模样，陈大哥就是宿舍原汁原味的保护者。他的房间里，有两张上下铺的铁架子床，一看就是从学生宿舍搬来的。他除了有一套办公桌和老板椅外，家徒四壁。我和他各睡一张架子床的下铺，行李扔在上铺。原来这就是他在拉萨的家了。他的妻子带着女儿回了老家。

第二天一早，我就去了布达拉宫。一百元一张的门票，对于当时的我来说确实不能说便宜。走过一段长长的石阶路，就进了入宫的小平台。许多游客都是等在那儿，凑齐了一批再一起放行。走上台阶和在小平台看风景的时候，我不时向下、向远处眺望，整个拉萨城差不多都在我的目力所及之处，阳光直射，天气晴好。这确实是拉萨这个山间小盆地中一块天然的制高点。

人凑得差不多了，前面守门的僧人就打开帘子开放了面前的木制台阶。大部分人都跟着导游，或租了讲解器，我自忖，身为“天赋异禀”的人类学家，难道还有我看不懂的文化内涵吗？于是自顾自地就边往里走边随意看了起来。

大大小小的佛堂，大的佛殿正面是巨大的佛像，地面正对着一排排铺着毡毯的座位。开放参观的大殿很少有僧人参禅念经。空中有从屋顶垂下的唐卡、伞幢，柱子上包着柱毯，佛堂四周的墙上画着多彩的壁画。只是佛堂中的照明大部分依靠烛火，很多晦暗的角落不能瞥见全貌。

有些小的佛殿还好，在小的玻璃橱窗里的佛像，外面还有汉字说明，金刚萨埵、金刚手菩萨、文殊菩萨是我唯一能通过识字辨认的。

沿着用栏杆围好的参观路线，一路走上小阁楼，又走到房顶，进入另一间佛殿。看着金顶金瓦的屋顶，上面的经幢、法轮在蓝天下格外显眼。大概只有这时才能平抚一下我极度受挫的学术自尊心——之前的我完全没看懂。这些佛殿里的塑像，墙上的壁画，都有什么含义？有什么故事？什么隐喻？

我赌气地不愿跟在带着旅行团的导游后面蹭讲解，一遇到人多处，就加快脚步跑开。等我终于走到快到出口的地方，突然有一种在水里憋气很久，终于要浮到水面上换气的感觉。我有些羡慕那些在每个佛殿磕长头、添酥油的信众，甚至那些成团的游客，他们至少都知道自己在做些什么。而我，只是靠着偶尔偷听或者看到一两个字眼，才勉强知道自己看了些什么。

我真是一个有潜在天赋的人类学家吗？怎么好像我和普通游客没有任何区别？我两眼一抹黑，不知道是不是高原反应，头又开始疼了起来。

我被打败了吗？

其实布达拉宫还是给我留下一个纪念品的。我在离开布宫之前在白宫的背后遇到一片花海，我想这大约是在昨天看到的那片宫墙的内部。蓝色的花海，小小的花朵，吸引了我。我打算俯身下去看看，这朵小花到底是什么模样。就一刹那，我的指尖一阵刺痛，有一种被毒针扎了一下的感觉——虽然我不知道什么是毒针。这种疼痛伴随着我的整个西藏之旅，一直到我离开拉萨时都没有消失，我后来知道，这种花叫狼毒花。

下午，在又吃了一顿串串后，陈大哥说要带我去拉萨市里转转，了解一下他的拉萨。他不知从哪个角落里，推出了一辆摩托车，让我陪他去办点事情。

我坐在他的摩托车后座，风驰电掣，从拉萨的东头到了西头，布达拉宫在我身边又一次经过。每到一处，陈大哥就会讲解，这里是当年解放军进入拉萨的入口，这里又是哪位高僧讲经的地方，那边又是旧西藏贵族消夏避暑的别墅。

后来，车子停在城乡接合部一间房子外面，他叫我等一下，他进去送样东西。我待在外面，这里已经是拉萨市的郊外，不远处的山丘很少有人工雕琢的痕迹，只是我没想到，还没出来多久，就几乎到了市郊。看来拉萨也并不很大。

我仔细看了这间房子，不知是警察局还是驾校，或者兼而有之。没几分钟，陈大哥出来了，说了声“要变天了，我们走”，就走了。

回到城里，天空上的乌云仿佛从城郊一路追踪我们而至，一下子就遮住了太阳。我感觉拉萨的云都特别矮，也可能是周围山多的关系，云不但遮住太阳还几乎把山头也盖住了。后来我想，这是因为海拔高的关系，平原上看云，有五六公里高，高原上海拔就有四千多。云层在地球表面的高度和海拔无关，于是地面和云端的距离，硬是缩短到一公里左右，可不就感觉就压在头顶上了。

雨一下就下来了，一转眼，街上的人不知道是从哪里变出了羽绒服，套在身上。我也感觉冷，穿上了厚夹克，还是冷。陈大哥说，拉萨的天气说变就变。这是夏天，一分钟能变成秋天。要是冬天，晴空万里一分钟就变成暴风骤雪。我看他倒是一直穿着衬衣，没添衣服。他说他胖，脂肪厚。

为了体验这种天气秒变，我第二天就去了纳木错。话其实应该反过来说，第二天我去了趟纳木错，亲身体验了神奇的西藏天气。

陈大哥说，以前他可以骑着车去羊八井，过了羊八井地热电站，就是纳木错，西藏第一圣湖。但他好几年没骑摩托车去那么远了，所以还是让我自己去吧。我就跟了一日团出发了。说是一日团，就是开到羊八井停一下，再开到纳木错停一下，等一会儿，再拉回来。我觉得挺好。

羊八井我之前进拉萨的时候注意过，就是远远看到冒白色蒸汽的一个地方。它是如此有名，我记得小学地理课本上就介绍过了。这次旅游车开过去，我远远地看到一个房子，围起来，有铁丝网。因为是发电站，所以不允许进去，我就下车上了个厕所。据说热电厂边上有地热温泉，我还是谨遵入藏不洗澡的劝诫，没有去尝试泡温泉（其实是因为时间完全不够）。

去纳木错的路上，又停了一次车。我现在对头疼的判断已经非常熟练，只要头疼就想到是高原反应。在拉萨几乎要治好的“高反”，又一次升级。我就看到前面停车处跟前的一块牌子写着：那根拉，海拔五千一百九十米。这是比昆仑山口还高的地方，怪不得头疼得厉害。

站在高处，远远可以看到远处山脚下一块巨大的水体，能见度极高的碧绿色。就是头上又一阵风雨，飘来一阵乌云，感觉从山尖到湖面全被笼罩。赶紧逃回车上。

中巴就这样一路下山，而乌云和冻雨从车尾到头顶再到车前，到最后远离我们而去。等到了湖边，四只脚踏岸供游客拍照的牦牛，像什么都没发生过一样。再看湖的上方，刚才的乌云竟然跑到了湖对岸的山头上，留下一片黑影。我的头上又是艳阳高照。紫外线之强，令我身穿的黑色绒面外套直接褪色成了浅棕色。

纳木错不愧为圣湖，水极清，不见一丝杂物。所有的动物都拴在离水很远的地方，不让它们污染湖水。据说除非一年中特殊日子，人是不能进入水中的。

湖边没有额外的建筑，没有游船码头，没有游艇，没有旅游设施，只有一些牦牛，远远的地方有些羊群。

就这样，我在湖边呆坐了一个下午，有的游客在骑马，有的和牦牛合影，还有的在偷拍夏季掉毛，懒散地躲在巴士阴凉底下酣睡的狗。而我在湖边出神，我来西藏到底是来干什么的？神山、圣湖，没有唤起我的激情，藏文化的精髓，也完全没有看明白。拉萨街头，一壶酥油茶、一碗加了牦牛肉碎的藏式拌面的一天，对我的吸引也在骤降。我与藏区的生活格格不入。看着人们的日常生活，我只觉得自己是多余的。

新鲜感在一点点消退，好奇心在一天天瓦解，我被这里平静如水的氛围打败了吗？

陈大哥的故事

在拉萨过了四天之后，我除了一个下午独自去了八角街看大昭寺、小昭寺，喝了路上胖姑娘推荐我的奶茶，还被寺院里虔诚的信徒震撼了一下。许多远道而来的信徒在寺院门口磕着长头，边上不少大约和我一样头一次来到拉萨的游客，拿着相机记录眼前的场景。而我连在口袋里的相机都没想着去掏出来——我守住了猎奇的底线。

陈大哥自从返回自己的宿舍以后，倒是越来越充满活力了。他回学校办理了一些手续后，打算再带我去逛一逛。按照我的计划，差不多一周后，也就该离开拉萨回去了。我的计划是乘坐7月1日刚刚通车的青藏铁路返回内地。而新建的拉萨火车站距离城区八公里。既然要准备回去，至少要先把车票买了。

陈大哥也没过去新的火车站，他决定开着他的摩托车，载我去车站。毕竟，这比羊八井还是要近了很多的。

我对拉萨的天气还是琢磨不透，长袖衬衣外面套了外套。陈大哥却一袭短袖，一副墨镜，潇洒地抓着摩托车的把手，沿着拉萨河岸一路扬长而去。拉萨的夏风吹在脸上，并没有特别夏日的感觉，加上飞驰的摩托，那可以说非常凉快了，以至于陈大哥春风得意地骑着快车，飞马扬鞭。

拉萨火车站简单环保，不失干净整洁。门口挂着横幅，庆祝通车，这时大概是通车刚三天。我在售票处买了车票，预计一周后返回。

听到“簌簌”的抽气声。一看陈大哥一边揉搓自己的胳膊一边发出呻吟声。我看他胳膊黑里透红，和他脸上的肤色相差无几。已经预测到结果的他连声叫着“大意了！”我问他要不要紧，他却表示还行。

回来的路上，他已经没有来时的意气风发，一直默默驾车。两条胳膊在拉萨河边没有树荫的太阳底下烤着，像两根炭火上的烤肠。

回到陈大哥的宿舍，他直接把两根手臂伸到开着的水龙头下面。拉萨的自来水很冰，因为都来自冰川水，平时刚用时有些刺骨，这时却是疗伤的妙药。

八公里的曝晒，让这个老西藏的胳膊也留下了一大片一大片的黑斑。他说这就是紫外线暴晒的初期症状，明天或者不用更久，就会起泡、溃烂，然后吸收、蜕皮，如果烫伤过深就会留疤。我知道这些，许多年前，我和同学骑车在河西走廊，要从兰州骑车去敦煌（其实只走了四分之一的路程），就因为暴晒导致鼻子被晒秃噜了皮。

可他却并不在意，因为没有什么比回到拉萨感觉更好的了，而他自己来了二十多年，早就不想离开了。

二十年前，他大学刚毕业，学的是师范类的英语专业，刚赶上大学生取消分配。受到那个年代特有的对西藏浪漫情怀感召，他给拉萨教委寄去了自己的求职信。在好几个月没有回复的情况下，他依然买了张火车票，走过和我一样的路线，来到格尔木，搭乘巴士来到拉萨。他毫不意外地发现，他那封从来没有人见过的求职信早不知消失在哪个中转站。

凭着初生牛犊不怕虎的蛮劲和热情，他不但留在了拉萨，得到了一个正式的教职，毕竟主动来援藏的英语老师当年确实是稀缺人才。

兢兢业业地工作了差不多十年后，他回到故乡，又南下深圳，所有的工作都不如教学在他心里的位置，他又想回到高原。朋友给他出了主意，让他先去支援阿里，干个几年后就回来补缺——原先我只知道援藏一说，经他解释，才知道，按照艰苦程度，拉萨的生活要远比下面优越和丰富。而几年前，我在兰州见他的那次，正是他初次结束阿里的教学，返回内地。

“来了拉萨，也不能白来一趟吧。”他早就看穿了我懵懂不知世事的样子，只是没忍心戳破。或许他也看出了我在人类学上的困惑，决定以老大哥的身份指点我一些方向。

“纳木错，你去过了。山南你也要去一去，毕竟是藏文化的源头，在那里应该还要看看桑耶寺、雍布拉康。”

我看着他两条已经逐渐变黑的胳膊，点点头。

山南之行拯救了我

第二天，陈大哥送我去车站买了去泽当镇的车票。他就这样把我送走了。我想，他对我这么一个毫无目标的访客，也是感到有点困惑的。

拉萨往南，能看见雅鲁藏布江，江面开阔却不湍急，感觉水流处处平缓，江中留下许多沙洲，沙洲上有的长草，有的长着一棵树。这些沙洲几乎没有长着两棵的，这让仅有的一棵树有了一种孤傲的感觉。过了江，出现了许多农田，这是西藏的七月初，青稞刚刚抽穗，有点从杂草变成粮食作物的样子。和拉萨北面牧场、羊群，或是翻开的裸土不同，这里的作物茂盛，难怪被称作西藏的粮仓。

农人在劳作。西藏的气候大约比内地晚一到两个月，这里的作物周期相当于内地的五月。越往南、往东走，农田越多，成片的农田已经不局限于河流两旁的水浇地，有时望不到边。青稞、土豆、卷心菜，是田里看到比较多的作物。

这里是西藏的农区，我第一次有了这样的感觉，和我从格尔木一路而来的印象完全不同。我以前对西藏完全没有形象的概念，大概布达拉宫就是我心中的西藏的全部。没有寺院、没有农田，或许有牦牛和羊群，其他，没了。我过去的头脑中西藏是没有农业的。现在，我眼中的西藏又多了农田，成片成片的农田。

桑耶寺在雅鲁藏布江北岸江边。我在拉萨时去了大昭寺、小昭寺。哲蚌寺、色拉寺这两座拉萨“三大寺”之二也去了，除了太远的甘丹寺没到过。自从我把自己定位成一个游客，我的心理落差就小了很多，至少让我可能玩耍得愉快一点。毕竟年轻，对自己也要宽容一点。现在我打算让自己在观光客的道路上再走远一点，所以抱着旅游的态度去了桑耶寺。

桑耶寺是西藏第一座“佛法僧”三宝俱全的寺院，这点陈大哥给我介绍过，我没当回事。我在寺院逛的时候人不多，看来所有人都待在拉萨了。寺院里也没有画好的旅游路线，规定前进的方向，我可以随意在大殿里走动。虽然大殿里一样看不懂什么，但我的心态调整得还行，就四处乱走随便看看。一座大殿背后的空地上，一尊正在修缮的佛像挡住了我。这只是一尊佛像的胸部以上，没有后背，没有下半，看得出铸造的铜板。佛像留着胡子，可能是文殊菩萨。这是我头一次见到佛像的内部情景。

佛殿的外围是一圈转经筒，我在拉萨已经看多了，只有一个当地人围着转圈，虔诚地每个都转一下。在转经筒边上的墙边，有一堆泥塑的小佛像整齐地放着，大小好像一块绿豆糕。只是佛像的面目都不太清晰，好像是用泥巴按在模子里倒出阴干的，感觉一碰就会碎掉。

几年以后，我才知道这种小塑像名叫“擦擦”，做得好的，外面还有描金与鋬刻精美的外盒。

我一边观看这些遍布转经筒边的小佛像，一边散步，不经意中，走到了桑耶寺的边缘。这里有一个巨大的白塔，是灵塔的形状，这和我刚进寺院时瞥见的一座塔样式非常相似，只不过颜色是绿色的。我突然有一种预感，在寺院的另一边，应该也有两座佛塔。我顾不上跟着转经人和擦擦看了，直接冲向了寺院的另一边。

果然，如我所料。这边也有两座塔，样子一样，不过一座是红色，一座是黑色的。我在一瞬间想明白一个道理。我在坛城图类的唐卡中看过这样的一种结构。四座塔分别代表东胜神洲、西牛贺洲、南赡部洲、北俱芦洲——这是我从《西游记》中记住的佛教知识——而中间的佛殿就代表须弥山的样子。这座寺院，几乎就是以一种立体微缩的结构再现了人们心目中佛教宇宙的模样。我被自己的新发现震惊了，以至于我几乎停下了在寺院中余下的探索。

当然，我还没弄明白许多其他东西。但是这一天对我而言足够了，我发现了一种结构，一种可以进入佛教象征世界的基本结构。

这一种发现带给我的体验在一开始的时候，甚至比我一天之后前往雍布拉康的体验还要丰富。第二天我去了雍布拉康——西藏第一座宫殿。晚上我在泽当镇过夜，住了一间只要二十块钱的小旅馆。一大早，我就坐上一辆中巴去了十一公里外扎西次日山，因为宫殿在山上。

到了山脚下，我抬头仰望，周围的高山之中，有一座小丘孑然独立。离地近一百米的顶端，一座小巧的宫殿伫立其上。宫殿有一座塔楼高耸，上有金顶——后来我才知道，这种样式源自川西的碉楼。

一群头顶盘着辫子的藏族汉子差不多与我同时到达山脚，他们二话没说开始攀登。我听旁人说，他们大概来自康区。但我还没迈开脚，脑袋就突然疼了起来。这不是一种修辞，是真的疼，我适应了几天的高原反应，又一次摆脱了束缚，喷了出来。我只好两步并作一步，开始了漫漫长征。三百级的台阶，我大概爬了半个小时多。等我到达丘顶的宫殿脚下时，康巴汉子早就拿出啤酒和白酒畅饮起来。

宫殿不大，没有几间，不多的汉文介绍写着这是传说第一位藏王聂赤赞普修建的第一座宫殿，后来松赞干布执政时，在雍布拉康底层修建了佛殿，二层修了法王殿。我说服自己爬上了宫殿的最顶层，俯瞰下方的河谷，一片绿色的青稞农田连到远方。这里就是藏文化起源的地方。

在雍布拉康看到的塑像比起寺院里少了很多，我突然发现，我能认出松赞干布的塑像了。我在下山的路上，几乎兴奋地要同白日纵酒的康巴汉子们干上一杯了！

拉萨蜻蜓点水录

坐着7月9日的青藏线火车，我离开了拉萨。陈大哥送了我一把大砍刀，那种在丛林里越野用的大砍刀。火车站的安检口，砍刀被直接扣了下来。火车站边上没有快递发送点，我只好把这把刚拿到不足一天的砍刀留在了拉萨火车站。

在山南看完桑耶寺和雍布拉康，我还在当地逗留了一下。我没有去珠峰大本营也没有去亚东口岸，倒不是不知道这些地方以及它们的有趣之处，只是对于一个刚开始读研究生的学生而言，贫穷束缚了我的想象力。我回拉萨又待了两天，在拉萨河边放飞了一个下午，河中迁徙路过的江鸥还是海鸥，助我消磨时光。终于，我离开了拉萨。

陈大哥回到了他的学校，结束了两年援阿之后，又开始他的教学。他的梦想之一，是想写一本拉萨见闻录，记录他在拉萨生活这么多年来遇到的种种人和事。我决定趁他还没写完之前，先把他写进我的《拉萨蜻蜓点水录》。他的梦想之二，是想早点退休，可以领着藏区比较高的高原补助，回到内地生活。

其实，陈大哥由衷的热爱西藏，这点毫无疑问。没有他，也就没有我的这次自始至终糊里糊涂的西藏之行。他凭着一腔热情在此间生活了大半辈子，虽然他嘴上一直嚷着要以不惑之龄去内地读个研究生，趁机提前病退，但我非常看好他，他会在西藏一直生活、工作，变成一个名副其实的老西藏。

尽管，我在山南也没有看得分外明白，可如果没有他的指点，我甚至不会去山南，看到桑耶寺和雍布拉康，也不会让我在未来的某一时刻突然醒悟，以这座山丘上的宫殿作为我的研究起点。只不过当时要下结论还为时过早。

另外，我在山南逗留的时候，曾在乡间漫步。看人筑屋、种植，除了身上的藏袍有着鲜明地域特色，他们的生活看起来并没有多少特别之处。我不止一次反躬自问，如果让我在这里进行田野调查，我会有多少的热情，多少想要了解的问题？如果有田野调查的需求，我会充满热情地学习藏语，浸入当地的生活当中吗？我没想出来，或者是我迅速阻止自己不再思索这个已经有了某种迹象的问题，避免滑落虚无的深渊。

万幸，山南之行拯救了我的西藏，并在将来，为我打开另一扇门。看来一切早有“预谋”。

还有就是，我没再见过那个立志要来拉萨当导游的胖姑娘，请原谅我不知道她的任何其他信息，包括名字，只能用外形特点来指代，因为我没问她姓名或缩略的称呼。不知她是否进入了心仪的旅行社，成为走遍西藏的传奇导游，还是满足于拉萨街头的一壶奶茶。从我与她断了联系、不知其姓名也可见我与人聊天的能力也差强人意，我甚至缺乏从聊天中获得信息的基本意识。这种缺陷即将进一步显现，并重重把我击垮。

不管怎样，我离开了拉萨，在青藏铁路开通的第九天里。火车座位的间距非常宽敞，让我彻底告别了进藏大巴屈身缩腿的局促。羊八井、纳木错，再次在车窗里远远出现，我想起了翻过那根拉海拔五千米的艰难和头疼。我在开着宜人空调的车厢里，产生了一种逃离困境的幸运感，一种因距离的存在而陡然提升的安全感。我没有流连忘返，没有依依不舍，尽管我知道这不太应该。

靠近青海湖的地方，出现了一群藏羚羊，在铁路桥下的桥桩附近，安静地吃草，车厢里的人们沸腾起来，纷纷伸头照相。我也喜欢羚羊多一点，大概因为它们不会说话。

其实我还是知道的，不管别的那些或有或无的体验，西藏之行确实产生了一个明确的结果：我的人类学浪漫主义就这样被击溃了。我还不好意思和别人说。

那个打败我的
滨海渔村

我要等一年一度的季风
送我去吕宋
我要等一月一次的满月
给我潮水托起巨艟
我要等风暴过后
给我平静的海流
我要等雾气散去
给我灿烂的霓虹

我的风帆还未鼓起
水流只在甲板下波动
雨师刚才收工
水汽时淡时浓
黑色的礁石幢幢
遮住了水中的月宫

可我看到橙色的毕宿五
浮在南天的苍穹
拔起海锚离开港口
天际的灯笼
太平洋的海流挟着北风
送我去吕宋

接受招募前往海滨

人类学要求从业者在一个“异文化”的人群中生活一年以上，学习他们的语言，了解、体验他们的生活方式，尽可能感受当地人的所思所想，并把这些内容记录下来。

这是人类学教科书上的“教条”。我从接触人类学开始，就向往这种工作方式，梦想有一天我能到一个遥远的山村、一个海岛（像田野调查的鼻祖一样），过当地人的生活，把生活的体验当作经历和资本带回来传播，一举成名。不过，这只是我的梦想。

现实要残酷得多。我之所以匆匆离开西藏，固然因为我潜意识里想要逃避给我带来羞耻感的场景，还因为我以为马上要开始的新旅途会洗刷我的羞耻。而事实上，一切正把我自己推离成为传统人类学研究者的轨道。

厦门大学的黄老师邀请我去闽东的村子做调查。所以从拉萨坐了三十几个小时的火车回来没几天，我就换了另一班二十九个小时的火车去了福建。

我在厦门大学进行研究生入学面试的时候，一个师姐推荐我认识了系里的黄老师。他有一个项目，叫作“福建历史文化名村调查”，他分到了三个村子，自己调查一个，还有两个要靠招募的学生。我这个师姐就被招募，分到一个村子，她又把我招上了。

还没有上学，就得到青睐，这似乎让我找回了自己的天赋，我的兴奋又一次被点燃。

我没顾上西藏归来的疲惫和困惑，连装备都没拿出来更换一下，只是把入藏穿过的厚衣服拿出来收拾了，带上夏季衣服就去了福建。

火车驶出上海，进入浙江，从浙江的东北部一路向西南方向，在纵向穿过了整个浙江省以后，进入了江西。这条线路在我当初去厦门大学面试的时候，已经走过一次了。现在又走了一次。这趟列车在经过江西东北角后，又转入了福建的西北角，从武夷山方向进入福建。

当时并没有沿海的高铁，只有在浙赣闽之间折返绕圈的并不很快的快车。为什么火车在浙江和福建这两个相邻的省份之间，要走这样弯弯曲曲的路线？当时我没想过这个问题，只是感叹“闽道更比蜀道难”，没有想到，几年后这条路线，会指引我走入历史的深处。

到了厦门才一天，黄老师跟我交代了一下任务，吃过一顿旨在寒暄的午饭后，我就坐着大巴向北出发了。

在这之前，我是听说过闽南的，在闽南的北面，那就全是闽北。后来我才知道，我要去的地方是闽东。是的，福州是闽东，我要去的那个村子在长乐，是福州底下的一个县级市，福州的长乐机场所在地，同样是闽东。当地人眼里，福州北面，靠近浙江的武夷山才是闽北。再后来，我知道福建在唐朝以前称作七闽，并不包括以漳州为主的闽南。加入了漳州后，才有了后来的“八闽”。厦门在早期就是属于漳州同安县的。

我要去的村子叫溪村，说是有三条溪流从村子背后的山里流出，流入闽江口。村里有三个姓氏，潘、陈、杨，两千多号人，这三姓又具体分为若干支系，历史上大概是出了许多文学之士，所以有不小的名声。村里为了纪念这些有名望的祖先，修了许多高大而堂皇的祠堂，彰显各自的家族。

我们的任务是在村里拍摄族谱，还有田间、地头、桥边、庙里立着的碑文。一切有文字的物体，都要拍下来，这是黄老师告诉我的，师姐也和我确认了一下。我觉得不难，但又有一种说不出的感觉，这和我想象的人类学有了许多出入。一想到自己要做的事情，我的兴致一下子又没有那么高了。

关于这个村子和要做的事情，我一开始知道的也就这么多。

老师走了，任务留下了

在厦门坐上前往长乐的班车，但不用到长乐，直接和司机说，要到溪村。三小时后，到了路口，司机就把我们放下去了。所以，我在既没到过福州，也没到过长乐的情况下，直接下村了。我始终觉得这是一个失误。

巴士停靠的地方其实就在村背后的市场边上，因为公路穿村而过。巴士进村的时候，路过一片农田，外面有几家规模一般的厂房，还有一间小学。黄老师和师姐之前来过一次，他们带我穿过市场，到一排自建的房子面前，他们和房主打过招呼，房主引我们上楼。在进门前，我看到门外面模糊写着旅馆字样。

黄老师的打算是让我们租民房居住，但这里似乎也没有合适的空置房出租，我在这里活动的时段里也有类似的印象。即使村里年轻人搬走外出，家里还是有老人留下，连老人都没有的真正空房，那就实在破败得不符合居住条件了。这家旅馆也是村民自建，有五层，底楼是厅堂，二、三楼是客房，最上两层自住。

客房的空间狭小，只有八个平米不到，两张窄床，一把椅子，一台很破的电视，只能收到十个台以内图像花白的频道——后来成为我的“鸦片”。墙是三夹板，没有网络。外面有一个半平米的阳台，能晾衣服。

两间房，这是我的一间，我和黄老师睡一间。师姐另一间。冲凉、上厕所在底楼，意思是要上好厕所再睡觉。冲凉房没有热水，如果要洗热水，要提一个暖壶，冲洗的时候自己兑凉水。凉水缸就在冲凉房外面的厨房，两个水缸，一个洗菜，一个洗澡，都放着蓝色的塑料水瓢。

房间弄好，也没有特别之处。村子虽然沿海，有一些小厂，但基本消化本地人口，做一些衣服的花边、蕾丝。除了做乡村推销生意的外来小贩，就没有外来人投宿了。所以村子的旅馆业并没有什么规模。后来几日我外出转转，发现四下里确实也没有其他可以住宿的地方了。黄老师直接付了四周的房租，看样子已经预定了我此后四个礼拜的生活。

我们外出，黄老师顺便带我了解环境。小旅社没有早餐，所以也是要先去了解如何觅食，问清楚饭馆早上开门的时间，最好早中晚饭一起解决了。

黄老师是个慢熟的人，一路上只是介绍这个项目的目的是要记录、重建村子的历史。至于把这个“历史文化名村”的招牌立起来，是要做什么，他也没说明白。他只说，要问村子的历史，得去找老人，老人最多的地方，就是“老人会”。我没到村里之前，都不知道有“老人会”这个机构，以为是一个虚设的建制，用来描述老人成堆的地方。但我现在知道，这是一个真的挂牌子的房子。

我们直接找了老人会的负责人老潘，他满头花白寸发，但精神极旺，腿脚俱佳，刚从村主任的位置上退下没几年。我们见到他的时候，他正在一间挂着“老人会”牌子的房子里。他和黄老师不是初次见面了，黄老师给他介绍，我们是这次具体做事的学生，请老先生关照。老潘用还算听得明白的地方普通话表示，欢迎来到我们溪村。

溪村的特点倒不是溪流多，而是桥多，一段一百五十米的河道上，大概会出现三座桥。桥多又带来另一个特点，碑也多。碑就立在桥边，一个叫大桥头的地方立着八九块碑，每块碑都有两米多高，上面密密麻麻写着名字。我扫了一眼就放弃了，上面大半都是姓潘的，加上中间的辈分字，留给每个人的起名空间只有最后一个字。远远地看，就像一个无限循环的小数。

黄老师指着其中一块碑，开玩笑说，这就是你们这一个月的任务。后来，我发现，这不是玩笑，是真的。

当然，我们还有另一项任务。跟着老潘进了老人会，他就从放着牌位的架子后面拿出四本手抄复印本，上面写着“红门潘支谱”。他告诉我们，他本人就属于这个红门潘的支系，属于溪村潘家的三十多个门派之一，其中比较大的差不过有十六个。“红门”是他们家的房号，因为最早分家始祖有一扇朱红色的房门，那间房子至今犹在，只是没人居住，成为各家后代过年节祭祖的场所。而这一房不过是十六个人数较多门派中，相对较小而且年轻的一个，因为分家过程发生于清代中后期。其他人数较多的门房族谱，可能在八到十本之间，每一本有三厘米厚。

我们的另一个任务，就是尽可能多地把这些族谱给拍下来。是的，一张一张拍下来。我终于知道黄老师为什么要招募两个人共同参与这个村子的项目。因为需要一个人控制机位，保持焦距，而另一个人辅助翻书。

老潘没有请我们吃饭，他还有别的工作要忙，他说需要时可以去老人会找他，村里人都会配合我们工作的。黄老师在吃晚饭的时候冲我狡黠一笑，这是我头一次见到他的笑容。我们点了芹菜鱿鱼、葱姜炒猪肚、空心菜，还有家常豆腐，开了啤酒。这是我们之后一个月里最后一顿丰盛的晚餐。

饭店老板看我们是外来客，特地和我们闲聊了两句。他说，前天一个独居的老人被刺死在自己家中，就在我们下车的集市附近。一个本地半大的孩子为因去网吧打游戏缺钱，起意入室行窃，没料老人并没有熟睡，被惊醒之后，半大孩子顺手操刀刺死了老人，现在公安还在处理此案。老板要我们注意安全。

晚上和黄老师睡一间。他让我好好拍照，我嘿嘿傻笑，表示不辱使命。睡觉的时候，他表示要开一盏灯。我就在十五瓦的白炽灯下，度过了我的第一个溪村之夜。

第二天一早，吃过早饭，黄老师就搭路过的回厦门的大巴走了，留下我和徐师姐两人。

拍拍拍，拍族谱

徐师姐是个实在人，把拍照任务交给她负责是最好的选择。如果交给我带队，必然是毫无结果的。

黄老师一走，我们就得动起来了。究竟是先拍石碑还是先拍族谱我们还没有定下来。石碑有些在路边，有些在桥头，有些已经被收在别家屋里，我们是外地来客，除了能看见的，别的就不知道了。族谱就更难找了，没人会把族谱放在外面，就算放在家里，在门口也不会挂一块“内有族谱”的牌子。所以我们决定还是先找老潘问一下。

果然在老人会里找到了老潘，他正在忙一个先进村申请的事情。我们说了来意，他直接问我们，昨天的族谱你们拍过了吗？我说，昨天只是翻了翻封面和内页，还没有开动。他说：“你们就先把这本给拍了，就算完成了你们老师交代的任务。村里有三大姓，每个姓氏都有自己的老人会，要其他两家的族谱，就要去另外的老人会问了。这房‘红门潘’拍完，你们再问一下其他老人，看看他们是哪一房的，手里有没有族谱。村里的碑刻嘛，等你们把眼前这本弄完，我带你们走一圈，指给你们看。”

师姐扛着相机来的，我们马上就拉开架势拍了起来。昨天黄老师给我们示范过如何拍摄族谱。其实没什么技术含量，一人叉开腿站稳，手端相机站着，略微前倾，让镜头和页面垂直。开本小的就放在椅子上，开本大的就直接放在地上。阳光太强就放在屋内拍，天气多云就搬到庭院里。开始的时候，还要从取景框里看一下对焦，字迹都清晰了才按快门。后来直接开了相机后面的数码屏幕，看着把整页收进去了，字迹大致都有了也就咔嚓按下快门了。

一般来说站拍的人会比较累，因为要保持站姿不动，得有点硬桥硬马的功夫。翻书的人就省力多了，直接坐在小板凳上或者地上，保持手指灵活翻书就行，最多也就是打发一下偶尔好奇而跑过来看热闹的村狗和土鸡。所以我们经常换着来，拍完一本轮换一次。

拍了一个上午，终于把“红门潘”的四大本族谱拍完，终于可以松一口气。老潘不知是不是躲在什么角落里暗中观察，趁着我们休息，领着一个老人走过来对我们说，这是“溪边房”的二房，现在“溪边潘”的族谱在他家里，你们可以去他家里拍。

临走又补充了一句："我们这里老人家下午要午休，你们三点多过来，我带你们过去。"

师姐面无表情，表示感谢，语调柔缓。

我们决定去吃午饭。村里只有两家对外的餐馆，一家就是我们昨天吃晚饭的那家，就在溪水的边上。溪村有三条主要溪流，分别是大溪、小溪和潼溪，其实是一条，潼溪是山里溪村水库流出来的一条，到了昨天石碑集中的大桥头分成了两条，宽的是大溪，窄的是小溪。我们的饭馆在大溪边上，饭馆旁是一座水泥桥，上书“幸福桥”三个字，落款“贾庆林”。而溪村其他的桥都是石桥。另一家饭馆在大溪流入农田和外面公路交叉的地方。所以我们其实在餐饮上并没有多少选择，除了特意改变（而非改善）伙食，或者干活结束就在公路附近，我们也很少有机会去另一家吃饭。

点了芹菜肉丝、花蛤、地瓜叶、米饭。拍了一上午族谱，也没有什么机会交流。虽然没有大幅运动，但有一种从事机械劳动的疲惫。除了拍族谱任务，师姐还有一项额外工作，负责对收集的资料进行整理。我问她要怎么整理，她说，要把碑刻上的文字输入电脑，族谱内容最好能整理出一些线索。

我是看过族谱的，因为一边翻一边拍，里面的内容总会扫到几眼。这些族谱就是男性祖先花名册，通常会在开头总叙祖先来到这里的原因和年代，不出意外都要追溯到唐宋时期。也不管那些人是不是真的存在。接着是本门高官，不是进士就是举人，毫无例外总有显赫官职。然后是一连串的家族谱系，无非是爷爷生了爸爸，爸爸生了孙子，孙子又生曾孙子。偶尔有些在名字边上加两行小字，写他娶了几房媳妇，买了几块田地。

“现在你觉得拍族谱无趣，很正常。回头等我们去村里走一走，你就不会觉得闷了。”师姐是这么安慰我的。我觉得她也在安慰自己。

和我有什么关系

在村里走动是第三天上午的事情了。老潘说他下午以及之后的几天要去外头办点事情，没法管我们了，所以要带我们熟悉一下。其实我们这两天在村里走动，找某家的房子去拍摄族谱，已经把村里走得比较熟络了。当然，有向导带我们走一遍要更好一点。

老潘腿长且壮，穿着短裤凉鞋，在地里走得飞快。沿着河边到了大桥头，他对我们说，过了桥就是潼溪，这里的水是从山里流出来的，山里有水库。以前没有水库的时候，山里会发洪水，把整个溪村淹了，大桥头的桥也最容易冲毁。每次冲毁就要重建，重建一次就要立一次碑，所以这里的石碑是村里最多的。过了大桥头，就是杨朱，以前是个村子，住着姓杨的和姓朱的，还有姓董的。他们的俗话说，先有朱和董，再有潘和陈。后来朱姓已经没有了，董姓还有几家，剩下的都是杨家了。

“杨家的祠堂就在杨朱，你们自己过去就可以了。”

虽然老潘就是这么轻描淡写地指点了一下，但我总觉得他话里有话。

潼溪在大桥头分水的另一路就是小溪，小溪往北流，最后消失在田洼中。溪水的东岸叫新田，住着陈家，他们是颍川陈家，也是溪村的第二大姓。“以前他们娶了我们潘家的女子，生了几个孩子都做了大官。现在也到外面做生意，很有钱。”

“那潘家有没有嫁女儿给杨家呢？”

老潘被我一问，有一点愣神。然后又说，以前没有，但现在改革开放以后也有杨家的女子嫁给潘家的子弟。

“哦。”我回答。

“小溪的西面是淇园，以前也是一个村子，住着姓林的。他们和溪村其他的林姓不一样，是九牧林，不是江田林。溪村里还有高家，也不少，是从后山迁过来的，他们以前就和我们潘家有婚姻。溪村以前出过最大的官不是我们潘家的，是庄家，庄维春的后代，他们祖上做过明朝的巡抚、总督，就是比省长还大一点的官。他的故居现在还在大溪边上。我们潘家只有做到河道总管，是治理黄河的官。所以我们对庄家是很好的，就是他们现在搬走了，搬到福州，搬到外国去了。”

“溪村还有姓郑的，住在玄坛亭那边。有姓王的住在毓麟宫的上面。姓张的，对和你一样姓张的，在潭头。还有姓刘的，在南面，他们以前是潘家的佃户。还有姓赵的在……”

老潘一边走一边如数家珍，而我很快如坠云雾里。他告诉我光是潘家，除了红门房，还有路东房、小山房、大山房、后山房、世勋房、邦上房、江田房等等等。我都没记住。

路过一个转角，老潘给我们指指路边，一个犄角旮旯大的地方，有一个小水井，边上立着一个小龛，旁边有一个香炉和不少香火，小龛的帘子上书：福德正神。两侧挂着“有求必应”。还有一个老长的碑刻，我扫了一眼末尾，写着1994年立。这当口，师姐早已拿出单反相机连拍了几张。

为了表示我的好学向上，我也拿出自己的相机拍了一张。

其实我也不知道自己在拍什么。

老潘带我们看了村里的几个老房子，门楣上写的“御史第”“大夫第”，他特别强调，建筑专家来看过，鉴定为明代古宅。另一个清代古宅也带我们去看了。然后他就走了。

前头路过一个路口时，我似乎看见一块不大的碑刻，夹在两堵土墙之间。现在我提醒师姐，要不要回去看一眼。师姐说，要的。

我们顺路返回，在村中小巷中来回穿行，却始终没有找到刚才的那个路口，还在一个三岔路口迷路了。一只卧在树荫下的土狗冲我们汪汪叫，师姐吓了一跳。她原先在老家做田野的时候，曾经被狗咬伤，去医院打了三针狂犬疫苗。土狗见我们气势不盛，得势地追出五米。我们只能向后退却，退到一处土狗看不见的拐弯。

喘息之余，抬头，路边的夹缝之中，就是刚才那块碑刻。说的是潘、陈两家百年前筑路，各占此处五尺的往事。

拍完收工，心中却不起波澜。村里这些作古百年的古人，和我有什么关系？

我失去的人类学之眼

一个星期以后，进入酷暑，我们把拍摄时间集中在上午，吃过午饭后，就在房内休息，整理拍摄的族谱和碑刻。等太阳落下去一点后，再出门尝试和人访谈，收集口述资料。

因为夏日午后常会突降暴雨，在屋里歇着本来不错，可我认定照片整理的工作是师姐分内，与我无干，所以这下午的时段，便成了我一天中最难熬的几个小时。

在一个陌生的地方，拍族谱、拍碑。基本的流程通常是，跑到某家看起来像祠堂的房子里去，敲敲门问，家里有人吗？里面出来一个老大爷，问：大爷您好，能不能把族谱给我们看一下（省去若干寒暄、套瓷），大爷您能让我们拍一下吗？然后大爷抱出一摞族谱，我们一蹲就是两三个小时。

眼看着带来的数码伴侣（这是移动硬盘出现之前，克服有限电脑硬盘的新式装备，比后来的移动硬盘多了一个SD卡的插槽）越装越多，我内心却没有一丝喜悦。我想师姐也好不到哪儿去，毕竟是她要负责把这些拍来的照片整理成资料的。

我有没有曾经想过，要看一下自己拍的东西？没有。在那些个无所事事的下午，既上不了网，也没有其他娱乐。我把电脑里装的《西游记》电子书翻了一遍。现在，电视成了我的好伙伴，就是那个不到十个频道的图像灰白的电视。

我对自己正进行的工作陷入了严重的怀疑。那些生活在溪村的人们留下什么让我探索的东西了吗？我不知道，也找不到。一切都毫无头绪，我不知道自己要看些什么，问些什么。几年之前，在甘肃的村子里，我还能提出问题，和村民交谈，在小本本上记录一点什么。可现在呢？一个又一个冷冰冰的人名在族谱上出现，一晃而过，他们显然不会回答我任何问题。那么村民呢？老潘呢？他们只能告诉我，那些作为开基始祖的祖先们，分出了多少房派。我一个也没记住。记住这些能有什么用处呢？

一旦这些困惑占据了我的头脑，一切都向着更糟糕的方向滑落。有一天，我们去了新田的陈家，在家的难得不是留守的老人，这次换了一个十八九岁的小伙子。他拿了族谱出来，给我们翻拍，不过他这一房尤为年轻，族谱只有两卷，两小时内就大功告成。

他对我们的工作感到好奇，加上他又是沟通方便的年轻人。于是，我们就不吝花些时间和他闲聊，弥补我们整日闷头工作的无语——有时候，我和师姐也变得大眼瞪小眼，无话可说，这种与我们想象中的人类学调查的巨大落差，阻断了我们之间的交流。

小伙子讲了当地年轻人的普遍出路。在国内做个小生意赚钱，开设一家沙县小吃店、一个私人诊所、一爿小型超市，甚至一家五金店，这都是乡人们从事的常规的产业。

他特意指着祠堂屋顶上的房梁给我们看，这根直径明显超过一米的巨木在房梁上显得颇不相称。这是一位成功人士的捐赠。他开办了自己的贸易公司，为了感谢宗亲，特意从南美买来硕大无比的巨木，走三个月的海运，方才运到。他安放巨木在这里，旨在光耀宗祠。

这是个好故事，可惜，这样的故事，我也听不进去了。

因为我想到的是，这和村子里的石碑有关吗？能破解族谱上的无限循环小数吗？既然不能，那么，呵呵。

这一刻，我失去了我的人类学之眼。

问号三连：
我是谁？我在哪里？我在干什么？

在屋里看电视到很晚，我就会到底楼下去冲凉。一开始，我还老老实实进冲凉房里。后来，夜里无人，整个底楼静悄悄的，我就懒得进冲凉房，直接站在水缸边上，用水瓢从水缸里舀水，泼到身上冲一下。这时已经有了一点秋意，可我不在乎，浇不尽的是我的烦闷。

抬头看屋梁上，有时会有老鼠爬来爬去，我就半瓢水泼过去。老鼠被水吓到，又嗖嗖地逃回角落，等下又出来，我又泼它，如此反复，有时能把洗澡这件小事，凭空拖延半个小时。这大概是我一天里唯一觉得有乐趣的事情，除了担心老鼠会不小心掉下来，落到水缸里。幸好，这样的事情从来没有发生过。

我七月初从西藏回到南方，七月末就到了溪村。现在又过了半个月，八月上旬，白天天气很热，晚上就变得凉爽一点。我还是坚持用水缸里的凉水给自己冲澡，觉得这样或许能浇灭一些我的烦躁。

有几天传闻说台风要经过闽东，我暗自欢喜，渴望台风带雨，可以让我窝在屋里休息几天，不必外出。然而，现实却有些骨感，台风从没有登临大陆，拐了个弯，奔去台湾了。雨只敷衍地下了两天，把碑上的字冲刷得倒是更清楚了一点。

也不能老是在屋里坐着、躺着，人还是要动一动的。村里的碑都在路边，很好找。除了修路、建桥，还有村里各种各样的庙里也有碑刻。内容都是某年某月村里因何原因重修。原因要么是战火，要么是自然腐朽。下面还是各种人名。我努力了一天半，对碑刻的兴趣，也像忽倏没影的台风一样消失了。

庙在最初还能填补碑刻留下的空缺。村里有几座主要的庙宇，一座是毓麟宫，这是一座祭祀“陆上妈祖”，保生女神陈靖姑的观庙。以她为主祀的闾山派（更可能是“庐山派”的讹化）和江西的主流道教派别保持了非常密切的联系。她在整个闽东地区都得到祭奉，围绕她成神的事迹（比如度化闽越王宫的三十六名死去宫女成为她的仙兵），构成了闽东民间传说体系的根基。

然而，当时的我对这些一概不知。所以，当师姐看到毓麟宫墙上的壁画，说出“三十六姑婆”时，我一脸茫然，毫无反应。但我在几年后，真的去读了这个系列故事的源头出处《闽都别记》。这要感谢师姐。

观庙门口刻着一块石碑，这次破例不是重修人名碑，而是宋代学士真德秀写的一篇观记。据说这篇观记被收入县志的艺文录，重修这座观庙时特意找出来翻刻的。这段文字讲述了一个遥远的北宋故事，如何显灵，又如何应验。我只是生无可恋地把它拍了下来。

村里还有一座禅寺，这是唯一有一定规模的宗教建筑了。此外就是十多个更小的小庙。最小的可能不超过一平方米，简陋的搭出屋顶形状的小笼龛，供着两个表情模糊的石刻人形。他们略带严肃而又似笑非笑的神情，仿佛是对我毫无进展的工作的嘲讽，看着让人火大。于是，我决定每次一个人行动时都绕着它们走过。

剩下唯一可去的，似乎只有那间禅寺了。寺院坐落在一个顶多二十米高的石头坡上，里面有一个老和尚，带着一个小和尚，不念经，只管香火。香火很旺。我们第一次去的时候，里面空荡荡的，只有两三个老妪在房间里忙碌着，准备食物还有打扫。老和尚在指挥，小和尚不知去向。墙上贴着新的黄纸，覆盖着底下已经褪色、斑驳的黄纸或红纸，上面写着的内容都能辨认：初七清醮，请各种信众参加。以及给此次活动捐赠过的名录。我照例也给拍下来了。

因为在黄老师走后，师姐就成了他的替身：文献，这些有字的，有记载的，都是文本，都是地方文献。好的，师姐，我拍，这时我已经没有什么怨气，变得非常消极地配合，只想着早完早好，打完收工。纸上那些名字，有姓潘的姓陈的姓林的。没有姓杨的，我当时没注意到。多亏留下了照片。

掐指一算，初七就是两天之后。老和尚说，我们今天在忙，没时间陪你们。你们初七那天来，一定热闹得很，你们到时候来玩。

可初七那天，人多如织，岂不是更忙，他会比今天更有工夫搭理我们吗？我心想。

我还有一个问题，“清醮”是什么？我没说，也没问。师姐也没说。很多日子以后，我才发现，我把字认错了，师姐也是。

我猜得没错。初七那天，我倒是看见了老和尚和小和尚。但庙里的人把他们围得里三层外三层。门口点着炮仗，噼啪大作。鞭炮冒出的烟雾和燃烧香烛黄纸的浓烟混合在一起，把这禅寺笼罩得如在云间。所有人忙着进香，忙着祈福。老和尚和小和尚，还有他们找来的帮手，忙着念经，声音如歌如诉，不知所云。

我和师姐，呆呆地看着往来寺里的人群，有些是我们前几日拍族谱时到访过的，有的是我们在街上闲逛时照过面的。只是这时，他们忙着向神明许愿。而我们是纯然的局外人。师姐问我，要不要去烧炷香。我说不要，我不信这个。师姐自己去烧了一炷。

我是谁？我在哪里？我在干什么？我想要从眼前的这些人中了解些什么？他们难道不是在做一些无比寻常的事情？

一个老人叫醒了我，问我们要不要吃斋饭。我说不用了，师姐说好。然后我们就和着这些帮忙的老人一起坐到饭桌边。

和尚还没忙完，他们要等念经的间歇，才偷跑出来吃一点。然后，这场活动做了三天。师姐三天都去了。

我待了一天半，第二天傍晚实在觉得无聊了，借口要打电话就跑掉了，在附近溜了一圈。漫无目的。

仓皇出逃

在溪村的最后一周，我几乎是掰着手指挨过去的。谁掰谁知道。在过去的三周里，我试验了无数种爱上溪村的方法，失败，无数种爱上调查的方法，失败，无数种自我娱乐的方法，还是失败。

我早上和村人一样点一碗莆田卤面，里面放麻酱，中午吃馄饨，里面放麻酱，晚上点两个菜，终于不放麻酱了。后来，我对麻酱就不感冒了。

我去过村上的游泳池，在潼溪上方，有一个村里围起来的山泉泳池，边上砌了石块。附近的人都会到这里玩水。我也去玩了，但不会游泳，只能在里面泡泡脚，样子挺傻。

我还去了村背后的山上，一个几十米高的小山岗，眺望海岸线，天气不好，什么都没看到。下山的时候，看到不少墓碑，碑刻上有文字，最后，登山的兴趣，又被拍碑工作取代。拍回去的资料扔在数码伴侣里面，出于赌气，我一次都没点开看过。

村里有个小礼堂，上面写着“抓革命，促生产”的标语，已经褪色剥落了许多。现在这个礼堂还有一个最主要的功能，就是演戏。村委会会邀请附近的闽剧团来演戏，富裕的村民也会以还愿的名义邀请一个剧团前来献戏，这种一演就好几天。村里的居民还会因为家里的事情，在自家院子里找木偶剧组来演木偶戏。要演的太多了，我一直没有摸出什么规律。

为了消磨时光，我也尝试过待在礼堂里，冒充村里人一起看戏。其实我一句都听不懂。我只是坐在那里，看舞台上出将入相，边上两个滚动字幕提示，告诉我剧中人唱的是什么。曾经有一刻，我萌生通过唱词学习当地语言的念头，但这个念头在几秒钟之后，就彻底消失了。

剧场中的蚊子也是让我离开的理由之一，我无法像村里人一样听得津津有味，我不能欺骗自己。而这让我对腿上的蚊子包表现得更加敏感，以及愤怒。出于对我最后一种融入溪村、自我娱乐尝试失败的恼火，我再次选择逃开。

离开剧场的时候，天还没有黑。我沿着小溪边走到小桥的位置，这是和大桥相对的另一处主要桥梁。因为桥边有一处摞了几块石头的平台，成为夜间人们消夏闲聊的场所。平时有五六个老人在傍晚会固定占据这片区域，今天竟有十个。我意外地发现，徐师姐也在边上坐着。

她是刚从禅寺里出来，她说“清蘸”活动还未结束，但被寺院的空气熏得头脑发胀，就路过这里开始和老人聊天了。

有一个老人引起了她的兴趣，老人是村里人，但后来念了大学，在北京工作多年退休后，决定返回家乡居住。他能说一口略带方言的普通话，足以让我们把交流的通畅性提高一倍。他不是社区活动的积极参与者，所以平时很难看到他。他也不是民间宗教的信奉者，所以也没在寺院中见过。

或许是和村里同辈人在视野上的差距，他对普通话说得极好的徐师姐打开了话匣子。从他上学说起，他也姓潘，比老潘岁数小，但辈分高。问他是不是红门房的，他说不是，他是后山房的。红门房清末出过两位举人，捐了官职，才因势做大，开枝散叶，人丁兴旺起来的。他们后山房倒是有不少贫家子租种了红门的土地，成了红门的佃户。

“你看，这座桥，就是红门家的世勋祖重修的，还有世驯祖。”他说着，指着桥边唯二的两块石碑中较大的那块。我凑了过去，在明亮的月光下凑到很近，终于看到小桥重修碑记边上第一行，写着世勋两个字。这两个字我是熟悉的，因为我在大桥边的至少三块碑上也看到过。

潘宗明、潘启宏，另一块碑的开头是这两个名字。我的目光也扫了一下。

这两个名字不是红门房的吧？我问出了这三个礼拜，二十多天以来的第一个问题。

“怎么会！宗明是世勋祖的大儿子，启宏是宗明的二儿子。宗明的老大走得早，老二启宏就成了红门房的大宗了。”

老先生的话，如同当头棒喝，把我击中。我久久不能回神。

四天后，我就离开溪村了，仓皇出逃。就像被释放的囚徒一样，我只想把所有痛苦的记忆一次性抛开。离开的倒数第二天，有一个小孩，在潼溪那边的村落游泳池溺水身亡，一说是游泳时被蛇咬了，麻痹溺水。这个消息，也是刚来时提醒我们注意安全的餐饮店老板说的。

尾声：长生之法

一年半以后，我得到了一个机会。

我去中山大学参加了一个“历史人类学暑期学校”的讨论班，两周之后，讨论班结束，但还留了个尾巴。如果学员回去能自行调查，提交收集的材料一份，可以报销两千元差旅补助。

我心动了。

我没有调查的打算，因为我记得电脑里装了一份近两年来都没有点开的照片合集。师姐毕业后，留下了一部分当年工作的成果：她把所有碑刻中可以识别的部分，都手动输入 word 文档，三十多份各个家族的族谱照片，也分成三十多个文件夹放置在了那里。

近两年中，我一直没有找到合格的田野地点。事实上，经历了那个二十八天之后，我完全失去了对田野调查的愿望。我对村落失去了兴趣，我越渴望田野调查，就越排斥村落研究。我不知道把一个村子研究得极为透彻，能获得什么更多的知识。难道我能穷尽世上所有的村子吗？

我知道，其实是我的心变得越来越大，我想要从人类学里得到更多。我想象自己是《西游记》中去菩提老祖处求学的孙悟空。

祖师道：术字门中，乃是些请仙扶鸾，问卜揲蓍，能知趋吉避凶之理。

悟空道：似这般可得长生吗？

祖师道：不能，不能！

悟空道：不学，不学！

我要学长生不老的终极法门，一口吃成一个胖子，但我一直觉得自己浮在半空中，扎不到根基。只是隐隐中，我一直觉得我有义务再次回到那个无法面对的失败之地。

我打开了三十本族谱中文件数最少的一个——红门房。这一次我带着一个猜想而来。我不再一页页翻看这些家族名单，只是径直找到了那个命中之人的位置：生活在清代末年的世勋。

果然，世勋的事迹是整本族谱中最详细的一位。他购买田地、建立祠堂、修桥铺路的事迹被族谱一一记录。他积累的田产和财富，惠及子孙，在后者身上兑现了家族的繁荣。我用师姐留下的文档检索了一遍，世勋和后人的名字毫无疑问都出现在溪村大部分重要的碑刻上。

这一刻，我被柯南附体。一不做二不休，我找出了所有溪村中，提到世勋的文字，他的中举、经书、买地、建屋、惠及后人之事，连同他后人的事迹也被我一一辑出。这一下，我竟然产生了前所未有的兴趣，作出了红门房的事迹大全。我发现我能看懂族谱和碑刻了。族谱上无数的名字中，大部分都是过眼云烟，只有少数一些才是关键所在。这些关键名字，也出现在所有的文本当中，他们反复出现，在乡村世界中结成了一张自己的网。找到这个村落世界的“最小公倍数”，村庄文献的答案，就自然浮出水面了。

当然，我在解开潘家、杨家之谜后——杨家是很晚才搬到溪村的山民的后代，他们和潘家存在本地人和外来移民间固有的文化冲突——还顺带掌握了一项技能，我在不经意间自发学会了文本细读。当我逼着自己找出世勋的每一条事迹时，我没有放过任何一首记录在族谱中的诗歌、碑记，甚至有他署名的题字。我弄清了诗歌中每一个地名、人名、典故的地方含义。那些粗鄙的咏景诗，终于变成了一首叙事诗。

这就是我在溪村得到的“长生之法”。

最后，我写成了一篇村落历史的报告。靠着这份报告，报销了这笔田野经费，请同班同学吃了一顿大餐。然而，我真的就彻底远离了村落，远离了田野。而且我也不再吃莆田卤面了，吃得够够的了。

瑶山访女人类学家记

正月十五宿畲僚，
八月十六过山瑶。
金沙江头虎跳，
香格里拉逍遥。
阿萨姆，上缅甸，
百里开外三江表。
苍山远，云雾罩，
洱海浩渺爽人钓。
藏民牦牛牧场早，
酥油糌粑火塘烤。
纳西爱穿羊皮袄，
木楼人家干阑好。
谒木府，辞南诏，
金马碧鸡，妙香国老。
六诏远，八桂眺，
日晏中秋，晨起似春晓。
慕仙道，瑶山香，
谈笑今朝，女博士知道，
依稀当年寂寥，人类学路缦回几遭。

从桂林去恭城

早上八点到了车站，桂林不愧是中国最著名的旅游城市，车站到处是去各地旅游的老外。不过让人不爽的是车子一直拖到半个小时后才开。车动起来了，我开始回想之前一周的云南之旅。这是我研究生的第二暑假，也差不多是最后一个，翻译完《石器时代经济学》，我给自己放了一个长长的假期。一位中甸（今迪庆藏族自治州的香格里拉市）的纳西族同学邀请我们去她家做客，我在滇西北逍遥了两个星期，在中秋节前我又来了桂林。同样借住一位同学家中，只是这次，我不光为了漓江山水，还要去北面的恭城瑶族自治县，看望一位做田野的女博士。

从滇西北来到桂北，这是我研究生时期最长距离的一段旅行，或者称作旅游更加恰当。不过，正在发生的事情或许让我对异文化中的探索又产生了兴趣。

去恭城的车票要三十元，比去阳朔贵了一倍，地图上看也要远一倍的路程。女博士是我本科的师姐，后来去了中山大学读人类学。和女博士的交情建立在我开始成为人类学爱好者之初。我看着她从本科到硕士、待业青年、导游，到现在的博士，确是不浅的交情。记得当年第一次在保安、东乡的田野中，还有后来半途而终的裕固族调查，都有当时女本科的身影。

然而，自从她读博以后，我们便两年未见。在我长假之初，得知她正在桂北山区田野，便决定这次中甸—丽江—大理—昆明—桂林二十日游的终点就定在她调查的瑶族山村。让我自己做田野固然有些头疼，去看别人做田野我还是挺愿意的。毕竟这和打着研究旗号的旅游也没有什么本质上的区别。我在中甸的田野经历，就是这么玩耍过来的。

我来桂林之前，就和女博士打了招呼，说要去田野里看她一眼。另一个目的，我对瑶族毫不了解，许多年前，曾打定决心，要把中国民族的来龙去脉都弄清楚。可去厦大读研究生后，这个想法就变得有些摇摆。让我专程调查每个民族，一时没这能力，一切只得随缘。这次正好借她在村里晃荡，我也能搭个便车。

女博士也给我打了预防针，说山路难走，路途艰险，治安看情况。想我也算走南闯北，虽然不会游泳，水里去不得，但是一不晕车，二不晕船，山里当然去得。女博士说好，她先从山里出来，在县城瞎逛，顺便接我。

于是，我就一路晃悠悠上了去恭城瑶族自治县的客车，车又一次经过前日到过的阳朔，一路上是长成各种形状的山石，漓江的水质不错，确实比我见过的大多数河流都干净，虽比不上我刚见过的金沙江上游来得气派，但也自有南方山水的秀色。我一向不对旅行地点妄作比较，崇尚及时发现眼前之美，所以现实永远不会让我失望。

在我遐想的时候，车就到了恭城，一个不很新也不很旧的县城，和我到过的大多数县城都差不多。女博士刚才还发了短信，说就在车站等我。结果人很多，我就是没见到女博士。心想，女博士身形干瘦，莫非挤不进人群，还在外面？

再发了个短信过去，没理我。我也不急，又进车站晃了下，还没有，又转到售票处，挤出了售票处一堆说恭城土话的当地人。这时有个戴着棒球帽，穿着白纱罩衣背个书包的大姐抬头看了我一眼。第一眼，我以为当地人是没有这么奇怪的打扮的，再一看，果然是我称之为老姐的女博士，因为名字同姓近音，许多年前，就约定称其老姐。唤了声老姐，看来彼此都没啥变化。人类学家都是腼腆木讷的人，省去握手拥抱。

拜见人类学女博士

女博士说，在车站等了一下很是无聊，就跑去瞎逛，没想我这么快就到了。女博士又说，吃饭去吧，你老姐这两天感冒，喝绿豆粥去。好在我也不饿，去了粥店。女博士除去帽子，望见多了一脸雀斑，眼袋依然很大，两年前见时还留着长发，现在换了短发，总的说来和当年没甚变化。尤其是滔滔不绝也好像上周刚见过那样，毫不生分。

田野中见到其他人类学家 Rule No.1 ：开始八卦！

老姐果然很八卦，那么多年都没啥变化。从当年西北田野的组织者最近为何离婚，扯到各位混得好的、混得不好的，互相认识的、彼此不认识的阿姨、大叔。八卦完之后，发现人类学家的圈子竟是如此狭小，差不多每个人都有或多或少的关系，这个的同学的老板，那个老板的师弟的再传女弟子，还有同学的师兄的前老板的现任小弟，只有人类学家才能说服自己耐心分清这些奇怪的关系。

其次发现，人类学家的时间观竟是如此与众不同，明明已经过了二十多个月了，田野地点也至少换了四五个了，可还是这些话题。（后来我遇到一位十年前上过他课的本科老师，他说出的话题，竟然和十年前一样几乎没有变化。）看来每个人类学家都频繁出入田野，回来凑在一起的时间甚少，“山中已数年，世上方三日”，怪不得人类学家个个都看起来驻颜有术。

八卦差不多后，女博士说要去给房东一家买些生活日用品，女博士见到我非常开心的原因之一是她这次准备大大地采购一番。

所以田野中见到其他人类学家 Rule No.2：不方便让研究对象帮的忙，可以支使其他人类学家！

柴火固然不必，但米和油却少不了，几袋麦片，一瓶蚝油，一瓶金龙鱼食用油，还有什么我都忘了，反正是拉拉杂杂的一堆，本来我空着的双手一下全拎满了东西。虽然我是刚穿越滇北到了桂北，不远近千里，又离开了同学豪华的别墅，放弃了如画的漓江山水，跑到深山老林里来看她，不过女博士可一点都不见外，拖着大包小包的我上了去恭城底下三江乡的班车。

此时的我还沉浸在白痴一般的状态中，对即将前往的地方一无所知。女博士森然一笑：待会儿你就知道了。坐在班车上，女博士计算了下午太阳照射的方位，指挥我坐定，免得阳光继续加深我已经很黑的肤色。我觉得虽然恭城车站比较混乱，但无票上车毕竟不好。女博士果然老江湖，告诉我说，她第一次也是老实买票，发现卖票的靓女瞥都没瞥她一眼，后来知道当地居民全是上车再买。就像当年城里居民面对地铁安检，不论大包小包，都是扭头硬过，只有初来此地的外来客，才会老实送检。这也是区分本地人和外来客的一道标准。对着没有准时开动的汽车发了一些牢骚，汽车居然听话地开了起来，女博士和壮族、瑶族师公混得倍儿熟。

出了县城，又见到桂林地区奇异的山峰，没多久走上一片坝子，比较平缓，我刚感叹道路平缓，不甚艰辛，女博士立即给我泼了盆冷水，还没进山呢！只觉得车子一直往山里的方向开着，又过了一会儿，果然是进山了，上山下坡，堪比山路十八弯，好在我之前走过金沙江畔的山路，这等颠簸已经是小儿科了。虽说走过不少山路，林木茂密的新疆果子沟、青藏的高原草地、闽南的红土灌木林、滇北的原始森林，但桂北的山区还是有些特色的，山坡上东一块西一块开出的山地，被我戏称为“刀耕火种的地方”。一条河谷也颇似微缩的长江第一大拐弯。这一段话在以后再见到女博士时，一定会再度提起，成为一段共有的人类学记忆。

过了一个集镇，又过了一个国有林场，又过了一个小型聚落，女博士提醒我马上就到了。看了一下环境，确实到了群山之中，深菁密林，河谷幽邃，女博士叫了声“停车”，用的是龙胜话版的恭城方言，车子停稳，前不着村后不着店，面前一条深涧，两边是高山，送我们过来的一条乡道拐过一个山头就不见了。我问下来咋走？女博士耙开草丛看了又看，终于判断出一条上山的土路。我问还有多远。女博士非常邪恶地指了指山腰处隐绰的土屋，到那也就走了三分之一吧！

才说完，女博士已经嗖嗖地爬上一个土坡，我拎着两手的东西终于觉悟，为什么从刚才到现在女博士看我的眼神都如此诡异！我左手一袋米，右手一桶油开始爬山。下午两点的太阳照在桂北瑶山一个籍籍无名的山头，次生林不够浓密，无法遮蔽可怜的炙烤中的人类学家。山坡很斜，开出的道路都是之字形的，看着不远的地方，却要七拐八拐走半天。拐了几次之后，山上出现一片果林，淡橙色的月柿硬得跟石头一样，尚未发育的柚子长得像营养不良的葫芦。女博士一边告诉我不可动了邪念，打这些只会有害牙齿的水果的主意，一边小小提示我才走了一半的路程。好在我也耐力惊人，向来不惧爬山，远远看到一座白色的土屋已在侧前方，女博士解释，这就是刚才山脚下说的那三分之一的位置，屋主与老姐的房东不和，所以连进去讨口水的可能都没有。

我看了一眼山头，感觉也没太远，心想女博士骗我！不过又过了三片柿林之后，我才看见另一幢门口放着一堆柴火的土房，浑身湿透的汗衫终于让我感觉到山风的清凉。女博士大摇大摆走进开着的房门（其实连门都没有，说是风水问题把门去了，我怀疑荒山野岭完全没有装门的必要），我在门口简略地看了下环境，这间住宅的上方和下方各有一家，对面山头还有三家，这就是女博士重点研究的二十八家村子里的六家了。我也跟着进了屋，差点踏到一只地上乱跑的小鸡，走进房门，一只刚孵出没多久的小鸡躺在地上，扇了一下翅膀。

蟑螂药与云腿月饼

女博士见屋里没有摩托车，就知道房东出去了。女博士叫我去和房东太太打个招呼，女博士给房东太太介绍，这是我“捞弟”（方言发音如此）。房东太太友好而谨慎地冲我笑笑，我也笑笑，说了声：“你好，我来看我捞姐。”女博士顺便把米和油交给房东太太。屋里很空，兼做客厅和厨房，有火塘，灶头几张椅子，做饭吃饭都在这间，做饭的地方熏得非常黑，但没有中甸藏族牧场里见到的那么黑。一个男孩和小女孩在屋里，没理我。

女博士拉我去她房里休息。女博士那间正对着厨房，她说原是房东小儿子的房间。房东小儿子就是刚才的男孩，在上初一，是个不爱说话的孩子，现在被“鸠占鹊巢”的女博士挤到楼上和房东的大儿子睡一间，今天晚上很有可能会被另一个不请自来的人类学家挤去和他哥哥睡一张床了，可恶的人类学家害这两兄弟的空间被压缩到原先的四分之一。

擦完汗，我看了眼女博士的房间，地上铺着垫子，我就直接坐在地上，一张木床，比学校宿舍的宽些，上面有张席梦思床垫，被子和垫子都套着干净的外罩，上面还有蚊帐，床边有张书桌，放了若干本书，后来我翻了一下，都是中文、英文的瑶学材料，还有人类学家所谓的田野笔记，可惜里面没有见到有趣的素描，地上两个大包。我惊叹女博士竟然如此孔武强悍！女博士说是房东师傅当年用摩托车载上来的，后来觉得用车走山路太费油，不好意思老是麻烦他帮忙搬运了，我才释然。

屋角放了两袋玉米和一叠装柿子的筐，女博士解释，这就是昨天“小强”开会的地方，扰她半宿无眠。我深表同情，从包里掏出一个塑料袋给她，这是我昨天在桂林跑了半天专门为她买的蟑螂药。自从女博士知道我来看她，就打算让我替她解决两个问题，第一是“小强”，第二是给她带个指南针或罗盘，以便替主人家看看风水。我想了一想，觉得第一个要求值得满足，后一个要求比较荒诞，便假装没听见。我的包里放了不少东西，蟑螂药的左边是给老姐的生日礼物，我从中甸老街买来的红漆镯子，还有在丽江街上为降低成本又买的两个同样但更便宜的镯子。五天后是女博士的生日，那时我刚到家，而女博士则为参加别人婚礼上了去昆明的火车，人类学家就是这样一群四处闲逛，为交通事业做贡献的家伙。

蟑螂药的右边是我从昆明卷烟厂食堂买来的六个打着“云烟”标志的云腿月饼，这些月饼说来话长，和我纳西族同学在昆烟厂工作的妹妹有关，而数量则和我本科的师弟有关。昆烟厂的云腿月饼当地有名，她专门托妹妹给我们代购一批，我在昆明送给请我吃饭的师弟一半，剩下的全都拿来了瑶山。不过这时我不管它们是否在路上曾经和蟑螂药为伴，都拿出来送给老姐，一会儿还会转赠给房东。女博士兴奋地拿着蟑螂药到处施药，誓把“小强”消灭！这时开着的门外，几只鸡好奇地在门口打转，却没有进来的意思，我发现刚才躺在地上的小鸡已经没再扇过翅膀了。女博士说，没关系，小鸡经常躺在地上发神经，况且我们也没有目击到它偷跑进来吃了蟑螂药。

但没多久，房东太太走过来，提着小鸡的脚迅速地把它扔到外面，我们才醒悟过来，小鸡真的死掉了。人类学家真是恐怖，冲进别人家里，吓死一只小鸡！很快，房东的摩托声由远而近，接着他就进屋了。房东有个特殊身份，是“师公”。他长得有些黑，但够威武，作为业余师公已经足够。老姐跑去和师公打招呼，暗示我也该提着礼物去见师公，我又从包里拿出一个袋子，再加月饼，兴冲冲跑去见房东。

田野中见到其他人类学家 Rule No.3 ：让同行及时给主

人赠礼!

袋子里装着照片，是桂林同学上次陪乌克兰美女师妹来看盘王还愿仪式时和师公照的。我正拜访的女博士的房东，堪称人类学界的老朋友，我的桂林同学也曾带上乌克兰友人，来此观看盘王节表演，认识了房东，并给当时的仪式拍了录像。只是同学偷懒，也不考虑房东家没电脑，就寄了光盘过去，也不想深山老林，很容易寄丢！而且确实寄丢了。师公毕竟是师公，掐指一算，就知道我会在八月十六造访，同学让我把洗印的照片带来当作礼物，再带上我的云腿月饼。师公比较满意，笑纳。同学曾说，师公是个超爱照相的人，很会摆酷，再说给人照相，最好还是要给人送去。

小鸡之死

这时来了一辆农用拖拉机，这是一辆标准的砖车，村里一个比较帅的年轻人开着这辆拖拉机居然上了我们中午爬了半天的坡，真是厉害！另一个年轻人也过来卸砖。女博士说两个年轻人中有一个是房东的大儿子，但又告诉我房东还有弟弟一家同住，但我到现在还没弄明白哪个是他弟弟。

这时女博士才开始给我解释瑶式房屋的格局，一座房屋建筑分为对称的两部分（可能因为地势而不对称但结构不变），都有两层，一层三间，两层共六间，对面也是一样，两边的房屋之间有一块空地，有和房屋相连的围墙围拢，门就开在围墙上。这两栋相对的建筑，只有一栋是住人的，另一栋用作厨房和存放物品的地方。连在一起的三间，最中间的那间是所谓的堂屋，供着“天地君亲师”的牌位，另一边有祖先的牌位，但只有最近的一两代。堂屋的一楼和二楼是贯通的，两家共用。

房东的父母都已经去世，现在的房子是他和弟弟分享，两家各有四间房，有各自的火塘，屋外也有各自的冲凉房。就算分家之后仍在一起居住（按不同的人类学家的说法，这既可以算作同一家户下的两个家庭，也可以说是两个家户）。两家各有电视，据女博士介绍，房东家紧跟潮流，爱看《夜幕下的哈尔滨》，弟弟家比较悠闲，爱看《家有儿女》，所以女博士更喜欢在弟弟家待着。

房东夫妇有两个儿子，十八岁和十四岁，他弟弟家有两个女儿，相对更小一些。但随着孩子长成，再加上时有人类学家这样的不速之客造访，空间显得不是一般的紧张。由于山地之上起屋不易，现在的变通之法是在原先的屋后整块平地出来，搭盖新屋，这次的砖车就是为此而来。一方面山路难走，另一方面砖头远在我来时路过的河口镇上，运送这二百块砖可要花去一天时间，可见盖房之不易。

看完卸砖，我和主人家都很腼腆，一是方才见面，不知如何开口，再加上语言不通，我们都对对方的话听得一知半解，有些尴尬。女博士看完垒砖工程，为免我在跟前碍手碍脚，游手好闲，决定拉我出去转转。出门时房东夫妇正在杀鸡，我对此深表谢意，女博士在一旁嘟囔她来时都没这待遇，师公解释我是个男的，所以级别不同，我大感欣慰，拉着女博士出门了。房东太太嘱咐早些回来吃饭。

屋外的草丛是平时扔垃圾的地方，我没看到刚才扔掉的小鸡。不过这真是个预兆，人类学家进门就吓死一只小鸡，现在主人又要杀鸡招待，人类学家果然堪比豺狼虎豹！

休息了两个小时，我已然恢复了力气，太阳落山，山里已经感受不到炎热了。往山上爬了一下，老姐说山后还有一些人家，这二十八户的自然村就在这附近，山上有条小路能翻过去。近处一个山包上一个人在摆弄柿子，柿子树不高，柿子不少。一条草狗在边上看着我们，对人类学家非常不屑，摇着尾巴走开了。

过了一块大石头，女博士突然觉得这里她没有来过。这让我惊诧，这离房东家才十分钟不到，这都没来过，那这一两个月都看《家有儿女》去了不成？女博士决定要过去看看，我就跟着绕过石头。一个老汉和一个中年女人正在收晒着的苞谷粒。见到我们，老汉停下手上的工作，和我们说话，女博士又操起了龙胜版恭城方言，介绍这是我“捞弟”，意思要带我去看看老人家的房子。老人就和我们一起去了前面的房子，走到门前，女博士恍然大悟，这里其实来过。老人的房子一层有四间，两部分加在一起有十六间，要比师公家的大，老人说这里最多时住过十六个人，确实很多。

女博士和老人扯开了，我也没听多懂，只有东张西望。

不过老人聊得很高兴，看来女博士又夸了一下他房子好，家底厚。说了一会儿，我们就要回去吃饭，老人送我们出来。下去更快，感觉走了五分钟就到，女博士在一棵柿子树旁让我和树合影，拍了“到此一游”照。

瑶山深处打火锅

饭菜已经做好，厨房里已经摆了张桌，外面天色渐暗，我在冲凉房边洗了手就跑到屋里坐下。饭桌不高，边上放着一些小板凳，我们依次坐定，不分主次，只是房东太太坐在火塘边上，方便加菜加水。我的边上坐着房东的大儿子和那位比较帅的帮工村民，村民边上是房东，房东边上是他太太，再边上是小儿子，小儿子边上就是女博士，一共七人围在桌边——打火锅。

锅里炖了一只鸡，就是刚才见到房东正在杀的那只，现在已经变成了鸡块。边上有几样烧好的小菜，我唯一还有印象的是豆腐烧腊肉。语言不通，开口很难，但既然已经团坐一桌，自然亲近了不少，大儿子给我斟酒，他父亲、他自己，还有女博士都有倒酒。帅帮工闷头吃饭，不发一言。房东先来敬我，表达了“有朋自远方来不亦乐乎”的儒家真谛。绵绵的白酒，并不很烧，确实要比什么醇香、酱香的好喝。吃了两口菜我也回敬房东，感谢他的盛情招待，并对我的突然打搅表示歉意，然后盛赞菜肴的可口（最后这条，即使不是出自口腹，也是发自肺腑。家常菜肴即使不及易牙，也采自天地精华，人类学家露宿风餐，饱饿无常，能有塘火佳酿，自然要感恩好客的房东）。房东夫妇很满意，指挥儿子继续给我斟酒。

语言不通，能听不能说，好在大儿子可以翻译。席间话虽不多，但气氛被暖融融的火锅烘托得非常融洽。几口下肚，我又想开口，按照田野中见到其他人类学家 Rule No.4，这时我要帮女博士造造势。我又敬房东一杯，说道，再谢房东招待，但更感谢对女博士两个月来的宽厚招待，还要忍受人类学家这种职业者每每的无理取闹、突发奇想；白住白吃，浪费粮食；脸皮极厚，赖着不走；吃鸭吃鸡，耗油耗米；鬼鬼祟祟，经常双手叉着腰装懂行，在村口画地形图被乡长当作外国间谍，偶尔还有老弟、老板跑来探望视察，一人祸害不算，更要拉人加倍浪费粮食。房东果然被我对人类学家的一番抢白逗乐，连道不妨不妨。女博士也正好借了这一机会，和房东冰释前嫌——话说女博士晨起赖床，而房东一家向来日出而作，提供免费准时的叫早服务，弄得女博士非常郁闷，今早起来还和房东黑脸了一下。现在化解嫌隙，房东表示可以理解。

饭继续吃，房东太太舀出一小瓢的深绿色液体，倒入碗中，又给房东一瓢。接着问我要否，大儿子解释这叫油茶。女博士望我一眼，我立即心领神会，这就是传说中的油茶。桂林同学说恭城油茶最出名，便没让我在桂林品尝。现在正宗的就在眼前，女博士开腔，说她喝不惯这个，所以不必给她。我向来以来者不拒著称，怎能虚了名头，于是把手一伸，要上一瓢再说。

油茶入碗，和米饭混在一起，变成绿绿的一碗，在我家乡向有“泡饭”一吃。先喝一口，味道奇怪，油茶先将茶叶用油炒，然后加水煮熬，沸开后滤出茶叶渣，即成油茶，和藏民的酥油茶制法还不一样。油茶加盐，有咸味还有苦味，还有炒焦的味道，初试一下果然奇怪。不过茶水把干饭泡软，我都稀里哗啦倒入肚子。房东太太见我如此爽快，精神大振，又添饭又添茶。一碗下去有了底气，油茶固然说不上好喝，对我这个偏好甜腻的人来说，也不是特别难喝，当年马奶酒、羊奶茶都照喝不误，还怕这个。

这时房东已经放下饭碗一边抽烟去了，大儿子又给我斟上第三杯酒，我刚喝到兴头，开始犯职业病，乱扯一气，要问主家的生计情况。房东大儿子说是早些年靠的粮食作物，后来改种水果，收入渐长，门口辟出一块菜地，种些自吃的葱蒜、白菜（女博士在我逗留期间几次三番惦记这垄连芽都没见到的白菜，说什么都要在云南回来后吃到），屋边散养一窝小鸡，招待我们这样的馋嘴人类学家。我问菜里的菌菇是否土产，他说确是林间杂生。我立即想到在云南天天大吃的松茸，于是借酒发挥，大谈松茸的营养之好，价格之高，市场前景之广阔，说得大儿子和他老爹，一惊一喜一叹息——惊的是山野菌子竟然价格不菲，喜的是自己每日所食也能忝列山珍，叹息的是本地杂菌连自家食用都不够，做不出这一本万利的买卖。我见房东父子沉浸沮丧之中，连忙打住，看来人类学家不能信口开河，不负责任地散播信息，否则将贻害地方性知识的形成。

散播伪人类学知识

我怕自己继续乱说，忙就着油茶把饭吃尽，喝干第三杯酒，说声饱了。房东太太开始收拾饭桌，其余男女老少都在一旁袖手，女博士晃在一边，我也就没有插手。屋里的男人加女博士都在边上坐着，吃饱的男人们开始用恭城话摆开了闲话。我无聊地听着，完全不懂，无奈地看着女博士。女博士建议我先去洗澡，我欣然答应。

大儿子领我去了他家一边的冲凉房，女博士跟来指导我如何使用，说是洗发水、沐浴露都有，用她的便是。她继续介绍，冲凉房里摆着的洗漱用品半数以上都为她所有，包括四个肥皂盒里的三个。大儿子往铝盆倒上了热水，边上水桶里还有凉水。我鄙视完女博士的三个肥皂盒，拉上帘子洗澡。木板澡房非常简陋，不过还算干净，水流借助地势从澡房一角流出，一块帘子遮住门口，从木板缝中可以看到十六的月亮，比我两年前在溪村乡间的澡房中舒服了许多。打湿，上沐浴露，冲干净，擦干，洗去下午爬山越野的疲惫。

洗完出来，换女博士洗，然后才是房东家的老少。屋外的月光皎洁，虽然没有路灯但也并非伸手不见五指，瑶山的晚风吹来，也没有我想象中的寒意，看来不需要添衣服了。屋里只有一盏白炽灯，却显出幽暗之光。帮工的村民终于开腔，这才知道他叫李小龙（长得也有几分神似）。主家继续用恭城话谈天，我无聊地坐在小板凳上，装作无害的白痴。好像是大儿子，突然想起了我，决定不再让我白痴下去，问了一个关于我席间说过的滇北藏民生活的问题：牧区居民经常洗澡吗？（当然是用普通话问的）

我违心地表示同意，虽然我想说各个地方的居民是不同的，城市和牧区是不同的，各地的卫生条件是不同的，所以关于这个问题是没有唯一答案的。但我没有。我是个缺乏职业操守的人，我不仅巩固了他们对遥远藏民的想象，而且针对他的另一个问题——藏民一年四季都穿袍子吗——给出了另一个不负责任的答案。我说：藏袍的作用在于给茫茫草原上，无遮无掩的人们方便时提供遮挡（虽然从实用的角度说，有一定作用）。他们的兴致一下子提高了，开始讨论人们穿袍子时的种种想象。看来人类学家确实是某种荒诞想法，尤其是关于他者想象的始作俑者。房东一家或许发现了人类学家有趣的一面，开始让我解答一个又一个关于他们心中远方同胞的问题，我也为自己能摆脱“无害白痴”的状态而兴奋起来，抓住这根抛过来的稻草，乱说一气。

女博士的及时出现，终于使可怜的房东一家不受伪人类学知识的侵害。女博士问要不要去房东弟弟家喝油茶吃月饼，我一口答应，因为实在受到良心谴责，决定不再散播歪理邪说。房东弟弟就住在隔壁的隔壁，中间只隔了一间。房东弟弟的太太已经煮好了茶等着我，房东弟弟没有房东师公的气魄，看来师公这份职业的确可以改变一个人的气质。这里的油茶稍微淡了一些，房东拿了几个我送的“云烟”月饼切开，分给大家，也让我尝了尝当地的广式月饼。又喝了三杯油茶，我觉得自己已经习惯口味。

喝完茶进屋去看电视，两家人围了一圈，房东的侄子、侄媳也在，我进去得晚只有靠边坐。由于角度太偏，我都没有关注电视内容。看电视的时候很静，只有我和女博士还在低语。再一会儿侄子、侄媳先退、我看时间不早，已快十点，就问女博士房东家的睡觉时间，按照女博士的意思，平时房东家在一个小时之前就已入梦。我赶忙提出要去睡觉，房东家如蒙大赦，纷纷起身。漆黑之中，我找到房边的厕所。这个改造过的连通沼气池的厕所没有太大的异味，是我上过的最干净的乡村厕所。大儿子也上完厕所，带我上二楼睡觉。我同女博士道了晚安。

大儿子的房间本来就在楼上，现在他弟弟也搬来睡觉，于是房间用布帘隔成两间，外面有张床是弟弟的，哥哥现在要和弟弟挤着睡。里面没有床，一个席梦思垫子放在地上，这就是我今晚的住处。女博士就住在楼下，楼板都是木头的，透过木板的缝隙，可以看见楼上楼下的光线，也可以听见说话声。大儿子很客气，也很热情，也很老练，很难想象他是个才十八岁的少年。睡在床上开始聊天，他是个不错的青年，少时成绩不错，曾在县中读书，结束义务教育后便开始闯荡。他当年也号称搏击放荡，所以还有大哥的名头，后来渐渐长成，觉悟不可复蹈荒唐，便洗心革面做个踏实青年。我又东扯西扯，终于有了睡意，临睡前他要了我的手机号（没想到一年后他还真给我发了短信）。

告别瑶山

一夜无梦，次日醒来，房东果然如期叫早，七点准时起床。洗漱之后去吃早饭，一会儿不见了大儿子，早饭是油茶和月饼，还有昨晚一些剩菜。在我快要吃完的时候，大儿子回来，拿了两个柿子给我，一个稍红，一个稍黄，说是这时柿子未熟，他拣了两个最熟的给我，也要放两天才好。然后说他今天还要再去拉砖，不能陪我闲逛，非常抱歉，说着就戴上手套出门了——真是个好孩子。

我和女博士都吃罢早饭，她就要陪我下山，一道去县城找民宗局的干部。谢过房东夫妇，我和老姐就开始整理东西。突然，在床脚蚊帐和席梦思之间的夹缝中，我们发现一只“小强”，我怕脏了床垫，没敢直接就打，倒是女博士抄起拖鞋，一把上去，打得“小强”皮开肉绽，还好肉酱溅得不多。这“小强”估计是吃了蟑螂药反应迟钝了。我找了张纸把“小强”裹起包好，拿去扔掉，不能让小鸡看见，不然人类学家的罪名又多了一条。

出大门口，请房东替我和女博士合影几张，以备来日向人炫耀。从此时开始，我已经开始有意识地留下此类旅游照片，证明我到过许多民族地区，满足我蜻蜓点水、走马观花般的虚荣心。

拍完照片，就和房东夫妇道别感谢，大儿子去拉砖，小儿子去上学，都找不到人了。我便和女博士一同下山，发现山路比上来时短了不少，看来是种错觉。拦住了回县城的班车，一路摇晃出了山，又见到“刀耕火种的地方”和“长江第一大拐弯”。

回到县城才上午九点多，在县里绕来绕去找到瑶族专家时，已经快中午了。老姐解决完问题，专家就把我们邀至他家就餐。一同应邀的还有专家的某亲戚，下面某乡的乡长。中午时分准时开饭，吃到了她太太百忙之中秀出的手艺——专家的太太是公安干部，工作之余还要招待我们这些外人——很是不错，专家请我们喝了他的自制药酒，大谈去年“盘王节”活动时见到的各地瑶学大牛，经过女博士一天点拨，我已经听过其中的大半。

又是三四杯酒下肚，开始犯飘，饭也吃完。站也站不稳的乡长告辞，专家自顾上楼小憩去了，就留女博士和我在楼下客厅。女博士真是好学，虽然喝了一杯，但这会儿就开始翻着《瑶学研究》，亏她惊人毅力，让我佩服佩服！

我顶不住上眼皮的劳累，直接靠在客厅长凳上大睡起来，等我醒来时已快下午三点，此时离女博士回山的最后一班车已时辰不多，她赶紧上楼叫醒专家，告辞之后，奔赴车站。

这时回桂林的班车也正待发车，握手拥抱不迭，只有挥手告别，目送老姐。

女博士和我认识多年，对人类学痴心一片，当初豪言壮志，信誓旦旦的有多少，仍在这条路上不倦追随的又有几人。旁人眼中的人类学是“热带的闲愁”，行色匆匆，却解不开生活的“忧郁”，漂泊中的下一次重逢又将会是在谁的田野中呢？

谷歌地图旅行者的绍兴—江山断裂带之旅

谪戍的人们去了南国

南国的岛屿有山和海

山中的瑶台是歌是舞

木客和山都踩着巫步和禹步

升上明月的海上蓬莱

番客驾着巨鲸从天方归来

鲛人献出了绡纱如霜

映出烧畲的火焰似彩

雕题交趾的猎手

娶回椎结跣足的妻子

酋长们说着鴃舌钩辀

溪峒里是蓝缕又筚路

南国的烟和南国的雨

笼住了南国的山

和南国的水

还有南国的人们

和他们的桃花源

走在浙赣之间

旅游巴士行驶在浙赣交界的常山县（属浙江）和玉山县（属江西）之间，虽然走的是高速公路，但过去的省道就在边上不远，道路两边是与公路平行的山陵，与我一同前进。不久之前，刚出衢州市郊不远，道路两旁还非常开阔，山丘只在路两边的远处抬头张望，并不显得高大威武，如我所料，车行不久，群峰很快蜂拥而来，把道路挤压进一条峡谷地带，好在危峰含翠，没有咄咄逼人。

这不是一次值得炫耀的旅行，也没有惊心动魄的事迹，这平凡得只是一次单位组织的年假出游。在此之前，我随旅游巴士从长江三角洲的腹心一路南下，过杭州、诸暨，到兰溪，刚游览了兰溪市北郊著名的诸葛八卦村。走过长长的入村进口，和众多操着吴侬软语的游客摩肩而过，时刻提醒我，这是吴越之地的核心。

刚过去的春末夏初，这里白墙青瓦，池水吹皱，虽是开发多年的旅游景点，依然生机勃勃，或许因为旅游变得更为清洁、开放。此地名为诸葛村，“诸葛”是其最大的卖点，虽说简介上将村落的始祖追溯到诸葛亮，称本村先祖为诸葛亮孙子诸葛京之子诸葛冲的后裔，但是，所有的历史文献都没有提到诸葛京是否有后人。不过，这位诸葛冲确有其人，他的父亲诸葛绪，《三国志·魏书》有传。诸葛绪和诸葛亮确实同为山东琅琊人，只是前者并未如诸葛亮一样追随东汉末年的流民潮南下，而是一直待在老家，并加入了曹魏的政权。史书记载他还在魏军灭蜀时曾与姜维交战，俨然与诸葛亮同宗为雠。这位诸葛绪的后人在唐末五代时定居诸葛村，成为当地的始祖。谱系倒是明确。

虽然和诸葛亮没有关系，村中的太极图状池塘和所谓八卦村落格局也多是附会，但清末、近代民居值得一看。村里虽然号称八卦，其实只是村落依山而建，房屋与房屋之间因建造的先后顺序自然延伸，形成了千廻百转、曲径通幽的天然格局，和所谓“八卦”并无干系。村中原有大致呈圆形的水塘，估计是为了附会“太极图”的形状，故意用水泥填没了半边，形成了“∽”型曲线——在这淫雨不止，难见日端的浙中乡村里，给浣纱洗衣的村妇们提供了难得的晒场。水塘边有一排滨水的干阑式建筑，半边用木桩架在水上，但只此一排。边上的房子则是白墙青瓦，让熟悉陈逸飞“浙地水乡画”的人们深以为找到了画中原型。庭院深深中的雕花门楼、肥梁胖柱和黄山腹地歙县的西递宏村，乃至温、台一带的滨海水乡一脉相承。

从我的旅行经验发现，浙地的深宅大院和浙西山地一直延伸到皖南赣北——黄山、婺源——从更大范围来看，这些江南白墙深院都与其中最著名的徽式建筑颇为相像，谁让这里山水相连，同耕一山，甚至在语言上都属于吴语系呢。不过，对我来说，真正令我感兴趣的并不止于此处，参加此次旅行我怀着一个更深层的目的，正如诸葛一姓从山东半岛南部迁往浙南，人群迁移背后的动态趋势对我具有更致命的诱惑。

吃过午饭，随车导游唤人上车，车从金华北面一掠而过，直奔衢州。在此之前我曾多次途经金华，只有“金华火腿”给我留下过深刻的印象。但这次我仔细望着车窗外面，还不时调转方向，兼顾两边，我希望用目测的方式把握道路与周围田地尽头的距离。虽然我极目望去，田地尽头的树木和房屋挡住了我的视线，可我知道，我其实身处一块巨大而狭长的“盆地”，该盆地东西六十公里，南北二十公里，方向并不水平，实际是东北—西南走向。过了龙游县不久，一侧的山丘沿着地平线慢慢变高、变近，我撑开困顿的双眼，竭力注视山地由远而近的趋势，我知道，很快就要进入衢州境内了，因为我所身处的这片盆地，在地理学上被称作“金（华）衢（州）盆地”。

谷歌地图旅行者的诞生

好几年前，我还在上学之时，每到开学、放假的时节往往是我一段畏途的开始。从我位于长三角的家中前往大学所在地厦门，有一段长达二十九个小时的列车之旅。在沿海动车尚未通车的年代，这条从上海开始，经过浙江，取道江西，辗转再入福建的旅程总让我有些不得其解：明明只有浙江相隔，为何总要借道江西？旅途难耐之余，我只能以铁路修建年代，两岸关系紧张，考虑沿海安全只能取道内陆，聊以自解了。

入闽的列车固定会先向西南行驶，依次经过嘉兴、杭州、诸暨（有时会停）、义乌、金华、衢州，然后进入江西的上饶、鹰潭，最终折向东南，在邵武穿越武夷山，进入福建。后来，由于这段列车之旅实在耗时甚久，加之机票廉价，我终于放弃了这段由浙江出江西，由江西入八闽的旅行。在我行驶在这条路线上的日子里，我从未实践过，也从未想过在沿途某地驻足游览一番，直到我终于离了学校，从此结束了沪闽之间的往来。

在我研究生毕业之前不久，所有人都热衷于在卫星地图上寻找自己的家乡，我也没有例外。不过我很快换了个爱好，我爱上了道路。卫星地图的清晰度远远超过了传统彩色地图，以前的地图都是平面一块，最多用色块区分省区，在卫星地图中，山脉和平野居然一目了然，山脉颜色随海拔上升，平陆颜色最浅。平地相连，竟然可以在地图辨认出道路的形状。

我有了一个想法，在地图上追踪道路。我的第一个计划是，追踪客家人进入华南的迁移路线。在华南以北有一些著名的客家大本营，闽西的宁化石壁，赣南的赣州，粤东的梅县，当地人也不是凭空出现，而是从某些更北方的地带迁移而来，那么我相信他们移动时必有遵循的路线。

其实我没有想得很细致，我能想到的只是已有的一些路线，比如，我知道从赣南到粤北有一座叫作大庾岭的山脉，自古以来，从江西到广东的行人都要翻过这段山脉，久而久之，就形成了一条道路：梅岭古道。古道的北面是赣州，南边是南雄，以及韶关。再往南沿着北江，就能到珠三角的北面了。这条路线大致就是这样，南边、北边又该如何延伸，我不清楚。我在卫星地图上找了一下，没有特别的感觉。

我这时正好研究生毕业，上学几年，我都没有到过这些地方。现在即将离开厦门，可能以后再要到这么靠南的地方，就不太容易了。这多少让我有些不甘。所以，我当即就去买了张前往汀州的车票，出发了。这时是我硕士论文答辩前五天。

我的论文写得很一般，非常潦草。只是用溪村的调查报告抽取了一段敷衍了一下。唯一有些意义的，或许是用最后的总结部分，扯出了一些自己的想法。很大一部分原因，是我对田野调查失去了兴趣——去别人家的田野地点玩玩没有问题，让自己沉下心去调查便毫无动力。然而。用这么不堪的论文去告慰我的研究生生涯，总有点死不瞑目的感觉。

所以，我下决心，自己去翻一下大庾岭看看，为我对南方道路的想法做一点回光返照的努力。这个想法来得既突然又不突然，一是因为这个地名在我头脑中已经存在多年了，出于没钱和没有方向感，我一直没有付诸实践的动力。二是因为，我实在对我的论文感到气馁，完全不能体现我这“天选之子”幻想的实力。看着恼火，不如出去走走。

我从厦门到了汀州，这里是文天祥最后抗元失败的地方。然后到了宁化，这里有客家公祠，路边种着烟叶，田边随处可见烤烟房，就像是新疆遍地可见的晾葡萄干的阴房。从宁化那个崭新的公祠出去，就进入了江西的石城，然后是赣南。我在赣州看了一个客家博物馆后，开始了向着广东的穿行。道路在两旁退去，山峰开始出现。其实并不如我所想，现代公路开出的通道，直接穿过大庾岭而去。梅岭古道只是远远地在道路远处的林间留下了一个指路牌。

从南雄经过韶关，再到潮州，我没有抵达广州。经过云霄县，返回了厦门，去参加我的硕士答辩去了。这段旅行发生在短短的四天半的时间里，是我研究生时代最后的疯狂。

其实这件事，对我没有什么触动。因为智能手机还没有问世，在外不能随时查看卫星地图。究竟是朝着什么方向在走，全靠感觉。觉得向南就向南，觉得向东就向东。但这件事毕竟还是留下了它的影响。第一个是我在穿过大庾岭的时候，虽然遗憾没有走过梅岭，但感觉现代公路与梅岭古道始终保持平行。后来我就不太计较是不是真的走了古道了。只要方向一致就行。第二个是我在短期内经过了闽粤赣之间好几个地区，有一种民风、气质上的渐变性，还是可以体察得到。这就像翻看一本自己绘制在页脚的连续画图，你翻页的速度越快，画面的动画感就越强，区域文化的连续性也越显著，越能证明这条路线的连续性。还有一个，就是我的胆子变大了，路子变野了。

当然，我也没发现什么真的了不得的东西。

峰回路转

两年前的春天，我开始研究中国历史。毕竟在博物馆工作，我需要好好开发自己的工作时间。人类学本来是不要研究历史的，但我不介意。我本科就是学历史的，我正因为对历史书上的解释非常不满，所以转投了人类学。历史课本中，但凡讲到王朝盛世，无外皇帝“圣武英明”，讲到王朝没落，无非“奸佞横行”“外族入侵”，这种笼统到没变的解释没有一点让我满意。

我要站到更本质的角度来看历史，我想知道人为什么会搬到某地生活，吃什么，穿什么，钱从哪里来，社会为什么会增长，权力为什么会出现。所以，我去学了人类学，因为人类学研究吃什么、穿什么，以及为什么吃这些。还有，“圣武英明”“奸佞横行”背后到底是什么。

后来我觉得自己差不多想明白的时候，过去想不通的很多东西就慢慢能有线索了。只是一切都还很慢。但我打定主意，要做一个宏大叙事，要一口吃成胖子，要学“长生的法门”。所以我又回去搞历史了。

我要弄清楚人类在东亚大陆的迁移。这就是我的“长生之法”了。如果我当时能穿越到几年之后，把我日后出版的文字搬过来的话，大概就是：把“人类起源于非洲”（现代人类从非洲起源，在最近的数万年中进入并定居在包括中国在内的东亚大陆）的观点与中国的文明史联系在一起，也就是说，把文明史以来东亚大陆的人群迁移一整合的路线，与“非洲起源”的观点结合在一起。

我的具体方法是，把地球表面的地理结构相对人类的活动，视作一个不变的参量。假设，相对晚期“文明史”中有关人类迁移、互动的记录，是更早期人类活动路线的重现。虽然演员随时间改变，但剧本或舞台（地理结构）在人类离开非洲踏足东亚大陆之初便已存在，千百年来始终相对地“不变”。这样，只要用文字材料重建一种动态趋势，从人类晚近的迁移过程向历史深处延伸，就能追溯人类进入东亚大陆的足迹。那么，当我们从这一观点来看待“丝绸之路”时，它的“发现权”显然就不属于张骞了，无论匈奴还是大月氏、乌孙，至少都比他更有发言权。

这段文绉绉的话背后的含义，其实要复杂很多。在过去的几年里，我已经尝试了好几条路线，并把能想到的几条路都走死了。我在溪村的田野调查搞得非常沮丧，我的文献研究也是难以为继（我还不知道整理完溪村文献后，自己已经打通了文献难关）。去闽粤赣交接处的旅行，实际上又否定了中国古代几次南迁的路线，因为我没找到一条具体的道路。现在我还存了最后一个念想。（非洲起源的）古人从印度、缅甸还有云南，进入中国南方后，又怎么继续迁移，最后布满整个中国，这里有没有具体的路线。

我已经不太想得起，怎么打起“吴越争霸”这个题目的主意的。大概是越国人打吴国是我能想起的，最早的南方人向北迁移的例子。越国在吴国的南方，然后打败了北方的吴国。这场战争中，军队存在攻守，部队移动也有他们的路线。我一时整理不出北方南下的宏观路线，但南方向北的或许有呢。我这人容易放弃一种想法，又很快会尝试一种新的主意。先找出这些局部的路线或许是一种解法。这是我最初的想法。

既然越人自公元前五世纪之前就始终保持自南向北的不竭动力，那么，在他们国都（今日绍兴）的更南方，是不是隐藏了一个动力之源呢？古文《国语·越语上》描述“勾践之地……西至于姑蔑”，给了我最初的启发。“西至于姑蔑”，“姑蔑”就在金华和衢州之间的龙游县境内，位于绍兴的西南部。

这是我以前每次去福建都要经过的地方，由于夹在浙东丘陵和闽北崎岖山路之间显得过于平坦，看不到两边耸起的高山，以至于我总是觉得这里是一个巨大的平原。金衢盆地就这样和越王“勾践之地”有了一种联系。当时我想到这个多少次熟视无睹的观点时，不禁拍案而起，原来，金衢盆地并不孤立存在，我终于发现它隶属于一个更大的地理结构：绍兴—江山断裂带。

更让我震惊的是，从浙北的绍兴到浙西衢州下属的江山，远远不是这条断裂带的尽头，它更属于一条被称作贯穿整个南中国的“绍兴—萍乡—钦（州）防（城）断裂带”，这条断裂带穿越了浙江、江西、湖南和广西四省，最明显的部分就在浙江境内，绍兴、金华、衢州，以及杭州都在这条地质构造带上。这一次，谷歌卫星地图很快满足了我“网上旅行家”的欲望，我兴奋地发现，就连上海南下的所有道路都沿着这条断裂带分布，怪不得我每次赴厦都会经过相同的路线。再也按捺不住发现的喜悦，我决定重走这条我已忘记走了多少遍的路线。

穿越时空的漫游

道路不出所料在江西境内重新变得开阔起来，过了玉山县，就到了上饶市。这不是我第一次经过上饶，但的确是第一回在当地停留。两年之前，我就以衢州为目的地重走过“绍兴—江山断裂带”。那是我研究了吴越争霸之后的事情了。

在那之前，我其实走了一段岔路，我去了安徽庐江。那时看谷歌地图刚有些眉目，我发现在大别山东部和九华山之间有一段非常整齐的裂谷。长江从裂谷中流过，流经安徽的安庆、芜湖。这条裂谷非常醒目，以至于我完全被这种从卫星地图上看到的直观感受折服，迫不及待地前往庐江，也就是裂谷的北面出口。我甚至给这条裂谷想象了东亚人类迁移史上的史诗意义。

除了周瑜墓以外，我在庐江没有太大的发现。然后继续沿着大别山东麓向南，到了桐城——我知道这里有个清末的古文学派“桐城派”，除此以外就一无所知了。我又不甘心地去了桐城隔壁的潜山，打算去爬一下“古南岳”天柱山。

在这之前有很短一段时间，我对天柱山有过异常的迷恋，这种迷恋是源自大别山的。我从卫星地图上在大别山的东边和西边都各发现了一条裂谷，西边的是秦岭和桐柏山之间的南阳—襄樊盆地，东边的就是庐江这边的裂谷。安徽离我近，就先去了大别山的东边。我想象这座古南岳，就是最初秦汉时代，华夏世界的最南边界，后来的湖南南岳是唐朝时版图扩张后才界定的。

所以，我特别要去爬一下天柱山。天柱山高耸，这是我第一次爬这样千米以上的高山。虽然坐了缆车，上了四分之三的高度，但光是爬到顶峰，已经把我累够呛了。下山以后腿不停发抖，不是后怕，是用力过度。我拖着这两条腿，去了安庆。安庆是有名的太平军和淮军争夺的地方。我一度想从这里发现南人（两广来的太平军）北上留下的痕迹，可没有找到特别的证据。直到我在安庆的迎江寺，看到了一块赐额，上面写着“吴头楚尾”四个字。

吴头楚尾，吴头楚尾，回来的路上我一直在想这几个字。我还没有到家的时候，我就把太平军和淮军打仗的事情完全抛开了。吴和楚，楚在西，吴在东，我后来又擅作主张，在这之间又加了越。我觉得自己突然想明白了。

我想起以前上研究生的时候，走过很多遍的一条路。从上海往南，并不需要走安徽的长江段，而是沿着浙江的腹地，从东面的杭州穿过，经过绍兴、金华，一直到浙西的衢州。绍兴不就是越国的大本营了吗？

那么有没有可能在浙江的腹地，存在这么一条陆路，指引南方的人群不断向北。一个月不到的时间，我挑了第一次设置的清明节假期，又去了衢州。我不知在这条路上走过多少次，但这次借助卫星地图的旅行，我看懂了曾经熟视无睹的“地理结构”。其实，我们深深嵌入了一张地理结构的网络。我很庆幸生活在一个能随意浏览、查阅卫星地图的时代。

列车过了嘉兴，就进入浙江，那是“雨纷纷”的“清明时节”，过了杭州南站之后的萧山，山是山，水是水。列车两边都能看见山丘，低矮的群山错落有致，村落点缀，几乎看不见老房子，都是新砌的独栋小楼。雾蒙蒙的隐约看到离铁路不远的地方有一条河流与火车平行，我知道现在匀速进行中的是浦阳江河谷，这是金衢盆地通往宁（波）绍（兴）平原的必经之路。从这里开始，诸暨美女西施沿着这条断裂带走出了浙江，一直来到了太湖边的吴国宫廷。数年之后，从这条“通道”涌出的人群，会同样沿着西施的足迹，给予夫差最后一击。

那一次，我看得格外仔细，车窗外的山脉、河流一下变得鲜活起来。我用目力丈量河谷的宽度，最狭处可能不盈一二公里，最宽处或有六七公里，千百年来，人们出入浙江腹地的路径全在这条河谷之中，这一刻我与古人同在。

那次旅行丰富了我对这条浙江腹地通道的认识。最后，在衢州，我反而没做更多的停留，因为天后宫（福建会馆）、万寿宫（江西会馆）在街口的出现，让我有一种挖到宝藏的感觉。“就是这里。”我心说。我知道这里是闽浙赣的交汇，这里是中心，这里是人类迁移宝藏的入口。

那次前往衢州的旅行，我没有选择原路返回，身处金衢盆地之中，我已经感觉不到谷地的紧逼，俨然一处平原。这也是两千多年来从来没有人揭示过，这一人类迁移通道的原因所在。

此后，我彻底放弃了大别山的东麓，衢州、金华成了我的最爱。不过，我到现在都很感谢那趟安庆之行，我在那条岔路的尽头，见到了前往主路的指示牌。“吴头楚尾”这四个字，如同一把钥匙，打开了我的春秋战国的世界，也让我彻底进入了历史。

现在，这条断裂带在浙江之外的部分依然吸引着我。虽然我心中已有设想的答案，但我不会放过任何一个亲眼一见的机会，我要用自己的眼睛一睹人类迁移的痕迹，我需要沿着这条路径继续向深处寻访。

龙虎山上张天师

我很满意这次巴士旅行的第二个目的地：贵溪上清镇的天师府和附近不远的悬棺景点。因为这可以解开我一直以来的一个猜想。这天晚上宿在上饶火车站边的酒店，枕着火车的隆隆声入睡，夜里，不知多少班车在不远处驶过，这丝毫不让我意外，反而有些预料之中的喜悦——上饶作为浙、赣之间的必经之路，千万年来，不知多少行旅到此行经南北东西，出浙入赣（与其相对的浙江一侧，是顾名思义的“衢州”），今夜的汽笛声就是这一由车铃蹄声构成画卷的缩影。而我次日将要造访的景点，更是微妙地体现了这种趋势，不仅如此，历代张天师们偏偏于此处修行，与某种更大的，脉络自有契合之处。

第二天一早，我便随团先去了龙虎山，后到了天师府。天师府是历代天师的住宅，天师信仰始盛于北宋，经过元明两代，香火愈盛。此地位于上清古镇，南朝山峰，面临上清溪，西面七八公里就是著名的修道之所——龙虎山。天师府内宽敞，大门之后有大堂、后堂、私第、殿宇、书屋和花园，其中自然塑着天师庄严威武之像。虽然经过元世祖忽必烈的册封，第三十六代定居在江西贵溪的天师张宗演才追溯东汉末年的张道陵为第一代天师，但天师府中两鬓上翘、吹鼻瞪眼、眉角倒竖的张天师塑像，还是形象生动地再现了信徒们心中仗剑掐诀的正一派创始人模样。

天师府中院落如新，显然都是近年重修，古木翠柏也有遐迩舶来的嫌疑。不过此地山势不高，气候宜人，倒是亲近自然的好居所。我不是合格的观光者，更不是虔信的烧香客，浓荫之下，我一直在思考一个问题：初代天师为何辗转来到此地？他的府邸为何数百年来都与这里的悬棺比邻而居？

上午在天师府中围观三清和张天师的泥塑时还是晴天，下午来到信江边的悬棺景区时便下起滂沱大雨，江水滚滚。室内的悬棺展区里展示着随葬品，以及棺木主人的骸骨，旁边的介绍写着，棺木的大致时间在春秋至战国之间。边上有悬棺在中国分布的附图，东至浙东、闽北，南至湖南南部、广西、川南。实际上，西至印度东境，东到菲律宾都有悬棺分布。有一种理论认为，悬棺葬习俗与中国南部的百越人群密切相关。我对这个假设做了一个推论，悬棺葬最集中的地区，显然就是百越人群曾经聚居（或活动）程度最高的区域。而眼前的贵溪显然就是一处。

但今天的研究者百思不得其解的是，这些悬棺的建造者后来去了哪里？这个问题并不能难住我，我一直坚信，我昨天和以前经过的这条浙赣通道就是答案。

“地仙之宅，半崖有悬棺数千”是南朝人顾野王对悬棺的评论。在他之后，各种提及悬棺的著作大抵沿袭了他的表述，将悬棺与“地仙”联系在了一起，后有唐人莫休符的《桂林风土志》，更将悬棺中的骸骨视作“仙人换骨函榇之迹”。

对于悬棺，我听闻多年，终能一睹，虽不够震撼，但亲眼一见的感觉，为我的那个想法增加了几许靠谱的信心。天师府和悬棺数百年为邻并不偶然，它所在的浙闽赣交界之处的位置非常微妙，悬棺在三省都有分布，而这些悬棺的主人又恰好对准了浙赣之间的主要干道。摆在这些悬棺的建造者面前的选择并不很多，几面皆山，唯有这条自西南向东北方向进入浙地的断裂带通道是条坦途。

另一方面，悬棺主人的东去，并没有带走他们全部的遗迹，他们的遗产给后来者留下了无穷的想象。当后来的天师道建立的以“大罗金仙”为最高等级的修炼形式向信众开放时，普通修行者可以登录的最低的仙籍“地仙”便通过古人的遗骸呈现了可以效法的“真实”蓝本。成为“地仙”意味着如千百年前悬棺的主人一样，脱去沉重肉身和骸骨，成为天地之间虚无缥缈的“仙人”。因此，当一路东来的“张天师”选择追随悬棺中的古越人而住，并在此进行修炼时，他和他的后人们也将天师府塑造成了人类迁移过程的指示牌。

待我从崖上下来，突然风停雨住，算是对我揭开悬棺主人往事的奖励。如果说天师和悬棺的秘密早已是我意料之中的收获，那么这天傍晚，农家乐晚餐之前的探访，却可以算得上意外的“彩蛋”。在上饶郊外的农家乐饭庄，点菜与上菜之间还有许久的时光，老板娘提议附近不远的村庄值得探访。稍走不远，村落中的豪宅乱入，树木掩映中好几幢欧式小楼令人眼前一亮。正在别人家门外张望羡慕的时候，主人家老太太不知何时走了过来。攀谈之中，老太太一口浙东口音仿佛乡音。渐渐聊开，老人坦言，她们家以及附近整个村落都是抗战时从浙江萧山躲避战乱迁居上饶的，这几年经济开放，和老家的亲人续上关系，亲属网络建起经济脉络，小楼就是富足的体现。

这段短短的访谈，让我心中一亮，萧山和上饶，正好位于“绍兴—江山断裂带”的南北出入口，这一地理结构塑造的“通道”，不但影响着千年之前的“吴越”，也同样塑造了当今人群迁移的轨迹。回到饭庄，酒菜香气已经泛开。

后记：另一种旅行者

我坐在返程的汽车上，再次路过玉山、常山、江山、衢州，两边的峡谷山脉好似时空隧道，两千多年之前鄱阳湖平原以南的干（赣）越人群就沿着这里进入“金衢盆地”，成为“吴越争霸”的动力之源——当然，在干越人群的背后，还有隐藏幕后推手层层相袭。

再一次穿越浙西南的通道返回上海，和以往不同之处在于，回来的路上，我有关南方中国人群迁移的路径和网络，已经基本有了头绪，还有更多的功课等候回到书斋的我。又是谁推动了鄱阳湖平原南部的越人进入了浙西，他们的源头又来自哪里？沿着这条通道的源头继续追溯，将有怎样的探险等待着我？不过，可以肯定的是，现在给我一张普通地图，我也能看出卫星地图的效果，或许这是旅行给我的最大回馈。

我不是一个合格的人类学家，不是研究一地一村的传统意义上的人类学家了，或许我从一开始就注定不能成为这样的人类学家。我成了一个旅行的人类学家。我也不是合格的旅行家，但我承认我是另一种旅行者——谷歌地图旅行者。我不会为特别的风景流连，留下色彩斑斓的丰富图片。但我的确热爱旅行，我喜欢观察河流和山脉的走势，城镇和道路、河流的关系，因为这给了我非常的启发。通过思考这些固定的格局，人类古老的迁徙轨迹在我面前重现。我不再研究某种文化本身，我要研究文化从哪里来，又去向哪里。

现在，我早已习惯于观察卫星地图，不停地放大、缩小，打破行政边界造成的局限，放到一个更大的视角下审视地理结构对人类迁徙、定居的影响。待我有了点眉目，看出些奥妙，就会毅然决然地买上一张机票或是高铁车票（当然，还要请上一周多的假期），空降到某地，实地走一走我从卫星地图上的发现，用眼睛和双脚去丈量一下土地的距离，山脉的高度。如果有值得的风景，驻足也未尝不可。于是，那些隐藏在书本之外、传说背后的秘密全都向我打开了隐秘的路径。就这一点而言，我很庆幸生活在一个普通人也能查阅卫星地图的时代。

在之后的日子里，我沿着渭河谷地直到黄河中游的仰韶、偃师，探寻过夏代之前的遗迹，还几次穿越太行山脉，只为了解殷墟太行山西侧的景象。我学会了在千丘万壑的黄土高原和一望无际的蒙古草原上探寻人类迁移的路径。而东亚大陆人群迁移的秘密也终于向我透露了更多信息，但我依然记得我在谷歌卫星地图上发现浙赣通道的那个上午，因为那是我这些年知识探险的起点。

从江西归来，我再次穿过了那些熟悉的地点，这一次，我不再像许多年前那样，在车里度过昏昏沉沉的时光，我凝望着窗外变化的景色，努力把握那些哪怕只有千分之一的差异，这些流动的延续性，传递了人们细微的变迁过程。而这些就是我所把握的知识的源泉。

本文原文部分为《旅行家》杂志约稿，后因故未能刊登。本次入选时，在原文基础上有所改编。

西苏角河惊魂

我把自己献给高山

云彩的衣裳是我的见证

我把自己献给大地

那片苞谷地上有我的伤痕

我把自己献给河流

波涛在我血液中翻滚

我不要写下

伤心人类学的旅程

只愿在旅途中

分享生命和真诚

天地合山无棱

只为那一句：

我曾做过田野

我的骄傲

这就是一切的开始

7月15日的早上，虽然我起得很早，但还是没买到从美姑出发到雷波的第一班车，最早的车是七点四十分出发走新路，我七点十分到车站，只买到了八点的第二班车（车站的说明上写着：走老路）——这就是一切的开始。

13日的晚上，我在西昌过夜，为了休养从木里长途往返的疲惫，我用出差日用住宿的最高限额住了西昌颇为豪华的一家宾馆（至少我觉得设有餐厅为住宿者提供早餐的宾馆都很高级），但最得不偿失的是，我把宾馆里提供的两个枕头平放，左睡睡右睡睡，结果早上起来“落枕”了，整个脖子延伸到背部左边都无法转动，一扭头就有扭断脖子的剧痛。

于是，我扛着这根不争气的脖子，一大早先去了邛海边的凉山彝族奴隶社会博物馆，然后赶上了汽车东站去昭觉的班车。在昭觉寻遍漆器无果后，我意外地发现了昭觉发达的“擦瓦尔”（毛毡披风）手工艺，居然还在汽车站等到了前往下一站——美姑县——的过路班车。摇摇晃晃中在天黑前到了美姑，由于到得太晚，车站售票口已经下班，我没法提前买到明早的票了。虽然脖子不太给力，而且之前在木里藏族自治县开始自动出鼻血的左鼻孔开始有了塞住的迹象（并在这天晚上完全塞住），但我依然觉得这是幸运的一天：我按照计划向凉山腹地移动，第二天就可以从美姑到雷波，如果幸运的话，我还能去全国唯一的“孟获庙”转一下。据说，那个庙位于一处景色宜人的水域。

不过，从昭觉到美姑的过路车或许已经把我攒下的人品给用完了。晚上在美姑宾馆洗了个不太热的澡后，完全透不过气的左鼻孔在我低头洗脸时开始不住流血，血水在水池里迅速化开，就像水墨画一样。我想可能是太用力擤鼻子的缘故，把毛细血管再次撑破。止住鼻血后，宾馆对面的卡拉 OK 开始高歌，我记得他们是在午夜以后息声的，因为之前我都没睡着，他们罢唱后，开始下雨，也可能是雨声盖住了他们歌声。没有空调的美姑宾馆非常闷热，热得让我忘不了断了的脖子。夜里我醒了两次，早上再度被雨声吵醒，结束糟糕的睡眠后发现，我房间里面的窗台上开始滴水，要不是还有窗帘，我的被子在夜里就被溅湿了。

在这个冷风冷雨的早上，我感觉鼻塞引起的血管充血，似乎有向咽喉延伸的样子；而我的脖子被糟糕的睡眠弄得更加不听话。在车站买了杯豆浆，一个花卷，上了八点的班车，感到额头微热。

等车的时候，在我之前发车的一辆车上发生了一件诡异的事情，七八个穿着统一校服的大学生买了十多张去西昌的车票，十多个学生一下子占据那辆车上的大半座位。相送的同学与他们挥手作别，我猜想他们可能是暑期“三下乡”的队伍，今天正好有人要返回了。但奇怪的是，一个微胖的姑娘坐在卖票员的位置上，并不属于大学生的行列，接着冲上来一对男女青年，对着她就骂，女的掌掴胖姑娘，男的还在她背后猛踹，在她里面穿的白T恤上留下半个脚印。

车下等车的人都震惊了，车上的学生一动都不敢动，那一男一女打完就坐到车子后部，胖姑娘扒住车门，泪眼汪汪。我不知怎么回事，只听车下的人轻声嘀咕：是不是吃药了？

我不知道他们指的是被打还是打人的一方。过了一会儿车子开出了站，胖姑娘可怜地缩在车门一边，一个鼻孔插着一团纸——看来是被打出鼻血了。

这就是美姑县城留给我的最后印象。我上了这辆班车，除了一个我昨天从昭通搭车过来同一辆车的乘客外，其他人我都没印象。我上车时，已经没有单人坐了，我挑了个干部模样的人在他边上坐下，希望他不要抽烟，不然我的咽喉就更难受了。十九座的中巴上坐满了人，最后一个上车的人提着一个化肥袋，里面有东西在动，还在滴水，昭通过来的那人手上好像被滴到了一滴，他马上叫人把袋子扔地上，嫌脏。袋子里好像装了只活鸡。

彝语相声和脖子

刚出车站就有人跳下车，过了会儿打车回来，一手提着一只鸡，另一手提着一包化肥，扔在座位底下。鸡很听话，一路上都没有扑腾过。

一车人，除了我可能都是彝族，就我一个人在乘客中的比例，可能已经超过了这个大小凉山之间彝族人口占百分之九十八点八的县城的正常值了，不过还有几个人也不一定吧，比如刚才那个嫌滴水脏的男人。谁知道呢？我只希望今天的路况好一些，路途短一点，让我早些抵达凉山的东大门雷波，顺利出山。昨天从昭觉到美姑的道路就已经非常糟糕了，好多路面几乎都被轧成了碎石，车子上下左右摇摆颠簸，把我的脖子甩来甩去，每次都是一种折磨。我不知道美姑到雷波的路怎样，但愿别太差。另外，从我之前的经验来看，县和县之间的车程通常需三四个小时，我在从盐源到木里的路上已经算过，我算足五个小时，那下午一点至少也能到达雷波，说不定我还能当天去看了孟获庙呢。

正在我计划今天的旅程时，车子已经出了县城，高山，深谷，车子或从山脚沿河攀上山顶，或从山顶盘旋下到谷底。唯一和前几天不同的是，路况更差了，好多路面被装货、做工程的卡车年长日久地压来碾去，变成了石子不算，还有大大小小的坑凹，这车坐的我好像坐过山车一般的感受，可怜我的脖子。窗外在下雨，时大时小，但始终不停。车里的人在说彝语时，我一句不懂，有时换成四川话，能听懂一些，有人说今天下雨工程车就停工了，路上就不会遇到堵车，或许能快些，另一个说，下雨就要开得慢点，三分钟一公里，不要遇到滑坡什么的就好了。我算了一下，一小时才二十公里，到那边好歹得有一百四十公里左右，头痛！

车里的人很热闹地聊天，我很沉默，我甚至把兜帽衫的帽子也给戴了起来。在车里，样子很怪。我语言不通，文化上完全陌生，翻了一座山，感觉头有些疼起来了，我分不清是高原反应还是感冒，我希望都不是，但这两个里面必定是一个。脖子疼，鼻子塞，幸好没再出血了。

车子里响起了CD的声音，两个男声在用彝语说话，我不知内容，但从一个逗一个捧的角色转换和罐头掌声中，我觉得好像是彝语相声。说来也奇怪，自从我一周前从西昌开始了田野之旅，我还从来没在来往各地的车里看到过车载电视（以前我所有会在k歌时唱的歌，都是在长途巴士上听熟的，现在大巴坐得少了，会唱的歌也一年少过一年了），连容中尔甲、刀郎、腾格尔这类边疆长途巴士必备卡带都只听到过一次，这次是彝语相声，让我体验一下语境也好。说了好久，车上的听众们终于发出了一点笑声，敢情这相声说得并不特别逗乐。终于，我听到了一句汉语，类似“你好吗？”然后另一个用彝语的某种方言又说了一遍。接着说了些无法用彝语直译的汉语，彝语翻译就拿腔拿调地把这几个汉字重新读了一下，有了一种喜剧效果，就好像，“我叫小沈阳，英文名叫‘小损样’”一样。有几句被我听懂了，乐了一乐，可鼻子还是不通。

再过一会儿，我身边的大爷都睡着了，那两位卖力的相声演员还在敬业地表演，以至于让我怀疑起来，这到底是不是个相声。有连说两个小时的相声吗？可能是我听不出不同节目的转换，以为从头到尾都没换过吧。可我睡不着，不像以往的田野之旅，我在车上一会儿就能睡着，在住处也能马上睡着，这次，我不论是宾馆还是车上都失去了这种特殊功能，这反而让我在清醒的时候更加疲惫。不要说，现在我只要把左半个肩膀和脑袋靠在椅背上，车轮下的每一颗石子和陷坑，我都能准确地数出来，因为每个石子都会把我的脖子扭断一次。

车外一直都下雨，没停过，只有大小之分，车里仍很欢乐，每次路过一个集镇，总有人下去，提两瓶啤酒上来，在车后座安静地喝酒，也不喧闹。我前座一个彝族妈妈背着一个娃儿也很乖，从上车以后，他/她妈妈把他/她绑在背上之后，三个小时都没醒来哭闹，妈妈怕压到娃娃从始至终都伏在前排后座上。她的边上坐着一个小伙子，开口说的都是四川话，没说彝语，多次提到一个叫“牛牛坝”的地方。这是一个我从昭觉到美姑路上经过的一个彝族镇子（百度上说，相传：从前有个名叫牛牛的彝族妇女最先定居此地，过往行人多在此歇憩，故以她的名字命名。——很是为自己在当地的生意自豪）。再前面还坐着一个披“擦瓦尔”的老年妇女，戴着顶八角帽，这是我全车唯一能准确无误判断出的彝族。再往前，和司机并排的乘客座位上，是一个爸爸抱着一个小女孩，女孩只有三四岁，居然穿着连身背带短裤和短袖，我为自己的长衣长裤兜帽衫羞愧，小女孩也很听话，一次都没麻烦过她爸爸。

司机，请不要辜负我

车子的最前端写着车辆的往来地点以及途经点，这辆车在美姑和雷波之间，还用略小字号写着两个地名：马颈子、山棱岗。这表示在到达雷波前要先后经过这两地，但我在十一点半之前，一个都没看到。这意味着三个多小时过后，连一半的路程也没有走完。车子倒是经常停下，已经下了两个乘客了，没有新人上来。在一个下客处我买了瓶“营养快线”，牛奶混着果汁口味的，头一次觉得这么好喝。严重的头疼开始让我疑神疑鬼起来，生怕血糖太低——这种担心或许不是多余的，因为之后的行程没有中途吃饭点，这瓶“营养快线”成了我唯一的糖分来源。

眼前开始出现另一座山峰的时候，雨开始大了起来，路面也越来越差，有一些小的滑坡，最多把路面挡住了一半，好在正像有人说的，“下雨车少”，没人抢道，也都能过去。

司机把车停在一个加水点边上，自己去吃了几个白水煮鸡蛋，吃了一包麻花。我吃不准这是哪种停车，临时方便，还是干吗，也跟下去买了两个煮鸡蛋，吃了。这是一间彝家的房子，原先那种山上还能见到的土墙，已经被空心砖墙取代，屋顶用树干架梁，铺上瓦片，山墙和屋顶之间不合缝，有一个三角形的缺口。这从屋里常年燃着取暖的火盆，和里面烟雾缭绕的味道就能理解：通风的意义大于保暖。屋梁上架着一些农具，挂着腊肉。内部结构与以前的木架泥屋相比变化不大——可能火塘变成了方便搬动的火盆；也可能这户沿公路居住的彝家只在这里做生意，而家在别处。

看完水壶里煮鸡蛋后，我也吃完了两个白煮蛋，因为不知道还有多久的旅程，希望这些蛋白质能给我提供一些热量。回到车上，我的邻座大爷也拿来一瓶啤酒，四五袋泡椒鸡爪开始了午饭。

车又上路了，车上的饭点聚餐暂时替代了烟熏腊肉，吃饭的时候终于没人吸烟了。中午的温度略微上升了一点，我的鼻子和脖子却没有见好。车子右后轮位置不知出现了什么状况，总是有规律地发出“哆、哆、哆……”，开始我以为是袋子里的鸡在啄地板，后来因为声响太有规律了，想必不是鸡所为，难道是车子出了问题？路面已经极差，有的地方都彻底辨不出水泥路面了，在一座山头翻到半山腰的时候，司机终于忍不住把车停下来，垫了块垫子钻车底下开始修了起来。

我下车，用兜帽把自己裹得紧紧的，两只脚穿的凉鞋已经很湿，弄得我两脚冰冷，天下着密密的雨，山上都是雾气，看不到很远。一开始，我很担心在这样雾气极重的山上走盘山路，生怕发生车辆冲下围栏的事情，因为有些地方的围栏颇为扭曲，有些路面塌陷得仅容一车。后来彻底习惯了，因为路上有一半的时间都在雾中行驶，不在谷底，就在山头，而山头上终日云雾缭绕，只有把自己托付给司机，好在司机师傅都对得住我的信任，没有一次辜负我。

司机没在车底下捣鼓出什么，终于把车翻过了这道山梁。经过了第一个叫“山棱岗”的镇子，我边上的大爷下车了，接着抱着鸡上来的小伙子，也下去了。我在车上，开始一个人坐两个位置，觉得浑身冰冷、无力，只有鼻子那一块因为擤鼻子擤得太多，感觉热热的。少了边上的大爷，有些热量不足，连鸡的热量也没了。

我抬手看了下表，下午一点半了，我依旧不知道何时会到雷波，我甚至放弃今天对孟获庙的期望了，只希望早点到达雷波，让我找个房间平平躺下，把脖子放踏实，喝两口热水，再把脚暖一暖。

又过了一个不高不低的山头，车子开始下坡了，刚才只是远远看到的山谷中的河流，现在变得近了，路面彻底没了，变成那种能让车身左右摇摆的乱石，路上滑坡的痕迹也开始多起来了。滑坡过的地方，暂时用推土机清理出能容一车通过的窄路，等到雨汛过去之后，再完全清理，现在天还下着雨，道路尚能通行，我已觉得幸运。

两点的时候，车子过了马颈子镇，车上已经下去了三分之一的乘客，剩下的人开始计算到达雷波的时间，有人说一个小时，有人反驳说要过了一个叫“大桥头”的地方才是一个小时，现在至少一个半。我听着这些毫无反应，耷拉着脑袋，把两条腿盘起来坐在椅子上，用腿弯处的热量给自己的脚取暖，任凭车子摇摆，折磨我的脖子和脑袋。

出马颈子镇越远，离河越近。现在道路几乎就变成沿河，有时在岸边五六米，有时十多米，能看到河水翻滚，泥沙俱下。夏季上游的暴雨，使山区的河流变得汹涌，冲下的泛红色土壤，让河水也变得鲜艳。沿河路突然变得平缓起来，车子不再左右摇晃，我有了一种感觉，应该是快到了吧，毕竟离县城不远的路不该太差了，事实证明我错得离谱。

把车子挖出来？

车子又停了下来，远远地看见一辆推土机在运动。司机把车停了，下去看路，车上的人开始兴奋起来，我的心里却腾起一丝不安，一路过来，我被颠得几乎散了架子，只想找个地方躺下休息，摆在眼前的两条路，要么返回离这里六个小时的美姑，要么按照车里人的说法，步行翻山去雷波县城——没有一种方式适合现在的我，两个方案，听起来都很糟。

司机回来了，先听一下司机的意见吧，司机沿着山路，走了回来——前面路堵住了，车子要返回，前面要走山路的可以自己下车走路，沿着山路走十二三公里就有可以打到车的地方。

车上剩下的人们得了这个消息，好像只有我流露沮丧，其他人都很有兴致地拿了东西下车了。抱女孩的男人，喝酒的大哥，在“牛牛坝”做生意的小伙都提上东西下车了，一转眼，车上只剩下我一个，不，我回头看了眼，还有一个，居然是早上嫌装鸡袋子脏的大叔。现在除了司机和售票员，就只有我和大叔在车上了。

司机看我们不下车，把车掉了个头停下，开始抽烟。我毫无表情，等着车子把我载回，绵长不断的细雨，加上毫不给力的脖子和鼻子，让我一点翻山越岭的豪气都焕发不出来；如果返回美姑，明天就直接返回西昌，回头再作其他打算罢了，我对这里山路不熟，还是保守一些为妙。

司机继续抽烟闲待着，大叔见车上还有一个人，便与我搭话，我问去雷波做什么，是出差还是回家。我本不想搭理，想着若是此时返回，将还有六个小时做伴，就稍微搭理了几句。这时，刚离开了十分钟的“牛牛坝”小伙和另两个人又返回车上，说是刚才的推土机已经把落下的碎石推开一段，现在道路畅通，已经可以走车了。听见可以开车了，我的脖子也给了个良好的回应。司机也下车看了一眼，回来把车发动上——看来他也不想陷在路上。

车子开动，来到了刚才推土机工作的地方，原来是一道山沟，本来是山里出水的口子，在上面架了出水管，管子上铺了路面，现在上游山沟因为下雨水流很大，混浊的雨水把大大小小的石子和泥沙都冲了下来，淹没路面，直接冲到不远的河里。刚才路面上或许有更大的石块，现在看到的是推土机已经工作完的路面，仍有不少卵石挡在路上，路面是水流经的地方，可能是刚又不断冲下来的。看起来，这道沟里的水还不很深，车里的人都鼓动司机，一股脑地冲过去，就过了这道沟了，看着不就是道不停冲水的沟嘛。

司机听了乘客和帮闲的话，决定一试，稍微退了两米，一踩油门就冲进水势渐大的横沟。我坐在车上，当然希望一口气过去，可这辆中巴就毫无生气地陷在了水沟中央。司机打开车门，发现前轮陷在沟里的碎石堆中，发动的时候前轮空转吃不上力。唯一的好消息是水还没有没过车轮，没有灌进驾驶室。

虽然没听清司机说的，但车上的乘客都在脱鞋，看来是要下车抢险了。啥也别说了，脖子、脑袋，你就听话吧。我穿的是凉鞋，把裤管挽一下，就能跳下车了。

跳下车，就是跳进水里了。水不深，但很急，我冰冷的脚，现在沾了水，倒不冷了。我先跨过水沟，到了对面，看一下情势，等其他乘客都先下车。现在，车子的左面——靠山的方向——源源不断的水流往下，右边是一片乱石滩，过不了几米，就是一条水势暴涨的河流。推土机刚才疏通的地方，现在被中巴挡住，几乎成了一道拦河坝，把山上冲下的石头都挡在车下。我不惮以最坏的设想，如果过不了多久，山洪再大一些，我觉得这车也要给冲到河里去了。沟两边的高地上站着不少围观的乡民，可能他们从刚才推土机工作开始就一直在观看，现在这里有一辆陷入卵石，在水流冲击下微微有些晃动的巴士了。

我头脑中闪过不少大片的情节，哪位好心人去开了自家的皮卡，用绳索把中巴拖出窘境，不过这个山谷里似乎没有，连刚才的推土机都消失在前方的拐弯处了。“牛牛坝”小伙和司机的动作唤醒了我——他们站在水里，开始用手把车轮下的石头先翻出来。那个小伙没穿凉鞋，只好光着脚站水里。我也跳到水里，用最简单的工具——双手——去扒另一个车轮下的石头。还好石头是刚冲下的，还很松动。我要干得比水流的速度更快一些，不然上游还有源源不断的石头。

乡民们终于提供了帮助，一个人找了把锄头给我。我没用过，连它的正经用途也没用过。司机把锄头接了过去，刨开车轮边的石头，在车轮前刨一条道。他的确是最着急的，比我着急，刨了一会儿，车轮底下的石头似乎是少了，他跳上车子，用力发动。

车轮拼命转动起来，在水里空转了几下之后，终于吃到了一些力，开始往前移动起来。可是，前进了一米后，刚才滚动留下的空隙，很快又被水流带来的石子迅速填补了进去，车轮再次被包围了起来。更糟糕的是，后轮在转动的时候，由于车身和水流的关系，竟然开始往水沟外侧靠近河边乱石滩的地方发生了一些倾斜。天上的雨在下，这条流动的水沟比刚才也宽了一些，刚才被我们刨过的路段由于石基不稳，水流变急。

把车子挖出来！

司机又下车查看，重新开始刨卵石。我的心中突然涌起一丝不安，这些不安压过了我的脖子带给我的折磨。山上流下的水卷着石头，越来越多，锄头只有一把，我对用手翻石头失去了信心。眼前的景象，让我想起看过的一个视频，说是几个小孩遇到洪水时，怕鞋子湿掉，不敢跳过，就在河中一处高地犹豫了一两分钟，就是这一两分钟，原本一人宽的河沟，水猛一下变宽、变急。这几个小孩就眼睁睁地被水冲走了。不管这个视频是真是假，此时我的头脑几乎全被类似的情景占据——车子在水中，山上的水在增长，车上还有我全部的家当。我甚至开始盘算，如果我丢掉了背包，靠身上的钱还够不够返乡。

种种念头占据了上风，于是，我停下翻着卵石的手，在所有人都忙着刨开卵石的时候，跑上了车子，把我的书包从车上拿了下来。车上除了女售票员外，只有那个嫌袋子脏的大叔还站着，不肯下车。他们都在关心刨石头的情况，没有看我。我把自己的书包拿下车，在围观乡民的注视下，拿到了对面较高的地方，放在一台农用机的旁边。这时售票员瞥了我一眼，我只是觉得自己心绪稍安。我又走回水里，加入了刨石头的队伍。

这时水流的速度和深度都明显超过了先前，站在齐膝的水里，我有些担心自己会给冲跑，哪怕是自己的鞋呢。司机没再像刚才一样只挖车轮底下的石头，他在上游的地方用力刨开一条分水沟，在他的努力下，上游的水流和石头改变了流向，两股合了一股，都往车后的方向去了。我跟着别人，把石头往另一侧拨弄，在车头位置堆了一道浅浅的围堰。我终于明白，现在水流带着石头都不再往前轮底下涌动，也就没有积石了。但这样的风险是车尾的水流更大，我似乎看到车子比刚才更斜了。但至少车头的石头少了很多，现在我们又开始把前轮扒出来，这次车头的石子沉淀得没那么快了，我们甚至还在车头挖出了一条车道。

司机上了车，我站在一小块略高的地方，看到水位快赶上前轮的一大半了。车子再次启动，前轮打转，“牛牛坝”站在车窗边用力推车，我也学着样子在另一扇窗边推着，感觉车子缓缓前进，但所有的人都在车的左边使力，右边倾斜得更严重了。车子没动多久，又不动了，回头看了一眼，后轮又陷入石头里了。“牛牛坝”让司机不要熄火，剩下的人都扑向后轮，用手拼命挖石头，上游的水势越来越大，刚才挖好的水沟起了作用，所有的水流都朝车后涌来。

几个貌似不知道滑坡的当地人骑着摩托车过来，看到这么大的水势，决定用力一冲，捻动油门刚进到水里，就被上方冲下的大水打得没了方向。摩托车的前轮始终不听使唤，眼看着要被水往下游冲了，还好对面有人涉水拉了一下车龙头，把车子给拽了回来。还有几个看热闹的乡民把摩托车停在一边：“载你们过去，一个二十？”

我们的车子卡在水里，好像急流中无法靠岸的小船，随时一个大浪，就会将它打翻。挖石头挖得我非常丧气。后轮终于刨干净了，前轮又有些不听话。于是用那唯一的一柄锄头，又挖起了前面，还把稍大的石头，垫到后轮的背面，让车轮不要打滑。还要花心思修补刚才刨好的分水堤，防止水流太大把围堰冲毁，石头又堵到前轮。这时我最大的担心是，车的右后方离路基只有半米——要是脱离了路基，车轮就会完全失去平衡，车子就极有被水流冲向乱石堆翻到河里的可能。

这是最后一击，孤注一掷。我们来不及把所有的轮子都再清一遍，水流再度加大，快要淹没前轮了。司机发动了车子，所有的乘客都倚着一扇车窗，用力推着，一个乡民还帮着清理车前的石块。车轮在拼命地转动，好像一头困兽，掉入陷阱的奔牛，一步一步踩着高起的石块，要跃出陷阱。我顾不得其他了，去他娘的脖子和肩膀吧，我只想渡过这个关头，我不想成为视频里那个被水卷走的倒霉蛋。车子一步一步前进，我觉得我推着车窗也在移动脚步。终于，我看到前轮露出水面多一些了，大半个车轮，整个，接着推车好像不太费力了。大半辆车都出了水域，接着是后轮。车子开过了这道沟。

山上下来的水流，仿佛推走了一块巨石，一下子倾泻了下来，卷着石块、卵石，突然把整条路基全淹没了。这时我踩在没有水的干沙上，和全车人一起喘着粗气：我们把这头困兽推了出来。庆幸，我，我的书包，我的车子，没有成为山洪的祭品。我可以坐车回家了，我把书包提上了车子，没人记得我刚才的举动。车上的人一同完成了一件壮举，渡过了一道难关，不再像之前那么生分。刚才抱小女孩的爸爸也下车了，他把女儿交给售票员看管。现在又抱着女儿坐在第一排。“牛牛坝”出力最多，现在把脱掉的板鞋穿上，另两个人也高兴地坐好，没下车的那个看起来一身干净。再度同舟，都很高兴，都在谈论刚才的一幕，没人想太多。

你们都满意了吧

司机也出了一身汗，抽了支烟，回头看了下车里的人说：你们让我过来，现在我过来了，回也回不去了，只好继续走了。

乘客响应。有人说，要没有刚才我们都过不来了，不试一试怎么知道。好像这一路上所有的难题都随着这个关口的通过，彻底解决了。

而事实是，在我再次头疼不到半分钟后，车子绕过了前面一道弯，又看到了我们之前见过的推土机，铲车巨大的车斗慢慢地上下机械运动，把坡上堆积的土石，铲到边上奔腾不息的褐色河流中，依然只能铲出一车道。从现在推土机工作的地方往前望去，还没有绕过弯道，就还有两处明显的塌方——至少要等它工作过后，才能知道接下来的路上还有没有其他塌陷处。

司机彻底熄了火，沮丧地说："你们都走吧。"在我听来，仿佛是说："这下你们都满意了吧？"

司机开始抽烟，车上剩下的人开始收拾行李，准备下车。我也极不情愿地下车，我最不想遇到的事情发生了。天飘着小雨，在我身体非常糟糕的一天，据说有十多公里山路等着我（我还没意识到这些道路的困难程度，不然我当时会更沮丧的）。后面跟着一辆重型卡车，停在了我们的中巴后面，看来它巨大的轮胎很轻易地过了刚才的洪水处，不过现在它也被堵住了。我们尽责的司机很不幸地堵在了这里——卡在狭窄的路上——他连倒车的位置都没有，而且后面还有那处好不容易才驶过的山洪冲石处。

顾不得司机了，我把沉重的书包背上，这里有我所有的家当，由于我塞了太多东西，自从前年走过了湘西、滇北、黔东南、黔西、黔南、新疆和田、西安、郑州，它已经破了好多处了，就是背带也已经被我缝过两次，现在背带接口到拉链的位置已经开始有大的裂缝了。要是在走山路的时候掉链子，我就完蛋了。我把裤子挽了一下，把兜帽衫的帽子翻上来，袖子捋了一捋。我们一共有七个人，"牛牛坝"、带小孩的爸爸（还有他四岁的小女孩）、一直没下车的大叔、两个先走了一段看见车又发动返回的男乘客，还有我。

路不难走，有些泥坑和小水潭，绕过去就行，那些掉下来的土石，车子显然开不过去，但步行还不难走。我们开始搭话了，大叔延续在车上时的风格，我知道他是做销售的，他也知道我在博物馆工作，听说我要去雷波看“孟获庙”觉得非常神奇，继续问我懂不懂看玉器，会不会鉴宝。“牛牛坝”是住在云南昭通永善县的彝族人，他说自己都不会说彝语了。他在美姑县的牛牛坝做一些小生意，今天正好是牛牛坝赶场的日子，他把生意做完，回家补一些货。带孩子的爸爸是美姑县拉马镇的中学老师，本来早就放暑假了，如果不是带着女儿晚走了，这会儿都到雷波的老家了。另外两个乘客我不知道情况。

一路都没有上坡，书包的压力不明显，我只有几脚踩偏，踩到了泥水，把原本没有后跟，和拖鞋没有区别的凉鞋搞得更湿。有时还踩到一脚泥，只好在水坑里多蹚几次，洗洗干净。我们没有拉开队伍，前前后后地走着。拉马镇的老师有时遇到大坑就把女儿抱着，等到了干净一点的地方，才把她放下自己走路。“牛牛坝”说，他也有个女儿，也这么大。只是他看着很年轻，会帮着拉马老师轮流抱一会儿孩子。

遇到了一处小卖部，我们都停了下来，中午就没停车吃过饭，肚子里的两个鸡蛋也早已消化了。“吃点东西好赶路。”所有人都响应。脑袋虽然有点肿胀，但东西还得吃，不然连走路的气力也不剩了，谁知道我还要背着这千斤重的玩意儿走多久。

小店里也没什么，火腿肠是唯一受欢迎的。我买了一卷介于面包和饼之间的东西，十个只要三元。有人买了两瓶营养快线，喝了一瓶，带上一瓶。我还买了一罐红牛，就着红牛吃饼。“牛牛坝”也买了一罐。店主没见过这个阵势，这么多人买东西，把他“雷”到了。

吃完以后继续上路，拉马老师想把店主的雨伞买了，店主不肯。只有我带了一把伞，要给他的女儿打伞，小女孩跑上跑下不肯安静，我也就作罢了。路上遇到一个工地，有个做工程的工人和我们并排走路，他说，一直沿着河走，不用爬山，还有八九公里。我松了口气。他还说，前面有段落石路，要当心。我没放在心上。

为什么我还要做人类学家呢？！

雨在下，我的兜帽不管用了，把伞打好，我又嫌热，把外套解下来绑在腰上，还把书包背在胸前，结果扎在腰间的衣服不停松动滑下，害我还得一手抓衣服。眼看着前面沿河的水坑边有一小块平坦落脚处，我不敢沿着河边走，觉得危险，就往平坦处踩下，结果发现，此处并不踏实，这是泥和水造成的假象，烂泥没了脚踝，鞋子全进泥了。另一只脚也进去了。抬脚，跨步，又是一脚泥，现在我几乎是要把脚从泥里拔出来了。当我用力把鞋子从泥里拔出来时，腰上的衣服又松了。顾不得手里的伞和刚才拔鞋子弄的手上的泥，我站在泥里解衣服，把腰上的衣服塞进包里，现在不但是我的手，我的衣服，我的包，连伞上都是各种泥水了。我还要继续把脚拔出来。

所有人都在继续前进，我必须先拯救自己。一步步把脚挪到泥坑的边缘——我真的成了泥腿子了。

两只脚都是泥，不仅有泥还有大大小小的石子，它们和泥水一起钻进了我的凉鞋里，这就是传说中的“拔出鞋子带出泥”。根本容不得我把脚底和鞋子弄干净，下脚踩下去的地方又是一个泥潭，极有可能比刚才那脚更深。我只好努力向泥潭边缘挪动，然而边缘附近渐渐黏稠的泥淖，让我最后光拔出了脚，鞋子却被泥坑“吃掉”了——我甚至无法光凭脚部力量把鞋子提出来。最后我索性弯下腰，用两只手在泥水中乱摸，好像抓住两只泥蟹一样地抓住凉鞋。被稠稠的泥土填满的鞋子，基本已经失去了它本身的形状了。

我无法继续穿着鞋走路了，连手上的泥也没地方蹭掉，只好光着脚迅速在泥潭里走过，边走边感觉无数的碎石、尖尖的小石子直往脚底下钻——这时我多希望自己不是平足啊！我一度想着就这样光着脚一路走下去，可刚走出泥潭就发现，没有泥水的石子地面更不适合光脚。把鞋用力在地上砸两下，再次穿上。我顾不上把鞋子里面弄得稍微干净一些，一是另一个泥潭马上就在可见的地方等我了，二是我怕被前面的几个人落下，因为我已经处在队伍的最后了。幸好，前面的爸爸带着小女孩，走不快，“牛牛坝”他们有时会出手相帮，轮流抱着孩子过泥坑，总算没把我彻底落下。

我非常后悔自己居然穿着凉鞋，而且是没有后跟的拖鞋一般的鞋子来做田野。之前车上的冻脚已经让我够受，现在这一脚泥让我怎么走怎么难受。要是我此时穿着一双板鞋该有多好，我想这个问题时，尽力不去感觉脖子和脑袋。我说服自己往好的地方想，幸好我没有像去年一样穿一双“洞洞鞋”出来，要是洞洞鞋进了泥淖，别说拔出来，动一下脚就等于绑着一块水泥负重，鞋子里的泥还特别难倒出来。

不过，这时我只感觉到穿凉鞋的痛苦，因为鞋里灌满了湿答答稠糊糊的泥水之后，脚和鞋子之间的摩擦力几乎消失了，再加上鞋子里那些来不及弄出的硬石子，走一步就感觉脚在鞋子当中打滑，沿着高处江边碎石前进的时候，我尤其担心鞋子打滑。但正是因为提前体验到了穿凉鞋的痛苦滋味，我一遇到难走、松动的临江碎石处，就会把鞋子脱下拿在手里，哪怕石头再尖利，都坚持赤脚，用脚掌走过去，或许正是这种先期体验，后来真的救了我一命，也挽救了我的鞋子。

这是我走过的最糟糕的山路，虽然许多年以前，在黄河边的积石山遇到过滑坡，但只是一块大石头和一堆土块挡住了去路，车子在紧紧贴着黄河边过去后，前面就一马平川了。去年在川黔交界的乌蒙山，在大雾大雨中翻山，也只遇到小面积的滑坡不至于断路。还有从格尔木进藏的道路，那路宽得根本体现不出滑坡的威力。而眼前，塌方留下的扭曲护栏空荡荡地悬在江上，路当中陷了一个大窟窿，能直接看到底下的江水，遇到了；滑坡只给路面留下厚厚的泥沼和松动的石块，只能颤颤巍巍地沿十多米的江边走过，遇到了；旁边的山上早已寸草不生，只有整面山坡的碎石，而鹅蛋或手机那么大的石头就像“滑雪”一样滚落，遇到了。但这些还不是最让我难忘的。

糟糕的路面让我开始学习，我发现前面人走过的地方大体是靠得住的，尽管一个下去很深的脚印提醒我这里的泥土太松。就这样，我勉勉强强一直跟上前面的人。走在最前面的两个人在过前面几个弯道时已经看不见了，他们的影子都不见了，当我自己走过那些危机四伏的路段时，我希望他们不要遇到危险。现在能和我固定组成一队的，就是走在最前面的大叔，他把一个塑料袋套在头上充当雨帽，他虽然没有负担，可以走得很快，但没有抛下我们。第二个是“牛牛坝”，他扛着一个旅行包，但年轻力壮，这些负担对他算不得什么，但让他没有加快速度的是他一直和拉马老师轮流抱孩子。第三是拉马老师，抱着女儿，还有他自己的大包。最后一个是我，头疼、脖子疼，背着全部家当，两脚都是泥，而且蔓延到裤腿膝盖处的人类学家。我时刻担心我的凉鞋会在某个时刻突然散架，而且此时我的裤管应该已经有不少面积泡了泥水了。

为什么此刻我还要做人类学家呢？要不是为了去雷波

看看所谓昔日进入凉山的东大门，看所谓的孟获庙，我本不需要在这山路上受罪。我一边走一边生出个念头，要是，要是今天能走出山的话，我要好好找个地方睡下，明天直接买张去成都的票，去他娘的庙，去他娘的东大门！我甚至不知道今晚能不能走出山，我脑海中浮现出十年前和两个同学骑车去河西走廊，打算一路骑到敦煌时，在刘家峡边上的山谷里遇到修路，推着自行车在崎岖的山谷里走了整整一天，夜里两点多终于找到一个施工工地，在指挥所里睡了一觉的情景。我问“牛牛坝”，这晚上能走出去吗？到了大桥头，到不了雷波的话，那里有没有住的地方？他倒是很自信地说，有！

还好，掉到河里的只有一双鞋子

又绕过了一个弯子，还是没见到队伍最前面那两个人，走在我们几个人前面的大叔停在那里不动，我有些奇怪，顺着他的目光往前望去，我也呆住了。前面有两处连得很近的滑坡，第一处落下的石头差不多快堆到路边了，还有拳头大的石头不时滚落。而再前面一处，让我们所有人倒抽了一口冷气。原先山体和路面垂直的地方，现在已经彻底被滑坡堆成了一个直角三角形，路面从原先直角的短边，变成了斜边，而且这条斜边居然还有一点向上拱起的弧度，和路面下面的山体彻彻底底连在了一起，甚至可以说，路面其实已经消失了！最要命的是，山上居然还有石头不停地滚下来，斜坡路面已经完全没有阻拦，山上好像拔掉塞子的下水道出口，滚滚的石头就这么涌下来，大的有汽车轮子、抽水马桶那么大，小的比砖头小不了多少，好像瀑布一样流下来，只是滚动的不是水流，而是石头！我眼见着一块石头就这么从十多米高的坡上掉到了江里，水花都没怎么溅起，就被隆隆的河水带走了。我从一数到五，滚落的石头居然没有间断过。

好些日子以后，依然让我匪夷所思的是，当时我们所有人的意见惊人地统一。不是要止步看看情况，也不是退回到两个小时前的下车处（这已经不可能了，因为一路过来也有好几处危险的地方），而是一口气冲过去。

这是要死啊！我的第一反应是，等下我不能穿鞋，一定要赤着脚冲过去，我不想因为脚底打滑送了命。其他人也在观望。我过了之前的一个泥淖后，就把鞋子脱掉拿在手里了。大叔对我说："等下看准了等石头不滚的时候冲过去，速度要快，眼睛要看着上面。你最好把鞋穿上。"我记住他前面的话，后面的没听，我是对的。

我就光着脚走过第一个滑坡处，这里还好，路还留了最后一点边边儿，石头滚得也没那么快，我是最后一个过去的，前面的人，都聚在第二个滑坡前面等着机会。

滑坡远远超过了路基——没有平地可以踩——我还没有注意的时候，大叔就趁着一小会儿没有石头掉下来的工夫噌噌地跃了过去，他穿着一双系鞋带的休闲皮鞋，在石堆上还没等石头松动就前脚接后脚地过去了。接着是"牛牛坝"，他穿的是板鞋，一路上居然没踩到太多泥，紧跟在后面也跳着过去了。

山上就像间歇瀑布的出水口（难听一点的比喻是：抽水马桶的出水口）一样，你只能看到水口，却不知下一秒会不会出水。石头滚落了手机一般大的两颗，我估摸了一下被砸到会不会出问题，希望下一秒不是车轮大的那种。这就像那种俄罗斯轮盘赌一样，能装六颗子弹的左轮手枪里，只填装一颗子弹，对赌双方轮流朝自己脑袋射击——不知下一秒是什么情况，中枪的概率却越来越大，尤其是当前面两个人安全通过之后，几乎加大了后来者的危机。

刚才明明如瀑布般的落石突然不可思议地止住了，谁知道之后什么时候又开闸泄洪。抱起女儿，拉马老师跑向滑坡。我本以为他会像前两个人一样生怕错过这难得的机会迅速通过，便左手紧紧捏着鞋子，右手抓着收起的折叠雨伞，急急地随着他一起跑过去，跳到石堆上面的一刹那，我看了眼脚下的江水，什么都没想。

但我判断错了。

我第一脚踩在石堆上的感觉是踩在一堆游乐场的海洋球上，唯一的区别是，这些石头都有棱有角，而共同点就是松动，一脚踩下会不断地向下滑动——终点就是脚下的河流。而我前面的人突然停住了，我听到一声："我过不去了！"拉马老师真的没过去，他停住了，他抱着女儿，同时还提着他巨大的旅行袋，挡在了我的前面，而我已经感到石头向下滑动的趋势。

“我脚陷住了，跳不动了。”我听他这么说的时候，下意识地抬头望了望上面的“出水口”，滚落了几颗小石头，大小介于花生米和鹌鹑蛋之间。我不知是悲是喜，我该庆幸这一秒的生还，还是该恐惧现在所预示的下一刻。我甚至无法转身回去，身上的大包让我不住下滑，我能用凉鞋抵挡滚落的石头吗？

我站在拉马老师的背后，看不到他的表情，看不到他小女儿的表情。三个人，三条命，雷波一条叫不出名字的河。

“我过不去了！”他又喊了一遍，他前面还有三米才能过去。我既不能从他上方，也不能从下方绕过去，我的任何多余动作只会加速石头滚落的速度，加快拥抱河水的速度。这一刻我倒没有后悔我不会游泳，掉进这条湍急混浊的河流中，会不会游泳一点关系没有！

我没工夫想我是不是玩完了，甚至没工夫害怕，我没有想任何东西，只是看了眼上面，花生米、鹌鹑蛋、玻璃珠，接着呢？

就是那一秒，“牛牛坝”跳回了石堆里，“把包给我。”他把拉马老师的包接了过去。

“把小孩给我。”三米的距离不像包裹一样可以抛甩，他又往石堆坡上进了一小步，逆向的位置让他不得不把大半个身体都跃入石堆。小女儿终于接到了。

我感觉前面一空，拉马老师真的往前移动了，“啊！”他叫了一声，我看到他的凉鞋被石头卷着，滑到河里去了。

我跳了两下，还是三下，伴随着滑落的石头在我脚下，在我身后。最后，我的脚踩到硬石地面了。

他们说我刚过去，就有一阵石头翻落了下来，我没注意。我宁可相信，这是我离开后才导致了滑落，而不是它没等到我。

过了这个滑坡我们都没有谈论这次经历，那种一触即发，生命在一刹那停留的感觉没人愿意回想，直到那天的晚上。

历经磨难，不失赤子之心

我们全都过来了，小女孩“哇”的一声大哭起来，他爸爸说，刚才有块石头砸到了她的鼻子。努力安抚一下，她就很快平复了。四岁的她已经够勇敢了——她是被爸爸横着抱在臂下——许多年后她或许不会记得今天的惊险，但她在最危急的时候没有表现出慌乱，已给两个大人涉过“鬼门关”留出了宝贵的时机。

可是拉马老师的凉鞋滚落到河里了，没有我比他更清楚光脚走路的滋味，而他还要抱一个女儿。我建议他有没有衣服什么的裹在脚上，他坚持赤脚走路，幸运的是二十分钟后，两个附近山上的彝族小伙出现，拉马老师说明了鞋子坠河的惨状，其中一个愿意接受他的二十块钱，把拖鞋让给他。

接下去的路程虽然还有七八次脚踩泥淖的经历，还有几次光脚走过沿河碎石的遭遇，但比起那个千钧一发的滑坡，都微不足道了。唯一值得一记的是，在一处滑坡，见到一辆小巴，八成以上都被石块和泥土覆盖，深埋在一处“沟”里，显然也是这场大雨造成的，车窗严重凹陷碎裂，欣慰的是，没有看到伤亡，我只能相信车主和乘客，在灾难降临之际及时逃生，只留下这堆惨痛的遗迹。绕过这处仿佛给后人留下的“警示碑”，我踮着脚，一拐一拐继续前进。在这个漫天细雨的下午，我走得浑身是汗，额头的热度和痛感似乎也消退了。

从下午三点开始，走到五点半，我第一个看见“大桥头”的吊桥，到六点，拐过最后三个弯道之后，我看到了柏油路面和停在那里的载客巴士。虽然在最后奔向终点站时又一次陷入了泥淖，但此时其他人都有精神冲我一乐了。

我们找了辆刚运送花椒归来的小巴，请车主带我们到县城，因为还有二十多公里的路途需要跋涉。车主答应了。我们上车，车窗吹进的晚风让我们所有人都有点瑟瑟发抖，我终于意识到，自己全身都被雨水和汗水湿透了。我在车上换了件衣服。车子开了没多久，就见到了另一条更大的河流——金沙江——原来这里是我们刚才遭遇的河流与长江的交汇口，离那处滑坡可能只有三公里左右，如果不是因为最后关头的变化，至少今晚金沙江里就要多出三具浮尸了，我们都没有提到这个话题。而我有可能葬身的这条河的名字，后来查了，叫作“西苏角河”，源自大、小凉山之间的黄茅埂。

车子在路上堵了很久，在一处施工处堵了将近一个小时，但挤坐在这辆散发着淡淡花椒味的小车中，却有一种非常踏实的满足感。没有比这时更让我热爱现代文明的时候了，一百多年前有人发明了这样一种靠内燃机点燃油气提供动力的机械，为我们今天带来多少福祉，让人类能更加自由地在世界上移动。坐在车上，我开始感觉到我鞋子里和着泥水的大大小小的石子，和我脚上的伤口，我记得刚才在山里，我的小脚指甲翻裂了半个，被我直接折断拔掉了，我都没感觉到疼，泥水糊住伤口或许有些作用，这是土著医学吗？

堵着的地方据说在做工程，其实刚才经过的大桥头也是工程路段，在两山隧道之间，架一座公路桥，以后到美姑的道路应该就会通畅了。许多年前，林耀华、杨承志进入凉山的艰难道路在今天看来仍旧艰辛。不过可以想见，随着路桥和穿山隧道的修通，“伤心人类学”的故事将不再困扰深入凉山的人类学家们了。

天黑下来的时候，我们终于到了雷波县城，此时已近晚上九点半，距离我早上八点从美姑出发，过去了十三个小时以上，我走过了十多公里让我一生难忘的山路。

大叔提议，我们这些劫后余生的难友找家馆子一起吃个饭，纪念一下我们萍水相逢的患难之交。大家同意了，找了家羊肉火锅店。四个男性加一个四岁的小女孩，要了四斤羊肉和羊杂。火锅煮起来了，我终于觉得有些暖意了。

喝起啤酒，吃起肉，大家举杯相碰，唯一没有谈到最惊险的一幕。轮到我时，我站起来敬了“牛牛坝”一大杯，一口喝掉：“今天要不是你返回来把小女孩抱了过去，让拉马老师走过去，我走在最后，真的就给石头碰上了。可能我们三个都要走了。这杯我敬你。”

拉马老师也敬他，让小女孩拿起酒杯敬叔叔，小女孩怕生，又小，不懂发生什么情况了。“牛牛坝”不好意思地说，算了，把酒喝干。

他说：“我小时候，吃过很多苦，可能比你们都多，我是彝族，十三岁就出去打工，在广东做保安，说难听点，就是看门的。后来在矿山，开机器，开汽车，都做过！做了好几年，回来做生意，生活才好起来。”我又敬了他一杯，这是发自内心的。

无意间，他扬了扬右手说，“我以前，有个朋友，我们一起出去做工的时候出了事故，如果他那时再坚持一下，我就不会丢掉我的手指。”这时，我才注意到，他的右手食指少了第一节。

"后来，"他接着说，"我就一直记得对我自己讲，能出手帮别人一把的，就千万别犹豫。"

我又看了一眼他的手指，也许他真的用自己的手指换回了我们三个人的命。

我们交换了名字，希望彼此都记得我们一起走过的这段旅程。大叔姓向，拉马老师姓杨，妻子是彝族，他的女儿也算是彝族。而"牛牛坝"，我没记得他的彝名，他的汉名叫韩毅，韩国的韩，陈毅的毅，家在永善，在美姑的牛牛坝镇做生意，每当赶场的时候，啤酒和烟是他最好销的商品，一趟赶场销售额能到两万。我相信，正是那些艰难的日子，让他历经磨难，不失赤子之心。

最后，杨老师先带女儿离开，我接着离开我的旅伴们，找了旅店，数了下脚一共四十个伤口，左脚十五个，右脚二十五个。脚指甲断了一个，裂了一个。旅店还没热水，我挣扎着洗了下脚，实在太疼了。整个人浑身瘫软，夜里起来吐了一次，把晚饭的啤酒和羊肉都吐掉了，可能是感冒之后反胃得厉害。

我想过第二天就买票离开，但在我终于好好睡了一觉之后，想到如此艰难只为看一下孟获庙，岂能不去？最终挣扎着在县城包了一辆车子前往。好客热情的司机待我友善，请我吃饭；而前往马湖景点的道路好得出奇，让我几乎不敢相信自己就在凉山。

绿水青山，怡人小岛，热情的黄琅镇彝族姑娘，马湖中的莼菜，可爱的孟获塑像，终于让我见到了大山不那么令人敬畏，而值得亲近的一面。

一场婚礼和一次回眸

骨碌骨碌到了村口
村头有棵红柳树
缠着经幡、哈达，和风马旗
还有酒瓶、手纸，和塑料袋

领导说，看着还是以前好
空气也好云也高
没有酒瓶盖和塑料袋
沙尘滚滚看不见车轱辘印的沙漠也惹人爱

司机说，以前都爱砍树烧
砍完了高树砍矮草
现在通了道路用上天然气
没人割草自然空气变好

过去杀羊、打铁、烧陶都是黑骨
嫁不出姑娘，娶不到亲
现在这里比以前富，做了生意加上补助
都爱就着方便面喝啤酒

今天的遗迹和文物

也不过是昨天的瓦片、夯土，和陶壶

若是没有古人的垃圾堆

人类学家要去哪里顿悟装酷

从日喀则到永泰

研究生时的同学结婚，在QQ上给我留言邀请我参加婚礼。新郎是我同班同学，新娘是下一届的同门师妹。“防火防盗防师兄”，终于没有防住。新郎一定没有想到我会答应得那么爽快，我猜他应该是给全班同学都周到地发了一遍消息，没想到我兴冲冲地就答应了。事实上，除了他的同门外，真的只有我一个研究生班的同学去参加他的婚礼了。

其实新郎不知道，我之所以想去，就因为他说了一句要在老家山里办酒。我一下子就来劲了。在日喀则的日日夜夜，一有空就用3G刷12306网站，终于在别人的提醒下买到一张上海到嘉兴的动车票，登车后补到了前往福州的票子。

动车的座位舒适，补完票后，我找了一个空位子坐下，一路到福州没有人来主张座位所有权，我实在想不出来我在网上为啥就刷不到票呢？！从宁波一路到福州都是沿海青山，这条沿海铁路折腾了四五十年，终于在二十一世纪的第一个十年修成，给沿海人民带来了无穷的便利。遥想2006年第一次坐火车前往厦门，光路上就是二十九个小时，比当时去兰州还多五个小时。让我后来终于领悟，“蜀道难，闽道更比蜀道难”的意味，在那之后，我都选择飞机往返，就为了躲开这二十九个小时的火车。

现在动车八个多小时到厦门，六个多小时就到福州，怎不叫人感慨动车改变现代生活。除这个不同之处外，却是和六年前惊人地相似。那时我刚从西藏返沪，又从上海去了厦门，再从闽南到了闽东，开始了我第一次也是唯一一次像模像样的田野。而这次我也刚从西藏回来，在家待了一天就直接跑了闽东。上次是火车到兰州，兰州到格尔木，换大巴进藏，再坐刚开通一周的青藏铁路返回，等待我的是前往闽南的二十九个小时的火车。这次飞拉萨往返，动车到福州。我从当年的“研究僧”，变成了博物馆地下室里的“扫地僧”。

其实还有一些只有我自己能体会的差别，六年前我去西藏只是因为拉萨中学老师陈大哥邀请，以一种人类学爱好者或许应该去一下西藏的态度去转了一下，只觉得每个寺庙都一模一样，都有好多好多手，还有搂在一起的佛像。再去闽东的长乐做田野，在那一个月里，我按照提供经费的黄老师的意思，在村里每个祠堂、村庙都转了好多遍，拍了无数族谱，修桥、铺路功德碑，最后完全不知道是为什么要这么做，见到了福建村落中水头、路口形形色色的神像，都摆出一副让人生气的表情。

这和我想象中的田野完全不一样，我看不懂庆祝神诞的仪式，不知道龙舟赛为什么会引起械斗，连村里有哪些家族我都搞不清楚。那一个月里我烦透了田野调查，什么参与观察，什么入户访谈，什么文化要素，我一样都找不到；我只想把族谱照片全都拍完，然后闪人，这次糟糕的田野经历，导致了我之后三年真的没做过一次像样的田野调查，连那个叫溪村的地方也没再回去过一次。尽管后来我把这次调查的内容整理成了论文，换来了经费。

而时隔六年，我能分辨出不同造型的佛像，明白不同派别的寺院是历史在不同时期留下的痕迹，大昭寺中罗列的历代藏王、名臣也和藏族史对上了号，我还领悟了藏戏、唐卡、佛像都是同一种“人间扮演”观念不同侧重点的具体呈现。这次我去日喀则拍摄制作唐卡的工艺短片，知晓那些被称作希岗巴派、齐岗派、勉唐派、钦则派、噶知派等不同派别的唐卡画派，其实代表了不同时期藏区对外交流的结果。

这有很大一部分归功于我这几年里马不停蹄的翻译工作——翻译的本质就是用一套符号，准确对应另一套符号体系，并要极为精准地描述另一套符号背后的含义。于是，当我分辨出戴僧帽的宗喀巴、脑袋上顶着小脑袋的松赞干布（这是把前世化身具体化）、长胡子的唐东杰布、手上有眼睛的白度母、一只脚踩莲花的绿度母、青面獠牙的大威德明王、圆头圆脑颇为秀气的强巴佛（弥勒佛）后，壁画故事、唐卡中佛像的排列组合，还有佛殿中座次的含义，便都能清晰显现。

于是，我有了一个愿望，我想再去一下闽东，去看一眼我当年完全没有了解的闽东村落。同学的婚礼就在和长乐同属福州的永泰，只是一个在东部沿海，一个在西部内陆山区，但从总体上讲都属于闽东地区。六年前我在长乐的那一个月里，赶上一个小孩溺水，一个拾荒老人被少年抢劫者刺死，还有一个镇上干部的老爹去世，见过极其隆重的葬礼，但唯独没有见过当地人的婚礼。这次同学的婚礼据说还在老宅举行，婚礼的双方同是曾学过人类学的学生，这更增加了我想参观此次婚礼的欲望！

只缘身在此山中

下火车就有车在等我，原来新郎的本科同学从厦门自驾而来，顺便接我。车开出福州南站，还没转几个弯，就上高架，进山，两边高山空谷，车子飞驰。闽东的绿水青山，替代了藏南的荒山雪水，各有意趣。

我对福建的想象仅仅停留在“沿海”，内陆山区只去过闽西，不知道闽东山区也是一片密箐深沟。车子开了两个多小时，只有越来越破的道路，还是没见前方的路影。路况只比凉山稍好，引来同行的同学阵阵担心，还好我只顾吹牛，没太注意道路。在我吃完从上海带来的面包后过了没多久，终于见到新郎在路边的岔口向我们招手。三年没见的老同学背后是一道三十多米的下坡，靠山的地方是连排的屋子，天很黑了，没看个详细，据说这就是同学家，婚礼明天也将在这里举行，我倒是很兴奋。路口是商场门口那种充气的红色拱门，边上鼓风机不停地打气，看得我也觉得稀奇又喜气。

我们穿过堂屋，到了屋后。堂屋就是很大的一间，有中堂，有天井，有厢房的那种。以前我去过的都是空开着的，房子破败，中堂的供桌上满是灰尘，而这间完全不同，有人居住，人来人往，感觉充满生机。快八点的时候，与我同来的新郎的同门、新郎的本科同学，一起坐在厨房边的一张饭桌前开始吃饭，新郎陪坐，还有他的两个堂房叔叔负责陪酒。叔叔一个能言，一个寡语，不过一个是说好几句，你总得喝一杯，一个是自己闷头先干一杯，你也得喝一杯。总之是，你们远道而来，要尽地主之谊，喝好陪好总是应该，好在我们人多，重点也是明天，不是今晚，斗争方向也不在我们。吃了好多鱼虾海鲜，虽在闽江边的山区，河鲜海货还是不少的，给我留下印象的是，晒干的鱿鱼干做汤，还有肉丸子，著名的福州鱼丸似乎没有上席——看来我还是有刻板印象。桌上有一道栗子烧的菜，新郎介绍，这是屋旁自家种的。

放了满满一桌菜，啤酒也开怀。想到我二十八号还在拉萨喝酥油茶吃藏餐，三十号已经在闽东的山里大啖鱿鱼干，真不啻一场时空上的穿越。啤酒喝多了，出门尿尿，新郎说，这里山脚边上都是厕所，本来以为我在日喀则把一年里的随地方便都便完了，没料还是没有结束，第二天白天才发现我那天晚上就尿在那棵栗子树上。山中空气新鲜，月朗星稀。吃完饭，说有车带我们去不远的地方住宿，再次穿过充气的红色拱门，哪怕在四周群山之中也有喜感。

抽空看了一眼新房，有床有柜，两张扶手椅，一张茶几，床上绕着彩带，好像小学里过节时张挂的五颜六色的挂饰。房间不大，说是为了结婚刚收拾出来的。

我们到了不远的路边，一幢两层的木楼，一楼看好像是村卫生所，其实还有坡下的一层，总共三层，尽管每层只有一间。我以前不知新郎父亲是村里的兼职医生。新郎的一家原先就住这边，刚才吃饭的老屋只是老人居住，还有为办酒收拾的新屋。

洗漱在坡下的那间，从卫生间的窗口望出去黑黑的，只有树叶摇曳。我以前曾在畲村住过一宿，有一种重回村长家的感觉。上完厕所，回到楼上，吱吱嘎嘎的楼梯没有扶手，楼板踩上去嘎嘎作响，生怕太用力踏坏了。房里的电视在放浙江卫视的《一周立波秀》，但图像很差。两张床三个人睡，屋里插座不够，想起了那个抢插座的广告。本科同学一人一张床，研究生同学两人一张床，我和新郎的同门在毕业三年之后，终于有机会在一张床上入睡了。

陌生的床不太习惯，晚上喝了太多啤酒，上厕所也麻烦。躺在床上没多会儿，我又下楼，在夜深人静的马路上，也懒得走到厕所，对着马路旁的电线杆就放松一下吧。

夜里一直听到卡车在路边开过的声音，第二天早上有人说楼板上老鼠跑来跑去，欢腾了一宿，可我夜里倒没听见。

“乱入”的松赞干布

六年前我来闽东做田野调查的时候，住在一间村里人开的家庭小旅馆里，夜里到房东的厨房里冲凉。因为我不喜欢冲凉房闭塞的环境，就晚一些在厨房的水缸边用水瓢从水缸里舀水，浇到自己身上。好在八月份的气温之下不会因此感冒。因为开着白炽灯，蛾子乱扑，我还记得每次冲凉，屋梁上都有老鼠跑来跑去，我拿水瓢挥一挥，老鼠就躲远一些，我还挺担心老鼠掉到水缸里。我睡在三楼，老鼠在一楼，这就很能理解干阑式建筑的作用——至少把人和老鼠隔了开来。

六年前我去西藏，那时我既不是一个合格的驴友，也不是个称职的人类学家，在地陪陈大哥的建议下，我才去泽当看了一下桑耶寺，又去了纳木错。拉萨的三大寺也转了一下，只留下大昭寺门口人好多，满地都是磕长头的人，布达拉宫房间无数，每个房间供着的佛像都差不多，诸如此类的印象。六年前，我连西藏自治区博物馆都没想起来去看一眼，因为怕钱不够，日喀则也没去。我喜欢的人类学是建立在理论之上的“学派”人类学。把我放到一个异文化中，我却完全不知道该如何下手。

这次西藏之行，我们直奔日喀则而去，因为有一位单位领导正在当地援藏。他帮我们安排好了下乡的行程，要去南木林、江孜、萨迦、谢通门拍摄金银铜器、土陶、铜像、勉唐派唐卡、氆氇、藏毯六个项目，除一个在日喀则市内的，别的都在县上。几年里我从未忘记让我陷入困惑的藏文化世界。一个偶然的机会，终于让我把佛教的“人间扮演”原理领悟出来——佛教是一种力图把想象中的宗教宇宙世界，在当下人类世界中复制出来，并加以实践的观念。

这个顿悟，源自我两年前去临夏卓尼县走访宋代的洮河砚老坑，路经夏河拉卜楞寺时的经历。当时寺院停电，打坐诵经的僧侣与铜塑庄严的佛像在酥油灯斑驳跳跃的光线下已经分不清彼此，僧人好像会说话的佛像，铜佛像仿佛打坐入定的僧侣，而“活佛”确实是“活着的佛”，寺院与日常生活并无区分，所有的人都在扮演“菩萨”与供养人的角色，塑像和真人没有本质差别。

那么，人们在生活中，不但要实践这种宗教宇宙观安排的角色扮演，还要把生活的场景和这种想象的世界对应起来。在我们看来，“举头三尺有神明”只是一种宗教观念，但在房屋、寺院中无处不在的唐卡彩绘佛像，让这种观念变成了一种真实的呈现。那么松赞干布头上的小脑袋，其实代表他的真身是观世音，一连串的小脑袋，就代表他的多重“身世”——把一种我们借助想象得到的观念，以具体化的形式展现出来。当我把壁画中的佛像都与一个个名称准确对应时，便能发现他们的确出现在每个寺院的画像序列中，但不同的排列结构构成了派别间的显著差异。当我能借助寺院介绍册页，将佛像的名称与其主要事迹联系起来时，寺院的历史（或者说被宗教史包裹的文化的历史）对我来说便不再是一团糨糊了。

同事带我拜会自治区博物馆馆长，她正好有空为我讲解唐卡，我仔细听了一下，参考了展厅中的解说，略微梳理了唐卡的流派：

1. 尼泊尔派/希岗巴派，最早的唐卡画派，颜色以暖色调为主，所画佛像短头短脚，构图以中间的佛教人物为主，并不注重反映佛教宇宙观。

2. 齐岗派是尼泊尔派的第一个藏地本土化画派，用色及人物造型和尼泊尔派相比变化不大，主体佛像人物与边上供养人等比例严重失调，也未反映宇宙观。

3. 勉唐派，今天我们看到的大多数近现代唐卡、寺院壁画都属于这一派别，人物生动、身体匀称、用色鲜艳，最擅长反映佛教宇宙观——曼陀罗世界（各种佛按照等级飘摇在云端）——但因为便于复制、批量生产，写出了《造像度量经》（使所有的佛像都严格按照比例构造），使得艺术创兴变得很难。据说在工笔线条和人物造型方面受到波斯细密画的影响。

4. 钦则派是对第一个藏地本土化画派——齐岗派的发展，据说，和继承尼泊尔派的齐岗派相比，更注重人物身体比例，俗称“脖子长度多了二指”。以绘制护法神像（大威德明王/马头明王、密宗明王明妃双修像为代表）和背光火焰最为擅长，颜色以对比色为特征，偏爱蓝色。

5. 噶知派是最后一个比较有影响的画派，在勉唐派基础上，吸收了汉地宫廷画派的风格，佛教宇宙观构图不脱勉唐派框架，但树木、岩石，以及色彩方面，颇似汉地宫廷画风格。

我已经能发现唐卡背后来自尼泊尔、汉地、藏乃至中亚的文化互动。每个新的画派出现，是新的人口（文化）的加入，是政治格局的调整。绘画不是简单的对自然的效法，而是意识形态的一部分，那么萨迦派唐卡与“萨迦王朝”的联系便不言而喻了。作为第一个本土化的画派，它随着萨迦王朝的兴起而兴起，却没有随着格鲁派的胜利而完全消失，它努力塑造的“人间天国”留在扎什伦布寺和布达拉宫的壁画上。

人们为什么要绘制这些唐卡或者壁画？其实就像一个巨大舞台的布景一样，不断提醒信仰者神灵无处不在。那么这个布景不但体现于造像，其实和唐卡、壁画，乃至藏毯的编织都融为一体，以不同形式妆点那个佛教的“人间天国”。而且这些布景不是一齐出现的，而是有层次地叠加上去的。如果按照风格和主题进行时间排序，就能重建一种动态的有层次感的历史过程。就这样，我感觉我看懂了所有藏区艺术的文化含义。

我能看懂村落了吗？

第二天早上，我第一个起床，同学还在睡觉，我便沿着木梯下楼，在厕所的窗口看到了前一天夜里没看到的飞檐画栋。昨天晚上吃饭的时候，听新郎带过一句，这里主要是拜“陈靖姑”的。“临水夫人”（陈靖姑的封号）是闽东地方信仰的主流，这位以安胎、斩蛇为主的女神，被称作“陆上妈祖”，又因为与净明道许逊崇拜相似的斩蛇神迹，成为正一派的一个分支——闾山派。六年前我在长乐的田野地点正好赶上一次正一派道士主持的“太平清醮”，但因为无知，除了拍了一堆看热闹留下的照片，没有真正的体验。

刷完牙我就出门了，山村的早上七点天已大亮，村民早已忙开，新郎说从新娘临时借居的县上过来至少还要两个小时，足够我去村里走访一圈。沿着公路，到了村头，一个特别的小房子立在村口山坡上，我找了好几遍，才从一个水渠旁拨开杂草和树丛找到了上山的小路。不出所料，这是一个土地庙立在村头。这是村子的尽头，熟悉与陌生的分界线。

沿着村口的小道进村，尽是一片开阔（我打算在返回的路上再看临水宫，因为临水宫就在我住的地方旁边），有一座文昌阁立在道旁，虽然有些破败，但这确是当地最高的建筑，也显示了当地文风独健的过去。再往前一片稻田，正待收割，前几天我在雅鲁藏布江边看到河边已经收割的青稞田，坡上的尚未收获，尽管海拔对作物类型与耕作方式（水田的稻谷、旱地的青稞）的差异起了一定作用，但基本的农业定居生计类型却受到相似纬度亚热带气候的共同影响。稻田当中围着房屋，除了明显的今年加盖的砖房外，原先的老屋虽有残状，但不乏生机，全是木质结构，木柱木板，梁上斗拱，上覆瓦片，这种木楼木屋与我在湘、黔所见并无太大差异。让我惊奇的是，和其他地区的木屋相比，这边的木屋甚至更大，感觉几乎是在堂屋两侧建起好几间连排的厢房，围绕天井的房屋厚度增大；其实当地还有不少类似土楼的建筑，只是规模较小，但建造方式、夯土的厚墙别无二致。

我再次想起了自己做出的那个假设：其实所谓“东南宗族”只是一种环境适应方式，有限的山地农田，我们可以将这样一小块山间小盆地称作一个“山峒”，使分家因耕地有限而无法实现。于是，在上一辈的核心家庭边组成扩大家庭成为一种有效的生计方式，这种依赖有限资源的生计方式，使群体内部以家族方式团结的同时，也把矛盾指向了家族外部，这便成为械斗的渊薮。当这种基于环境适应的经济—生计类型遭遇以分家为特征的北方移民时，这一地方文化特征便被本土或外来观察者贴上了那个远古时期失传已久的“宗族”标签——将一种具有地方色彩的环境适应性方式，与某种传说中古典时代“失落”的文化特征结合起来，为地方文化找到一个更具普遍性的合法性源头。

我沿着这个小盆地的边缘走了一圈，找到一间祠堂，这里记载了新郎一族的主要家支，但刚才看到的文昌阁边上的修路提名中，还看到另外两个姓氏的存在。事实上，这个小小的区域其实就是以这片田地为中心，以边缘山坡分布的房屋为基础组成的聚落群体，随着道路的修通（道路位于村边的山坡上），原先位于聚落边缘的区域成为以公路网为中心的新脉络的中心——现在新盖的房屋都位于公路两旁，使这个山区的聚落与外部世界更快地连成一个整体。

返回新郎家木楼的路上，我走到了临水宫门口，这座改革开放后重修的宫殿里坐着几位老人，他们正看着一台电视机中播放的闽剧，几乎没有注意到我的存在。六年前我在长乐的田野点里，不是在电视上，就是在村子的剧院中，看到过播放的闽剧。我既听不懂戏文，也没兴趣去理解戏文的内容。今天依然听不懂电视机里的闽剧台词，但我看一眼字幕和人物，差不多能猜出戏的情节。戏剧与临水夫人的奇迹，或是她的法力所及之处，总有千丝万缕的联系，经过神灵的点化，戏剧中的人物做出了符合社会期待的成绩，那么今天再现当初“奇迹”出现的一幕，也将使神灵的法力重现人间。这与佛教的“人间扮演”观念颇有几分相似。既然临水夫人以安胎为己任，那她的法力便难免带上劳动性别分工的色彩，这与当地基于生态适应呈现的大家族特征又有了不可忽视的联系。

我在小木楼的门口遇到了吃完早餐回来的同学，决定和他们一起步行前往新郎家，根据昨天晚上坐车过来的时长估算，也没多远。沿着公路走了十五分钟，看到好几种木质农具的使用——一种是给稻子脱粒的敲板，一种是将空壳稗谷吹掉的手摇风箱——名字叫不出来，以前都是在博物馆里看到，这次见到在现实中使用，可以说是意外收获。又走了没几步，红色的拱门再次出现在我的眼前。

三个计划和李干

我和同学坐在门口等着新郎的车子。我到后山上去方便的时候看到昨晚吃饭的厨房里聚集了好多人，二十多个紧张忙碌的厨工正在准备几十只鸡、几大盆在浸泡的“鱿鱼干”，各种食物，不消说这都是和新郎这边沾亲带故的人，后来新郎说，帮忙的属于近支，过一会儿来吃饭的，可能要远一些。也就是说，近亲还要提供劳务，远一点的只要提供彩礼。看着好多人在那儿交彩金，我本想把红包也一块给了，想起早上出来得早，红包信封落在住处，就向记账的大爷要了一两个信封，我一个，给同学一个，包了彩礼，等下再给。

过了一会儿，来了一辆车，新郎的弟弟出现了。以前在学校的宿舍里见过，这几年下来，发福了不少，说是在福州还是哪里开超市，我想起来，怪不得大门口那个红色拱门那么眼熟。果然有新店开张的气势，就差边上两台音响了。

我在日喀则的那段时间，去江孜，去南木林都要好久，除了沿着雅鲁藏布江某条支流的行程外，大部分时间都很无聊，司机成了我最好的报道人。我这几年出行，除了完成单位的工作（拍摄手工艺纪录片、征集文物、走访民族工艺现状），还有三个目的，我会把人类学经典的调查点设计入我的田野计划，至少能打着看手工艺的旗号，去走访凉山、湘西、黔东南这些人类学传统研究地点。第二个是要完成我的路线计划，所有的人群无论历史还是现实都在迁移，那么这些固定的路线对我探究今天中华民族形成的原因有着决定性作用，这算得上是个正在执行的写作计划。第三个是了解当下中国，眼下看来似乎过于宏大，便被我分解在每一次的旅行中。既然我无法固定在某一地进行长期田野调查，那么旅行途中遇到的临时旅伴就成了一个个随机样本，只要对方愿意聊天，我便侧耳倾听。最好的一点，是这三个目标之间并不矛盾，无论历史上的路线还是当下的中国，都随着我的旅行延伸。

前年在黔南三都水族自治县，一个善良的小伙好心捎我出村，一路上短暂的闲聊让我了解到打工与回乡的微妙关系。小伙原先在广东打工，干了几年之后，回到家乡开了一家小饮食店，可以维持生计。他并没有移居他乡，而是准备把在广东学到的餐饮技术带回故乡，这一点对时下流行的“农村破败”观念提供了一个极好的反例——农村从未破败。

现在我每次出发，都对农村经济怀着兴趣。去年在和田，我的向导兼司机虽然对现实吐槽不断，但对经济状况却没有太多批评。今年在凉山时，包车去马湖时，遇到的司机老沈非常健谈，讲了汉彝之间的种种文化差异，也听到山区居民潜在的收入增长，新的商业模式与土司时代的家支结构连接在了一起。土司的家支同样控制着现代镇上的商业网络。

这次日喀则之行，我又遇到了一位健谈的司机——老潘。我们前往号称有百年历史，从十九世纪末就开始打制佛教塑像的村落时，他直言其实只是村里有个人去了拉萨的太阳岛学习手艺——那时太阳岛还没被温州酒店的娱乐业占据，还是个手工业聚集的地方——回来之后就在村里带起了徒弟，还就是这代的事情，并非什么百余年前。

到了做陶工的村子，他直说西藏过去“杀羊、打铁、烧陶”都是黑骨头，娶不进媳妇，嫁不出女儿，只好互相通婚。我还问了造佛像的是不是“黑骨头”，他直说不是——他们的骨头是白的。但他也承认，烧陶的工匠现在经济条件倒是不错，除了陶器的收入，还有去市镇上打工的收入，再加上出售青稞所得（1.8元/斤，我还特别问了不是公斤）

三方加在一起三四万不成问题（其中还没算上出售牲口所得）。从外表看，大家的衣服八成新，大人小孩都穿藏靴，司机还说，过去小孩都没有穿鞋的。通过打工和农业补助，最近几年农村地区现金收入的增长有目共睹。有序的发展并不是坏事。

路过一处红柳林区，老潘指给我看。这原先是荒滩，经过山东援藏之后，种白桦和红柳固沙，引入土豆品种，现在长势良好。经过一片棘棘草滩，同行感叹人类对生态的破坏，司机却说，以前更差，住在这边的人冬天过来砍草生火，风沙很大，现在用上液化气，没人来砍草了，草才能长这么长，沙尘也小了不少。我一下对老潘有了许多好感，还是经常在外面跑路的，能发现变迁的力量，揭示环境和发展的真相。

我坐在福建永泰的乡村回忆我这几年的经历，永泰是福州边上的内陆山区，很有趣的是，福建的每个县都有一项独一无二的产业，最常见也最著名的是“沙县小吃”。我曾做过田野调查的长乐，它真正的产业是小五金，据说全国各地每个县城里，凡是卖小五金的都是福州长乐人。而永泰比较有名的，或许是它的小超市，还有当地产的李干（李子做的一种蜜饯，不加糖。新郎家门口就腌了差不多十平方米的李干，十分壮观）。当地的特产确实是蜜饯干果，临走时，新郎送了我们每人好几大包，味道不错。新郎的弟弟就开着一家小超市，那还是我在上研究生的时候。几年下来，小超市估计变成了大超市。等下我们喜宴上要吃到的干果，据说都是从店里拿来的，我非常喜欢吃其中一种带壳的花生，有一种甜味。

终于等到了喜宴

既然超市位列当地主业之一，把超市门口的红色拱门拿来增添喜气也不足为奇了。十一点多的时候，在我又去新郎家的后山转了一圈后，迎亲的车子终于到了。新郎家位于山坡上，背后就有山，原先可能也是之前我走过那个小盆地的边缘，但因为修路变成交通要道。

亲戚们在门口点了一长串鞭炮，还有烟花。新郎、新娘下车，从马路边沿着小路走三十米就到了新郎家的大房子。现在我清楚地看到了房子的结构：中间堂屋，前有天井，两边似乎可以无限展开，一直叠加出去。老屋没有二楼，但边上的砖砌新屋就有。后来新郎对我们说，他就出生在老屋边上的某个房间，后来才搬去昨晚我们睡觉的地方，那个兼职卫生站，原来就是他家。我对房屋结构一直很有兴趣，其实房屋结构就反映了家庭结构，像这种连排木屋，似乎表明了某种不分家大家庭的特征。

鞭炮点了起来，有人手持DV一路拍摄，但鞭炮燃起的阵阵硝烟几乎把新人都掩盖住了。我本以为新郎会给新娘来一个“公主抱”，一路走进屋来，没想俩人只是牵手慢慢从大路上走下来。终于见到新娘了，还是当年那个师妹，穿着大红的裙子，比以往增色不少。新郎的同门师弟（当然也是我的师弟）混在后面，因为新娘家没来多少人，所以就让他混在女方那边冒充娘家人——当时冒充一时爽，不料后来被灌酒吃了大亏。

新郎穿着西服，还和当年一样腼腆，俩人的样子就好像许多年前被我在海边小径撞见时那样。路两旁是稻田，边上有水沟，新郎家厨房里用过的水就沿着水沟一直流出去。有许多围观的年轻人，分不清是新郎的堂弟、表妹，还是爱热闹的乡亲。走到红色拱门边，我一直觉得少了点什么，突然，烟花点燃了，“嘭”，五颜六色的彩带打到空中，粉末布满整个天空，飘散到边上收割完的稻田里，在青山的映衬下，有一种普天同庆的感觉，并不因这个场景显得突兀。此时，我有些后悔没去参加纳西族同学的婚礼了。

走过拱门，穿过门槛、天井，到了堂屋，天井现在摆满了酒桌——十多张八仙桌，一张桌子四周围四条长凳，桌上摆着什锦干果、小菜。新郎和新娘到了堂屋，这个原先放着祖先之位，墙上记录孩子取名、生辰的屋子，现在摆放着果品，插着两人的名字。堂屋是家里所有仪式举行的地点，以前在长乐看过在家里举行的清醮仪式，也设在堂屋。拜天、拜地、拜祖先、拜父母、对拜（在这之前还去昨晚我们吃饭的厨房拜了灶神，似乎只有拜灶神是用上香的，别的都不用上香），我光顾着偷吃菜，没认真看，仪式并不复杂，新娘娘家没有来长辈，只来了一个表弟，新郎的父母虽出场了，但并没有特别精致的衣服，以至于我还问同学，新郎父母到底在哪里。据他说俩人忙前忙后，还不时去厨房关照，根本没有机会穿得西装笔挺，过来抢新郎风头。

仪式确实简单，主持仪式的是个老人，后来知道是新郎上中学时的校长——不得不说，校长原来还有这么一份热闹的兼职。司仪老人用福州口音的普通话说，今天是XXX和XXX的儿子XXX大喜的日子。XXX的媳妇是香港大学的博士，学习优异，给吾家增光；还有新娘老家来自河南，而他们这些闽东山区的居民也有从河南移民的历史，今日正是殊途同归云云。后面校长好像突然又忘了几句话，低下头看纸，听众们忙着吃饭，并不介意。后来校长还给我们解释，因为我们这些外地客人在，他不得不用普通话发言，影响了他往常出口成章的状态。我们表示非常抱歉，自罚一杯。

一转眼，新郎和新娘不见了，回去换衣服了。我们这桌都是新郎的本科、研究生同学，没有那么多讲究，就自己开吃了。倒是有个大叔主动坐到我们这桌，拿起酒瓶给我们挨个倒酒，原来，按规矩是要每桌安排一个新郎家的人给大家斟酒、敬酒的。

菜肴比昨天晚上丰富了一倍，大块的鸡肉、大个的肉丸、大片鱿鱼干，还有小螃蟹——比较小的绒螯蟹。点心是包子，装在塑料袋里，好像买早点时提的一兜小笼包。还有糯米糕，浇了糖浆。等了好久，新郎和新娘来敬酒，我们这桌是最随意的，他们后面跟一个人负责倒酒，我也不知道倒的是水还是酒。反正我在北京当过伴郎，曾经端着一个酒瓶子装满白开水，跟班儿似的倒酒。新郎说了先敬完再陪我们，就又去另外十几桌了。

婚礼就这么热热闹闹，没人特别关照屋里的祖先，我甚至就没看到供奉牌位的迹象，大家吃喝得其乐融融。新郎家的叔叔们轮流来敬我们，我们作为新郎的同学身为贵宾，倒是一碰一杯。对娘家人的招待就更加周到，除了新娘的表弟，那位冒充的娘家人也被灌了不少。喝得太多，我已经忘了最后那道菜上来时桌上的状况了。

等我环顾四周，十七八桌的人已经走得差不多了，刚才不上席的帮工、四邻乡里，现在忙着撤席，我们只要袖着手在一旁围观就好。桌子被擦干净，长凳被拿走，门口停了辆小卡车，桌椅板凳被装在车上，我们问会被送到哪里，原来就是我早上看到的那个祠堂。

不一会儿我们都走到门外，这一幢乡间的大宅一下子就人去楼空，刚想感叹一下，新郎说，晚饭时他们还要来，这里要吃三天，只要来的四乡亲里都要招待。本来打算带我们去嵩口古镇耍一下，可因为饭后懒散，终于没有去成。

这就是生活

我在日喀则的时候，正好赶上一年一次扎什伦布寺的羌姆节，这是展现“人间扮演”的最好机会，可惜时间不够，终究只看了一小会儿，好在我始终抱着再来不难的心态，并不伤感。六年来我看了诸多仪式，在长乐的田野地点看过道士作醮，和尚做的中元节法会；在闽南畲村看过“请火节”仪式（那篇写了大半的文章，至今塞在电脑的某个文件夹里）；还在湘西看了“上刀山下火海”；走进教堂、清真寺，我都要凑近去看一看里面在干什么。我几乎忘记是什么时候开始能“看懂”仪式的了，这大概和我翻译《二十世纪神话学理论》的时间相当，或许是卡西尔，也可能是范德莱乌，还可能是索雷尔给了我第一缕启发。

每个仪式都有逻辑，同一类的仪式都遵循相似的逻辑，尽管在呈现的过程中有一些具体的变动。但仪式的步骤和顺序反映了内在的逻辑，通过描述就能呈现这种逻辑。想明白这些之后，所有的仪式都不太能难倒我了。再往后，器物上的纹饰，山水画中的景致和人物，都把它们的秘密交到我手上了。

吃晚饭之前，我们这些“外宾”在新郎的陪同下前往那个小盆地，他觉得未能带我们闲逛古镇，明天大部分人又都要离开，便有些招待不周的歉意。夕阳西下，小盆地里无论是中心的稻田，还是周围的篁竹青山都一片绿意，只是山区的傍晚略带凉意。令我有些惊异的是，这里的山区新楼不多，反而比在贵州能看到更多木楼，木屋边上还有一排排小房间里接着的粪桶，人要登上几级台阶才能方便。而且粪桶有新有旧，不少显然是刚放的。早上我还看到那些传统农具的使用。

我们站在村子中心的小学里，看两个小孩打篮球，新郎说这是他上过的小学，然后去县里上了中学，再去闽南读大学。中午参加婚礼的好多人也都在厦门、福州等地方工作，他们专程回来参加婚礼。整个乡村人口不断外迁，使很多山村始终保持着有限的人口，无须向农田索要更多住房，原来的格局便渐渐保留；而在乡的人并不全是老弱病残，青壮年也不鲜见，这些足以延续原先的生计方式。当地人选择了他们最适应的生活方式，既不放弃传统，也不拒绝现代。正如早上看到的那座虽破败但不颓丧的文昌阁一样，有一天它会被重修，即便采用了新的建材，但含义和位置仍是对过去的延续。

路过临水宫，大门已关。沿着公路，又回到了新郎家的连排木屋，天已黑，但还能看到巨大的充气拱门，鼓风机毫不气馁地呼呼地工作。中午来帮忙的四邻亲友早就摆好了八仙桌和碗筷，拿来好几箱啤酒，说是喝完好做节目。菜和中午的差别不大，连点心甜糕也没有变，但好像小了一点。原来是把中午的菜肴回炉重新端上，看来新郎说的要吃上三天才能把菜全部吃完是这么个意思。好在中午菜肴太多，宾客也没怎么吃菜，此时重新端上的也都基本新鲜。

晚上吃饭的人少了几桌，我想乡村道路黑灯瞎火的，晚上来吃饭的可能都是住得不远的。新郎和新娘没了中午的任务，可以和我们这些同学、同门坐成一桌了，气氛也好了不少。不过饭没吃完，新郎的堂弟们又杀上门来，挨个敬酒，新郎居然不向着我们这边，说他至少得有二三十个堂兄弟。最不靠谱的一个堂弟每次都带着一个中年妇女同来敬酒，就说一句:“这是我姑，我姑喝一杯，你喝一杯。”我们几乎要笑翻了，你姑关你屁事啊!

不过好在，斗争的重点仍是倒霉的真、假娘家人，喝了十几杯后，我见来人越来越多，围得一层又一层都是酒瓶，肚子里的啤酒有点顶到胃的感觉。心想这种场合犯不着用上当年本科时抠了嗓子吐完再打十圈的气势，还是脚底抹油，冒充去上厕所溜走算了。可怜的假冒娘家人又被按住灌了一瓶，看着嘴角冒泡，才被放过了，新郎的同门也吐了一地。如狼似虎的堂弟们终于满意，悻悻地说："都没人喝醉。"

吐完的吐完，尿完的尿完，躲在屋外闷了两支烟清醒了一些。下面等着捉弄新郎和新娘。新郎和新娘先要给大家端上甜水一杯，我偷喝了多余的一杯，然后两人就像上批斗大会一样，面对一群上了岁数的大叔、大婶。主持人竟然是个老人，说着一口还能听得懂的闽东普通话。他要两人先介绍认识经过，恋爱经历，谁追的谁，同样的场景发生在这样一座山乡的寨子里，观众是一群有趣而兴奋的村民和发廊小弟范儿的打过鸡血的堂弟，当然还有我们这边烂醉的同学。还是新娘比较大方，坦荡说了当年恋爱过程，还纠正了新郎讲的一个时间上的错误。

主持的老人开始把权力让给打鸡血堂弟，开始了各种游戏：共吃苹果、同吃糖、身体挤压气球、裤裆滚蛋、蒙眼用嘴在身上找东西吃。新婚的两口子只好乖乖配合。我们在边上乐呵，并不同情。让人吃惊的是，最后闹洞房的节目开始时，率队的又是一个老人，他提着两只灯笼，说了几句"百年好合"之类（闽东话，猜他大意如此），便推门进屋了，把旁边摩拳擦掌准备硬闯的围观的我们全都晾在一边。既然老人带队，我们便不好再用蛮力了。

这天晚上醉醺醺的我们又回到村中卫生站，有了前一晚的经验，这晚上我睡得很熟，也没听到老鼠跑动，只是第二天一早胳肢窝内侧被咬了三个大包，奇痒无比，一个月后才彻底消除。娘家人只好和新郎的本科同学挤在一张床上了。

第二天早上，又是一顿大餐，新郎说这里一日三餐都吃米饭，都当正餐来吃，菜式果然和昨天中午、晚上一样，只是又少了一些，白斩鸡貌似被做成了汤。上午我们包车去了一个风景区，山谷清风徐来，见到一条蛇和两只猴。青山远眺，溪谷草庐，搭人汽车，送我归程。

几年来去了很多地方，或许在我四年前为了写一篇能报销经费的文章时，就通过族谱终于学会阅读家族树来发现结构，慢慢理解我曾经调查过的村落了；不过，我总是幻想，要是当初就有这些觉悟，就不会在做了一个月田野调查后，只想迅速离开，什么也没看懂了；而我现在已经没有在一个村里待上哪怕十天的机会了。但眼下的生活给了我充分的自由和经济支持，我能随时从地下室的办公室里“逃出来”，去一个地方待上三四天时间，人生的经历已经教会我在较短时间里，看懂仪式、了解地理格局、和人交谈、从谈话中发现经济变迁和社会结构的技巧了——要知道六年前，我真的不知道该怎样和受访对象开口交谈，我觉得对方的每句话都是废话。或者，这就是岁月留给我的痕迹。

离开学院，我换来了自由，至少不用为申请课题、做项目费劲。在我离开学院的几年里，以往所有的知识好像被我自由的旅行串联起来了，成倍地细胞分裂般增长积累，看来，当初似乎是做了一个不错的决定吧。那么下一步呢？

后来我在福州住了一晚，并走访了三坊七巷，正如之前走访大昭寺北的拉萨清真大、小寺和策门林寺的感觉一样，城市、空间、格局、在时空中的人类活动，一下子清晰了，不仅因为我积累了足够的阅历，还因为我四年前扎扎实实翻过好几遍《鼓山志》。

六年前，新郎和新娘还未相遇，在拉萨招待我吃饭的还是出了事故跑去阿里支教的神奇中学英语老师，我也痛恨我待过仅仅一月的田野点。六年后，新郎和新娘终于在福州西面一个山村走过了呼呼吹气的红色拱门（我怀疑是从新郎弟弟的超市里拿来的），我还记得他们第一次见面时在我们楼下打乒乓球的样子。带我去看他出事地点的英语老师已经修炼成中学副校长，拿着全薪潇洒地去读他的研究生去了。而我，好像不再厌恶我的田野地点，我又一次爱上了田野，不仅因为这能让我从地下室中解放出来，而且因为我发现这是我作为人类学家生活下去的全部动力。

第二天，我上了去南昌的火车，要去看万寿宫的许逊像和余干县的大洋洲公园，扛着新郎送我的四袋子李干。

我在松花江下游
买鱼皮衣

北国的春天不会抱怨
冰雪覆盖住草根萌芽的绿色
在冬季行将退去的尾巴尖上
因为她知道
每一寸生长
都是傲雪的报偿
映衬怒放春色的荣耀

“以学术为业的人”没有怨言
用清贫绑架真知
那是发出贪婪腹语的虚妄
其实真的没有什么
能阻止一颗不倦的心
你已经有了一份理想主义者的工作
那便是最光荣的奖赏

我要去北方

四月一日那天晚上六点半左右，自早上九点半离开哈尔滨，九个小时之后，我的脚终于踏上了黑龙江东北边的同江市，不过，这里离我的最终目的地还有将近一个小时的车程。

昨天，也就是三月最后一天的差不多同一时刻，我还在黑龙江西部位于内蒙古境内的一块“飞地”加格达奇。经过在火车上度过的一昼夜外加十一个小时（前往加格达奇之前，和离开同江之后的那个晚上，我也都在火车上度过）以及长途大巴九个小时跋涉，看到天色再度暗了下来，我已经不再疲倦，连续旅行缺乏睡眠，让我开始幻想天边能不能看到“极光”——且不论该地纬度，季节显然也不对。我后来在返程的路上回想起来，当时的兴奋并非没有来由，因为此时距离我好几年前一个愿望的实现，已经非常非常接近了。

在三月倒数第二天的晚上十一点，我在齐齐哈尔登上了前往黑龙江大兴安岭地区行政中心加格达奇的火车。结束了当天白天在昂昂溪的考察，我的东北之旅已经从大兴安岭中南段的汽车旅行变成火车旅行了。对这次东北考察，我期待已久，这里长期以来都是我旅行地图上一块最大的空白。我在西北生活了四年，在东南沿海三年，这几年都在西南考察，中原也沿线旅行数次，唯有东北始终未曾践履。这种愿望在我十一年前往新疆阿尔泰山南麓的北方泰加林带旅行后，就变得非常强烈——我真的需要体验一下蒙古高原东部的对称区域。

我曾到过两次新疆，一次到伊犁，另一次到和田以及阿勒泰。虽然后一次一半出于旅游观光，但我在图瓦木屋背后的山梁上看过了泰加林的日出。额尔齐斯河向西流淌，消失在远方，我相信这样的景象会让所有人为之动容。这是真正的北方，不是戈壁、沙漠组成的北方，而是一望无际的山丘和树林，以及林间木屋。一旦我窥见了真正的北方，那些蒙古文献背后的“林中百姓”就终于成为我的盟友。现在，我要去东北的莽林结交另一批盟友了。

自从我接受了“在谷歌地图上旅行的人类学家”这个身份后，我就很少在意传统的田野调查。只要出趟远门，当地文化的来龙去脉，就会以动态方式在我眼前浮现。我越来越相信，自己这一次找对了方向，只要坚持自己的方向，一切机会都已在路上积蓄。我喜欢在临近最寒冷的时候前往北方，这样的好处是能在最短的考察期间里，感受环境负载的极限状况——同样按照我的模型，人口生存压力在环境负载曲线向下滑动时，最容易接近极值。额外的好处是，这时往北方去的车票很容易买到。

机会就这样出现了。去年我申报了单位的项目，赫哲族鱼皮衣制作工艺研究（考察），单位提供外出考察的时间和经费，让我心怀感激。项目一如既往获得通过的同时，另一个机会也随之而来。新西兰奥塔哥博物馆前来接洽，对方希望我们前往该国举办一次少数民族文化展。商谈展品的过程中，他们意外地对中国东北赫哲族的鱼皮衣抱有极大兴趣，甚至特意提到准备征集一套。

我们单位对新方的要求非常重视，觉得要由专人操办，我本有心去东北考察，加上新方的要求涉及民族工艺，这项重任就落在我头上了。

从通过民大的赫哲族同学联系当鱼皮衣地制作者，到确定新西兰展览的时间、对方委托征集的鱼皮衣赴新西兰的具体日程，都构成了东北之行的具体日期：赶在开春渔季开始之前制作，在新西兰工作人员取货之前拿到。几件事就这样变成了一件，如果只是我自己的考察，可能不会因为购买事件和当地制作者建立一种更牢固的联系；我也不会花太多热情和当地人沟通（可能会更多前往大兴安岭东、西山地考察）——因为自从我坦然接受旅行人类学这种研究方式后，就心安理得地面对田野调查的随机状况了——种种这些合成了我的“一天民族志”。

我，和鱼皮衣制作者在一起

虽然向导帮我联系了鱼皮衣的制作者（我对此十分感激），但他没有告诉我路上要坐九个小时的汽车。上午九点半登上客车前，我问了售票员，对方说，从哈尔滨到同江要七个小时车程，这已经超过了我预计时间四五个小时，但我没有其他选择了。还好，我之前在火车上躺了一个晚上。在火车站边上的商店买了一根所谓“俄罗斯红肠”，吃了一份十六个的羊肉胡萝卜饺子，我就上车了。

从太阳刚升起，到太阳完全落下，我真的在车上度过了九个小时，看了七部车载电影，我想这个记录很难被打破了。中午在休息点吃了一份裹土豆丝的卷饼，五点多的时候，把红肠也吃掉了。天墨墨黑了，我到了。我打了辆车，去街津口，司机说此去还要差不多一个小时。我给做鱼皮衣的孙师傅打了个电话，说好车开到哪里。

路边一片漆黑，司机说晚上开不快，要是白天走这段路，要不了半个小时。我顺便和司机聊了一下，还留了电话让他明天来接我。我还问了乡上有没有旅店，我要做好住老乡家的准备。虽然我依然存有人类学的最初理想，找个地方做一个长时间的田野调查，但在我有时间的时候，始终没有找到一个想调查的地点（实际上，我当时对长时间的田野调查缺乏认识），而当我有了认识之后，我便没有时间了。于是我开始“跑路”，尽量在短时间里多跑一些地方，把民族志调查和我的人类史路径结合在一起。

以前我不习惯做田野调查，一方面是我不知道该问些什么，我的头脑中没有形成社会结构的框架；而另一方面，是我觉得向别人提问，只是为了自己收集信息，并不能给他人带来些什么，让别人义务替我作答，我始终有些莫名的愧疚。不过随着阅读和经验的增长，前一个困惑已经解决，后一个问题也渐渐好办。

此次，我携带一万元“巨款”前来购买民族服饰，给制作者带来一定收入。我决定用唠嗑的形式，淡化这种交易感受；对方也不至于是为了回答陌生人类学家的提问而看上去显得莫名其妙。我与对方建立了一种关系，但这又不是人类学家和报道人的关系，而是一种我比较愿意接受的平等互惠的联系。

看到路两边出现两排路灯，我知道我经过二十多个小时的跋涉，终于到了街津口赫哲族乡，联系过的孙师傅在门口等我，路上一个人也没有，道边都是堆起来的泥土。外面没有我想象的那么冷，温度不高，但也没超出忍耐范围，我对东北的想象过于丰富了。

进了屋子，孙师傅和他的妻子在屋里，虽然我们通过电话已经有过好几次沟通，但他开口一口浓浓的东北味儿还是让我有了一丁点意外——是我想象过度了吧！黑龙江人说话不带东北味儿，那该带什么味儿呢？——屋里暖和不少，仔细看了一下这老两口，岁数也不很大，也就五十岁左右吧。坐下来先闲聊一下。我重新讲述了一遍要买鱼皮衣的原因，如何从民大的朋友那里了解到联系方式，以及一路上从齐齐哈尔到加格达奇到哈尔滨到同江市的颠簸旅程。我不是善于搭讪的人，不过这次倒很顺利，原因或许就在于东北人民都很健谈。

孙师傅夫妇看来是见惯人类学家的熟练受访者，在我谈到赫哲族沿松花江下游的分布后，他自动向我介绍起他们的“五小民族”。赫哲虽是“五小”之一，但其主体有几十万人在俄罗斯，这是“当年，俄国划走‘六十四屯’的时候，一块划走的，俄罗斯那边叫‘那乃族’”。

我问两边有联系吗，孙师傅的妻子把话接了过去：“开放以后，经常来往，去年我们这边办‘乌日贡节’的时候，他们过来，还送我两个小盒子。可他们说的都是俄语。”她顿了顿："老一点的还说赫哲话，年轻的都说俄语。"我想，同样的困惑也应出现在对岸的那乃族那边吧，他们或许会说："老一点的还说赫哲话，年轻的都说汉语了。"夹在两边主体民族之间的跨境群体，在涵化路径上走向了不同的方向。我没有问"哪边保留传统文化多一点"的问题，有人说中国多一点，有人觉得相反，可能是因为我们这里会举办民族文化节日，但对岸毕竟人口基数较大。

我接着问了一下街津口的定居历史，但出乎我意料的是，孙师傅说："日本人的时候就叫我们定居了。""日本人觉得住在下边一起，好管理，"他接着说，"以前我们不住在这里的时候，住在山里面。那里也有河，是小河，也捉鱼，用鱼叉。"他补充的内容，解开了我一部分疑问，赫哲族的变迁一下子被嵌入了两个时间阶段，先是中俄的划界，接着是日据时期，我们所了解的，只是再往后的阶段了。他还谈到在"山里时"的居住情况，冬天在地下挖坑，把"撮罗子"埋在土里半截，他强调，这很"暖和"。夏天就只要住搭在地面上的"斜楞柱"就可以了。

我感兴趣的话题还是在生计类型上。我问起他们捕鱼的情况，他说，捕鱼只能在开春以后，等江面上冰化了之后进行，所以只有半年能捕鱼，捕到了鱼就吃鱼，剩下的晒干，等到冬天再吃。我尤其关心摄入碳水化合物的情况，他说："解放以前，会和上游的汉人商人或对岸的俄罗斯人交换粮食，面粉。”他的妻子在一旁回忆：“以前到冬天经常饿肚子，就到处借钱买东西吃。”我有些理解渔猎经济的困境了。

孙师傅提到，现在街津口的赫哲族分成两个村子，一个渔业村，一个农业村，“两边都分了土地”，但“他们种不好地，我们不怎么会种地，所以都包给外面的人种”。我问，是不是包给河南、山东那边的人，他说没那么远，都是吉林等附近省的。我想起许多年前，我在祁连山肃南裕固族自治县做访谈，被生态移民的裕固族牧民也被分给了土地，但他们同样“不会种地，不种庄稼，全都种上苜蓿，靠卖苜蓿之类牧草维持生计”。现在渔村也好，农村也好，年轻人都到同江，也有的去佳木斯，去关内打工去了。

我还问了孙师傅的家庭，有两个女儿，一个在当地的文化馆工作，还有一个的情况我忘记了（提醒我们要勤做田野笔记）。至少，“不用为女儿担心婚房。”他说。看来赫哲族人民也被感染了当前的房价困扰。

我和我的鱼皮衣

聊了一会儿，气氛热络了许多，我觉得要进入正题，要看看我订好的鱼皮衣了。换了一间屋子，是孙师傅的工作室，挂着他做的鱼皮画、萨满鼓、小摇篮。我敲了敲鼓，梆梆响。他从柜子里取出了一套鱼皮衣，和我以前看的一样，一股鱼干的味道扑鼻而来。他指着墙上挂着的一件说，那是鱼皮袍子。我看到，这是一件斜襟的长衣，而他为我们做的则是对襟的短衣，还有裤子。其实衣服对我来说肯定是需要的，只是还要装作验货的样子，问长问短。

他解释说，他专门为衣服缝制了一些纹饰，参考了以前的袍子，觉得这样会更美观。我对此倒是无所谓，既然现在已经没有人再穿鱼皮衣了，那这种工艺就已经成为某种意义上的工艺品了，人们对工艺品进行创新改进，并无过错。但我不知道，人类学家在多大程度上和这些手工艺制作者进行了“合谋”——外来者的购买，使这种业已失去实用价值的工艺延续了下来，同时，让制作者萌生了使之外形美观的愿望（从而改变了传统的形制）。

接着我比较详细地询问了制作的方式，从揭鱼皮开始，晾干（十天左右），加玉米面鞣制[①]，等到鱼皮内侧的油脂层消失，显露出内在的纤维后，最重要的加工就完成了。接下去，就是将鱼皮拼接起来，按照衣服、裤子的形制合成完整一件。在收边时用了“绕针”的针法，衣边、袖口缝了双层，裤身宽大，上衣较短。我一路上怀有当场穿一下衣服的念头，但到了当场，还是没有做这件比较“二”的事情，我回家以后倒是穿了一次，拍照留影，这是后话。

介绍完鱼皮衣的制作，我又让孙师傅给我演示了鱼皮的剥制和加工，他给我看了一马甲袋制备好的鱼皮，显然对我这样的客户早有准备。原先是秋季渔期结束之后，开始加工鱼皮衣，因为现在的购买需求，制作者在此时已经开始筹备原料，以应对随时出现的购买者。据悉，就在我拜访的前一年，日本研究者也曾到此购买了一套。虽然现在不是旅游季节，但也有我这样的买家。准备好一年四季的原料是个不错的改进，或者也能称之为文化变迁吧。

① 这里需要用到两样工具：较宽无刃的木质鱼皮铡和木槌。前者用玉米面吸收鱼皮中的油脂，可以同时加工几张鱼皮，后者则为使鱼皮软化，更有韧性。

看完鱼皮，我们又回到里屋聊了一会儿，边上的大屏幕电视正放着湖南台还是东方台的节目。在写这篇文章时，我有些后悔，当时没有问孙师傅，他以前是做什么的。好像也是从事渔业的。他的妻子也姓孙，帮我回忆起，去年那几个日本学者过来走访赫哲族定居点的情况——他们沿着黑龙江上游一直走到和乌苏里江的合流处。他们还建议我，如果夏天来的话，也能把这些地方走一下，能看到江水的不同颜色，我后来觉得，这可能是黑龙江最早被称作“混同江”的原因。

我看已经天晚，我是七点半到的这里，现在已经将近九点，我提出要找住处，孙师傅本想让我住他家，后来觉得乡上有小旅馆，可能条件比家里好，就介绍我去旅馆。衣服就先留在他家，他带我去住宿。夜里的街道空无一人，我问他这里离松花江有多远，他说很近，我没有概念，第二天早上我会验证他的话。

我没吃晚饭，其实从早饭之后，我就没吃了，问了一下这里晚上有没有小杂货铺开着，敲了几家的门，都没开。我想，应该是太晚了。街上的道路都是泥土，堆在路边，孙师傅解释说是因为在修路——准备铺设下水管道，这让我隐隐感到现代化的进程——好在，入夜气温下降，基本都冻上了，泥土不会沾在脚上。终于找到一家还开着的小店，我去买了两个面包和一根俄罗斯风味烤肠——回去一看，居然是“雨润”牌。孙师傅带我去了小旅馆，一排屋子隔成小间，每间都有两张床，和房主打了个招呼，我就住下了，房费明天结算。孙师傅就回去了。

我去院子里望了一下，天上星辰壮观，是我平时看到的好几倍，而且又大又亮。通往松花江的一面黑漆漆的，我打算明早去探险。我的房间门口挂着小牌子：工程筹备指挥。看得出来，这平时可能是做工程的人长期包住的。现在，这成了一个人类学家要度过一个晚上的地方了，我给自己烧了壶水，一边啃香肠，一边吃面包。好几年前，我甚至都没看完《松花江下游的赫哲族》[①]，现在我正在这里，躺在一张床上，时不时用手摸摸不太热的暖气管子。

在我本科毕业的那年，我专门买了一本小本子，在上面抄下了中国所有的民族自治县（因为数目已经不少了）。当时的我没有能力，也没有精力把那些地方都走一遍，其实，我就连是不是能继续从事人类学，都心里没底。我只是很向往那些地方，我朴素地觉得，要成为一名真正的人类学家，应该把那些地方都走一遍，亲眼看一看那些人。对于当时的我来说，所能做的，只是把那些自治县名称先抄写一遍。这本本子，我一直带在身边。好多年过去了，离十年还差好几年呢，我住在一个赫哲族乡的小旅馆里。去年我住在凉山、

① 此书由著名学者凌纯声著，民国时期出版，堪称赫哲族之百科全书。

木里、江孜，前年住在威宁石门坎、三都、和田、禾木。

之前一天，我刚从嫩江上游的鄂伦春自治县出来。虽然这些年里，好几次我都差点走不下去了，虽然，我离走完这本本子上的所有地方，还差了很大很大一截，但我依然在走，把这次旅行算上，第一圈就真的算走完了。想着想着，我就睡着了。

我给你说个故事吧

这天晚上，我做了个梦。梦见在一大片白桦树林子边上，孙大爷穿着萨满的衣服，头上戴着五佛冠，身上挂着九面铜镜，坐在一堆篝火前，打着鼓。我穿着厚厚的棉袄，坐他对面：“我说，孙大爷，你再给我说说你们北方人的历史吧。”孙大爷说：“好嘞，我给你说个故事吧。”

从前，我们赫哲族住在黑龙江北面，冬天猎狍子，夏天捕鱼。冬天冷穿狍子皮，夏天热穿鱼皮，凉快。你们老有人问我，穿鱼皮冷不冷，我总是说，哪有一年四季穿鱼皮的，鱼皮袍子是夏天穿的，冬天就换厚狍子皮袄了，怎么会冷呢？不过说到底，还是因为穷，穿不起貂的。再说，我们那时也没有棉布、棉花啊，这是后来才有的。

你问我们吃什么？我们吃肉啊，冬天吃狍子肉、鹿肉，夏天吃鱼肉，那是最好的季节，驾着独木舟在黑龙江上面，都不用网，用手抓都能抓起大马哈鱼。那是最好的季节，鱼肥的，我嘴里都吃出泡了。不像现在鱼都少了，只有等四月份冰化了才能下河抓一点。

我们种一点地，但种不好，我们也不爱种地，不会种。汉人会种。最早是汉人先来了，打南边来的。汉人最早在吉林那边挖棒槌，就是人参，住在窝棚里，就像鄂伦春的“斜楞柱”一样，苦得很。后来人参少了，就沿着松花江到黑龙江口来讨生活，看我们这儿土地好，就住下来开荒种地了。汉人会种粮食，比我们好，但汉人抓鱼、打狍子没我们好，他们就拿粮食换我们的鱼，换我们的肉。我们吃他们的粮食，那时我们都没有饿肚子的，大家吃得都很饱。

再往后，差不多清朝快不行了以前，毛子来了，毛子就是俄罗斯人。他们人不多，也不种地，一开始都是商人、贩子。他们拿了珠子、锡壶、粮食，还有猎枪，来换我们的皮子。什么皮子都换，鹿皮、土豹①皮、灰鼠皮、狐狸皮，最贵的是紫貂皮，比貂皮更贵的是熊皮、虎皮，那是大动物的皮，那就少了。开始的时候，一张貂皮也就换一把珠子，对，就是手里能装下的一把，毛子还要奸，说只能让女人的手去抓，从袋子里抓满一把，不能多。后来貂儿也不多

---

① 当地人称猞猁为“土豹”。

见了，就十把珠子也换不到了，还是男人的手，最后，一张皮子就只能拿一把猎枪换，还要带上一兜火药。我爷爷就传下来一把枪托上有刻花银饰的猎枪，后来上交政府了。

毛子都是从西伯利亚那边森林里来的，他们对森林里的道路和我们一样熟悉，有人说，他们把森林里的皮子都打光了才到我们这儿，我觉得有道理。不过那时，我们这里动物还挺多，皮子也多。

有时，毛子商人一开春就带着珠子、礼物、粮食上我们这儿收东西。他们也知道来晚了，好皮子就收不到了，拿到的只能是老的、病了的动物的皮子，那是不好的。可碰巧，那年冬天我们的运气也不好，动物远远闻到我们的气味，就躲起来了。这个冬天，不论是出门放枪的猎人，还是设的陷阱，都没抓住什么动物。这个商人就收不到皮子了。

但他不甘心，也不想再把这些东西再带回去。你知道，西伯利亚的路可差了，那时候，在森林里走路要带上很多粮食，万一迷路走岔了，粮食就要紧了，因此他再背回赤塔①，这点粮食都不够他来回。万一再遇上强盗，就更不值了。所以，他就把东西留给我家，让我爷爷替他收皮子，等明年再来。

我们家那时住在岸边，我们是要搬家的，夏天大马哈

① 位于俄罗斯境内，贝加尔湖以东。

鱼来的时候，我们就到江边住着，捉鱼，有时就住在船上睡觉。但是江到深秋以后就冻上了，捕不到鱼，没东西吃，肚子饿得难受。加上江边风大，冬天就受不了了，我们就会搬去山里，找一个背风的山坳，搭一个可以生火的窝棚，从森林里搞点吃的东西，这是说不准的事。

我们家那时没有搬走，因为我们家是最早开始和汉人换粮食的。秋天的时候，汉人会用粮食换我们的鱼、肉，我们冬天就靠汉人那里换来的苞米、小麦过活。所以我们没搬走，毛子商人就找到我们了，而其他人家还在山里没搬回来。毛子也得亏找到我们家，换了别家，每年都换地方住，找都找不到人影，别说皮子了，连他留下的东西都分得干干净净，所以他是找对人了。

我爷爷是个守信的人，他收下了毛子商人的东西，第二年真的替他换了皮子。他不像毛子耍滑，坑自己家的人，他换皮子的时候，都叫男人来，用男人的手抓珠子，从指缝里掉出的，他也给人家捡回去。别人家都特别服气，说我爷爷是个好人，心肠子好，换东西也实在。这年屯里的人运气好，猎物特别多，动物的鼻子都不行，猎人走到跟前都没发觉，我爷爷就收了好多皮子。里面好些张紫貂的皮子，现在都看不到这么锃亮的。他还专门搭了间木房子，学着汉人的样式盖的，为的是把晒干的皮子收好放起来。

说也奇怪，这年夏天过完，秋天也过去了，毛子商人都没见人影。皮子放多会不会坏？这个不愁，愁的是，毛子留下的东西没剩多少了。别家从我家得过好处，却不知道我家东西已经没啥了，只剩一点口粮了。别家还是拿皮子过来换东西。我爷爷是个守信的人，他信毛子商人不会诓他。把自家的口粮也换给别人，还好吉林来的汉人农民过去得过我爷爷的好处，接济了一点，所以那年冬天没饿死人。

天无绝人之路，好容易挨过冬天，还没开春的时候，毛子商人真的又来了。我爷爷是喜出望外的，但他这个人还是天生沉得住气，只是淡淡问毛子，你怎么才来。毛子说了实话："去年雅库茨克东边的雅库特人和埃文基人一道造反，把到阿穆尔河[①]的路给断了，我就走不脱了。今年开春同意谈判了，我就趁早过来了。"毛子来黑龙江这边时间久了，不但能说汉话，还能说埃文基的人话和我们赫哲族的话。

我爷爷把前年他留下的东西换来的皮子都给了他，还有去年别家拿来换的都放一起。毛子一看这么多皮子乐坏了，把随身带的珠子、粮食、锡壶，还有西洋的玩意儿，都给我爷爷了，但这些还抵不了几张最上等的貂皮，他就把自己那杆刻了花纹的银枪托的猎枪也留给了我爷爷。这就是我家怎么会有刻花银枪托猎枪的故事。

① 俄罗斯人称黑龙江为"阿穆尔河"。

我爷爷是个守信的人，也是个聪明人。其实去年收皮子的时候，别人也知道他家没东西可换了，就有啥换啥，早些时候一把上好的红珠子才换的皮子，到后来，一小把粗玉米面也就换了。别人还感激不尽。我爷爷心里是有数的，但他沉住气没说，就白得了许多礼物。这也是他靠得住，人有恒心的好结果，你说是不？

后来，毛子觉得我爷爷是个好人，就交了他这个朋友，就指着他代收皮子，每年都来。再后来，听说这个毛子商人在圣彼得堡成了大商人，我爷爷也富了起来，起了好几栋房子，请了汉人来帮忙种地，请鄂温克族放马，还有个乌德盖人当管家。我爷爷是个好人，周围的赫哲族受了灾，没得粮食过冬，他都是先给人吃食，等别家熬过冬天，打到了皮子再来还，还多还少都没关系。所以，我们这片，无论汉人、赫哲，鄂温克，还有遭灾的俄国人，都服气他。

这个好日子一直到毛子兵打到“六十四屯”，占了我们的江北地方。这个毛子兵不是和我爷爷做生意的毛子商人，是后来的毛子，从雅库茨克来的。占了我们的地方，我们就不和毛子卖皮子了，但我爷爷家大业大，他后来就和汉人做生意，北京的汉人也喜欢貂皮，他们那地方没有西伯利亚那么冷，就是图个贵气。我爷爷的家业大也不是什么好事，后来就害了我们家，因为往后日本人又来了。

日本人是从海里来的，那时清朝已经没了，我爷爷也死了。主持家业的是我爸爸，日本人刚来的时候，给我们在江边建了房子，叫我们都住到外边，冬天也不用搬去山里了。可有的人还不愿意，还是来回搬。最早江边就我爷爷家的房子，后来他生了几个儿子，也都盖了房子。后来日本人就盖了一片房子，叫种地的汉人、乌德盖人和我们一起住，我们现在这个屯就是那个时候来的。

日本人怕俄国人再打过来，也怕屯上的人跑了，就搞保甲制。我爸爸是这方圆百里有名的富户，还会说汉话、毛子话，日本人一定要让他当保长，发了制服、喇叭、令旗和官印。我爸爸是个没主见的人，也没见过大世面，觉得日本人要他做官了，就应承下来了。日本人在我们这边主要防毛子打过来，不像关内要打仗，要打中国人，所以我爸爸虽然糊涂，但没给日本人当过帮凶。

我爸的运气继承我爷爷的，也不坏。他也没经历过打仗，就是日本人出兵西伯利亚和毛子打仗的那一次，他帮日本组织屯上送过一次粮食。那一次，日本人吃了败仗，可我爸爸送过粮食，也算是有一件军功，他们还给表彰，给他升了官。什么官？唉，那是伪官职，不说也罢。

再后来，日本人就败了，这一次败了就再没来了。南京派来的委员来过，说我爸爸的官是伪官职要撤掉，看在他没干坏事的份儿上，还是让他做他的土财主，保长。再后来，就解放了，我爸爸运气好，一到解放也去世了，你说他是不是算好的，继承了我爷爷的运气。我家的地和房子给他几个兄弟，就是我的叔伯们分走了，家里的用人、婢子也散了，东西给他们拿去不少。我妈妈带着我们几个也没多少房子、土地，划成分时，变成中农，运动也没赶上。我的叔伯倒是划成了地主，什么运动都没落下。

我家成分没问题，还因为我当年进步，刚解放我就去当兵了，我和我家旧家庭划清界限。加上我是少数民族，政策比较宽松，就没我什么事情。后来因为我会说日本话啊，就被派去吉林改造日本俘虏去了。你看，我们家都会好几种话，这个可能是代代相传的。后来自治县成立了，就让我复原当干部，一工作就是四十年。现在老了，回来了，想想我爷爷、爸爸那个时候干了那么多事情，他们的好运气也传给我了。我两个女儿都在县上工作，一个当老师，一个给人当翻译，说英文，也会外语。我没有儿子，可省心了。

前几年，回到屯里，在家没事，有民研所的老师找我，要找会做鱼皮衣的，要给省里申请传承人。我家以前富裕的时候，早不穿鱼皮了，穷人家还穿，因为他们还要下到江里去抓鱼。鱼皮衣裳就像你们那个雨衣，在江里的时候防水，水打在身上，都湿不到里子。不过解放以后，连穷人也不穿鱼皮了，因为政府在我们屯设了供销社，棉花、棉布从哈尔滨运到佳木斯，再从佳木斯运到我们屯里，一年四季都不断货。后来也就没人再穿鱼皮，更不会做了。

穷人家里不穿鱼皮了，做衣裳的东西早没影了，手艺也就传不下来了。我打小就没穿过鱼皮，可我家那时候是卖皮子的，家里熟皮子、鞣皮子的家伙都还留着，做衣服的手艺嘛，没穿过，还能没看过吗，我家里头可都是天生的聪明人。民研所的老师鼓励我，我弄了几趟，把鱼皮割下来，用玉米面轧了去油，鞣好把皮子弄软，再把皮子缝在一起，你看，这不就成了吗？政府一看我会做，就给我按了个传承人下来，每年给个几千块钱，经常去北京表演。所以说，还是要感谢我爷爷给我留的这份吃饭家伙。

好吧，我承认，这个故事不是我梦到的，也不是孙大爷告诉我的。是我自己编的。我后来看了好多俄罗斯人在东北亚探险的书，结合赫哲族的历史，就给自己编了这个“完美”故事。从这个故事里，我就明白了，生计类型是怎么和贸易、经济、政治结合在一起的。

我忒喜欢这个故事了，就搁这儿吧。假装是我梦到的。

我遇到一个赫哲族的“本山大叔”

第二天一早，我起床后发现，早晚的景观绝对不能相比，我到户外一看，都是白色，但有些化了的雪和泥土粘在一起。我出门，去昨晚路过的小餐馆吃早点，一份豆浆两个胡萝卜肉包。其他顾客都走了，刚听老板娘和他们寒暄的时候，说话同样是浓郁的东北口音，到结账的时候，我实在忍不住还是问了一句：“您是赫哲族吗？”老板娘有些诧异地回答：“是。”没抬头。

虽然我已经充分意识到“（唯一区分民族的）文化是环境适应的结果”——这是我在《四夷居中国》里提出的核心概念之一——赫哲族与其他人群并没有本质的差异，尤其是当他们不再继续传统的渔猎经济之后。但是这一口浓浓的东北话还是把我的小小的妄想给吹灭了。

从小店出来，街上已经有不少人了，我看清道路两旁堆起老高的土，路旁两列路灯被打扮成西南地区穿筒裙妇女的造型，色彩斑斓。我沿着旅馆边的小路，走了五十米左右，出现下坡，前面是茫茫一片白雪，我知道到了江边。我兴奋地走上堤岸，几十条船横七竖八地躺在江岸上，反正边上是雪，江面都结了冰，不怕船漂走。船上没有马达，就一个空壳子，估计是冬歇的时候渔民把马达都拖回家去了。我在船壳子上跳上跳下，一个人玩得挺高兴。远远看到对面有座低山，山尖有个亭子，隐约还有一座吊桥，这可能就是昨天孙师傅和我介绍过的“街津口一景”。我素喜爬山，那就去看看。沿着江岸过去，好几个人在江边堤岸上铲脱完粒的玉米芯子，他们好奇地看看我，我想，可能是我怕冷，把围巾扎在脑袋上的奇装异服让他们觉得奇怪吧。

山不高，用不了十分钟我就已经登顶，山上有个哨站，有一架风车——俄罗斯风格的——没人值守。眺望江边，除了白色，什么都看不见，就算告诉我哪个方向是俄罗斯，我也没概念，应是松花江实在太宽。看山这边，街津口的小定居点就在山谷里，很明显，这就是一个水流入江的天然小港湾，在河湾的小片滩地上，就有了这么个小渔乡，可能在日本人的迁移聚居行动之后，不少定居点就都像这样分布在河湾处了。

从山顶下来，走过吊桥，远远看到江上有两个黑点，定睛一看是有人在江面起网，我掏出相机捕捉，等刚聚焦到黑影，却看到镜头里人影越来越多，数了竟有五个，好像围在一起看什么。我也着急下山，赶去围观。下山的路上，我选择了一条没有脚印的近道，很陡，雪很深，我几乎是滑下去的。在江面的冰上踉踉跄跄走了几分钟，来到那些人聚集的地方。确实有人在收网，雪地上有一条黄色的鲶鱼，有人在轻轻踢鱼，鲶鱼一卷一卷的。我掩饰不住自己的兴奋，凑了上去。我要搞清是谁在抓鱼。

冰上有一个窟窿，一个老人在放网，边上放着手套、冰锥、树杈、捞网，边上的人都在看着，看来鱼是老人抓的。老人放了一张网下去，又往边上走，我才注意到窟窿不止一个，他在每个窟窿里插了一根木桩，水冻住了以后，木桩就留在冰面上，远远看去也能发现。我看了几分钟，心里盘算，该怎么和他搭话呢？边上的人看看我，没主动理我。老人又去其他洞里收网，没有鱼，又把网罟再放下去。看的人没见他再捉到鱼，就渐渐散了，沿着足印，往岸边走。江上只留下放网的老人和一个看客，还有我。

“鱼是冰窟窿里抓的吧？”我主动和另一个围观的人说话。

“对啊，是从‘冰眼子’里抓的。”他回答我。“哦，原来这是叫‘冰眼子’。”我心想。

“就抓到了这一条？”我又问。

“对，就这一条。你是哪里来的？”检查网子回来的老人过来，把话接了过去。看来，他不想让别人代言他的捕鱼事业。

“我是上海来的，来你们这儿买鱼皮衣。我是博物馆里的。”

老人没再接话，和那人开始说话：“电视上，有个老农问一群大学生，一头牛有几只 jiǎo。有人说两个，有人说六个，有人说四个。”我一边听，一边琢磨这个赵本山风格的脑筋急转弯。

“一个专家说，十个。”他说。

我正在想这是怎么算出来的，好在他自己揭晓了谜底。“老农说，十八个。一条腿有两瓣脚趾，上边还有两个小疙瘩。十六个蹄子，再加两个牛角。专家说，我都没见过牛，都不知道它腿上还有两个小疙瘩。”

“哈哈！”他和另外那个听笑话的人都笑起来了。我对东北人热爱“脑筋急转弯”的程度，有了全新的认识。

不过，当我还在琢磨怎么会冒出这么个题目时，他把话头抛给了我：“你买的是谁家的？”

“孙 XX 做的。”我答道。

“哦，是他啊，他会做。他卖你们多少钱？”

对于如此直接的问题，我不知道该怎么回答，我不知道这里的“行规”，不知道我的回答会不会让让他产生“嫉妒”？当地有没有听者有份的规矩？我如实回答，会不会给孙师傅带来麻烦，或造成“损失”？

“六七千吧。”我估摸着往少里说了点。“是买贵了吗？”我试探地问。

“哦，那玩意儿。我说吧，给我，我是一分钱都不会出。”大爷顿了顿，让我不知如何接话，好在他自己又接了下去，“可你们是博物馆要买，多少钱都要出。”

我松了口气，看来他不是针对我或者别人。

“我以前在同江市的教育文化科（我没听明白）工作，”大爷自顾自说了下去，“专门带人做义务教育识字率的工作，乡里面走的时候，都没有人看重这些东西。没人穿这些，都要穿布的，棉的衣服，后来搞文化建设了以后，才有人要这些东西。他们又开始做这些了。”

原来大爷是在政府部门工作，在追求“现代化”这条路上，他和鱼皮衣制作者确实走的是两条路线。

“你在上海的博物馆一个月能拿多少钱？”大爷话锋一转。

“三四千吧。”我也不知是该说多还是说少，就照实说吧。

“那不多啊，在上海生活不太宽裕啊！”

“嗯，像我这样不要租房的还好一点。”我只能这么说了，我不能向他解释我还有点其他收入，这说起来太麻烦了。

“你们上海台的节目我经常看，你怎么不上《百里挑一》!”

“擦！”我心想，原来大爷是看了这“蛋疼”的节目，不然怎么如此关心上海人民的生活水平。这种节目里渲染的虚假繁荣，让人们对上海已经有一种不食人间烟火的想象了。

“我还不用上这节目，”我只好企图蒙混过去，回到我感兴趣的话题上，“您也是这边的赫哲族吧！您贵姓。”

“我姓尤。”说着他在冰上比画了这个字，因为我问了一下是不是“游泳”的“游”。“我们赫哲族姓尤的多，”停了停，他补充了一句，“还有姓孙的。”

“我以前当兵，在长春那边，”他终于又回到正题上了，没再问我和《百里挑一》的关系了，“后来复原，就在同江工作。”哪一年在哪里干了点什么他都和我聊起，要不是我当天就要离开，真想请他给我好好唠一下。后来我想，对于我这样不爱和人搭讪的人，东北人这样天生的口述史天才，真是我最好的报道人。如果有机会做一个长期的田野调查，我还选择这里。

他有三个孩子，两个女儿，一个儿子，大女儿在城里做公务员，二女儿在学校当老师，但好像是做行政方面的，第三个是小子，自己开饭店做生意。他说，四月末五月初开春了以后，游客就多了，来这里吃饭、吃鱼的就多起来了，到夏天生意最好，都来这里吃鱼，看抓鱼。我来的时候不好，不然就能花一百块钱租条船，带我上三江口，俄罗斯那边转一圈了。他还指导我说，现在这季节博物馆都关着，要等两个月后，游客来了才开；回市里的路上，可以去三江口那边碰碰运气，看看有没有值班的人在。

“我们赫哲族没有几个活过八十的。”我帮他重新下网，收好网线的时候，他突然感慨地说。我问他为什么这么讲。

他说：“我们这里江边打鱼的，一年除了冰冻的时候，也就半年，现在还有禁渔，以前没有的时候，到了捕鱼季节，就两口子住在一条船上，在江上打鱼。有的时候，到夜里也不回来，就睡在船上，盖点东西，那时年轻，不觉得，一年一年都那样，身体就不好了，到老了才觉得。”

我不知怎么说，只说让他注意身体。他刨开雪，把冰锥、木叉都埋在雪下，用脚把雪堆在上面。我问他为什么这样，他说怕小孩子拿走。

“我还有条鱼，回去做汤！”（听不出是满意，还是失望）他说着捡起地上的鱼，装进袋子里，扎个口，拿起手套，把袋子背在肩上，叫我跟他一块上岸去。“再过半个多月，冰化了以后，船队就开始捕鱼了。”“那些鱼最远卖到佳木斯那些地方，”他告诉我，“现在北京好些地方开吃鱼的馆子，也学赫哲族吃鱼”。

“有这边的好吃吗？”我有点奉承地问。

“他们那边毕竟调料多，我们这里没有，只能炖着吃。”

他诚实地说。

我边走边问他，什么时候再来看网，他说搁上一天，明天早上再来看。我明白打“冰眼子”就和设陷阱一样，不用守着，也挺方便。我们在岸边的船壳上又坐了一会儿，刚才一起在冰面上看热闹的人，他和老人很熟络，给我烟，我说我不抽。加上刚才猜脑筋急转弯，我一早上已经和他第二次见面，也不陌生了。他告诉我，他姓周，是在这边种地的，不是本地人。我想起昨天孙师傅说的，这里是渔业村，虽然村民都有地，但包给外面的人来种，显然他就是其中一个受雇种地的。我问了这里主要的作物是不是玉米，他说，玉米和大豆都不多，这几年最多的其实是大米。我一想，对啊，我怎么把如此有名的“东北大米”给忘了呢？他还跟我详细介绍了用玉米酿酒的方法。

不过，没几句话，他就和老人开起了玩笑，一句有点性意味的玩笑把他们都逗乐了。老人又说起了《百里挑一》和《非诚勿扰》，另一个便开玩笑说，老人也想上节目了，想要再找一个年轻姑娘。老人说对方才想，结果我们都笑起来了。

我的梦想还在继续

手机铃声差不多和笑声同时响起，昨天送我过来的司机打来电话说，已经出城准备来接我。我不得不结束这段令人愉快的对话。我头一次感到和人聊天如此轻松自然，此刻我凭借回忆，记录当年的这次对话，都显得记忆犹新，下笔一气呵成。

我回到小旅店，取了行李，又到孙师傅的店里拿好我的鱼皮衣，又和他们稍稍聊了一会儿。他们正在收拾“鱼皮工艺品小店”，可能是春季来临，他们也要为新一年的旅游季节做好准备了。

我小坐了一会儿，司机到了村口，孙师傅说：“顺便把你婶儿也捎到城里去吧。”于是，孙婶也随我坐车前往她在同江的女儿家了。今天送我的司机是昨天那位司机的舅舅，这位姓顾的舅舅比他的外甥还小一岁，不知是不是他的妻舅，因为不熟悉，我也没有细问。我开玩笑说，顾姓主要都在江南，在这边少见，他也同意。他还说起同江的居民不少都在俄罗斯种地，一年收入有三四百万，主要都是种菜，不过风险也大，一年赚了，第二年可能血本无归。只是，我一时无法就这个问题继续深入。

带我转了一圈“同（江）三（亚）公路”零起点纪念碑和三江口后，他把我送到车站。为了找他给我推荐的餐馆，我扭头看路边小店时没有注意，脑袋一头撞上电线杆子，一周后还有余痛。

不管怎样，我终于把“巨款”变成了一套鱼皮衣，带着这包不断散发着咸鱼味的鱼皮衣，又赶了一宿火车，从佳木斯回到哈尔滨。在长春受友人款待后，又经沈阳返回关内，这一次，我仔细评估了辽西走廊最狭处的宽度。

在路上，我回顾了一下我的整个东北之行。我从北京出关往北后，到了锦州，然后是朝阳、赤峰。我一意向着西辽河上游进发，甚至错过了凌源的牛梁河女神庙，就是想找到一条从辽河平原，西进草原的路线。过了赤峰，辽阔的克什克腾旗草原将我引向草原边缘，我继续沿着大兴安岭的西坡向北向通辽、齐齐哈尔而去。最后我从黑龙江在内蒙古的飞地加格达奇，去了鄂伦春自治县的阿里河镇，因为这里有传说中鲜卑起源的“嘎仙洞”。当然，我在这个洞里也没发现什么，因为我没带手电筒，洞里黑漆漆的，只能看见洞口复制的一块祝文碑刻。

然后我就离开了东北的西部，心满意足地去东北的东部买我的鱼皮衣去了。再从哈尔滨、长春、沈阳走了一圈回到了关内。基本按照顺时针路线，在两周里把东北绕了一圈。

把东北地区走了一遍，离实现我许多年前许下的走遍中国所有民族自治县的愿望还差很远，但至少除了两个岛屿之外的每个省我都走遍了（严格说，我没到过天津）。春天来了，夏天还会远吗？回来之后，我又查了雅库特人和埃文基人在俄罗斯的分布，心中关于东北亚人群的互动网络渐渐清晰，再过两年，我希望我的脚步能继续向北，继续走访民族自治县。或许，那时我还能有时间，在一个像街津口一样的地方，好好进行一次完整的田野。

明先生的晚餐

我有一个用来做梦的地下室
我在地下室里
种了一棵不会开花的树

秋冬春夏
从不开花
高过了梧桐
超过了大厦

抬起头
已经看不见树梢
还把根须爬满了
整个书架
穿入地下

总有一夏
它会开花
在最寒冷的地方
俯瞰云和霞

初见明先生

在见到明先生之前的几天里，我们的翻译薇薇安不止一次告诉我：明先生是非常非常好的人，从未有人像他一样善良。明先生是一位开业的医生，他的事迹包括，数十年来免费向穷人行医；对于刚到丁镇[①]，尚未找到工作，没有医疗保险的华人从不要求诊疗费；让所有来丁镇的华人都有宾至如归之感。

薇薇安是我们此行的翻译，这是她第五次来到新西兰的丁镇，对我，是第一次。二十年前，新西兰的丁镇和中国上海结成了姊妹城市，五年后，丁镇的华人社区争取到中国在海外建造“中国花园”（传统中式园林）的名额，成为最终建成“中国花园”的四个海外市镇之一。上海博物

① 即达尼丁，新西兰奥塔哥区的首府，位于新西兰南岛东南海岸。

馆成为丁镇“中国花园”的中方主要援助者，就是在那次援建过程中，薇薇安第一次来到南半球的丁镇，认识了明医生，开始了她之后五次丁镇之旅。

在过去的十几年里，华人社团每年都参与从丁镇到上海的姊妹城市访问活动，而上海也对此给予回访，具体行动之一表现为，促进两地的展览活动，包括2010年的上海承办的“世界博览会”中新西兰代表团的来访，以及过去数年里在两地博物馆交换的数次展览。在这些互动中，华人社区似乎隐去了自己的身影，但显然又表达了自己的声音，因为至少世博会期间率团来访的代表团团长，就是丁镇市的华人市长。作为最初参与丁镇“中国花园”项目的翻译、沟通者，薇薇安积极加入了丁镇来访的接待和回访展览中，在她口中，华人社团的前任会长明先生、上届会长兼市长陈先生，和现任会长马孔先生就是丁镇华埠的全部“社会精英”。

我们第一次见到明先生是在奥塔哥博物馆街对面的Kiwi银行里，薇薇安正带领我们进行新西兰货币的汇兑事宜，一个满头白发的老人走进银行，径直走到薇薇安背后。薇薇安仿佛发觉身边有人，蓦然回首，与这个和照片里晚年中的费孝通颇有几分神似的老人四目相对，而后激动握手，拥抱。白发老人说，听说薇薇安又来丁镇，顺路相见，为了不扰我们工作，只是前来招呼，即刻便走，欢迎我们改日去他家中做客，还有晚宴招待。说完这些，又与我们握手寒暄，真的很快就微笑离开了。

薇薇安说，这就是丁镇著名的华埠首领明先生，只因年迈，前几年把华人社团责任传递给了马孔先生，但依旧矍铄，自己开车前来与我们相会。百闻不如一见，果然非常有长者风度。我们纳闷，偌大丁镇，他怎知我们就在银行？薇薇安说，丁镇的华人之间没有任何消息可以被瞒住，想必他从这几日一直陪伴我们的马孔先生那里得知我们就在镇上博物馆工作，循来博物馆问询，即知我们在对面的银行。领略了明先生的儒雅，我对他允诺的晚餐倒没有特别放在心上；自忖在丁镇只是匆匆工作三日，在新西兰全境逗留的时间也不超过七日，我对当地华人社会，迄今也只认识马孔先生和我们昨天中午吃饭的“台北101餐厅”老板娘，饶是明先生一顿晚餐，不过多体验一分他的慷慨，填饱了自己口腹，临到离开时，对当地华人社会的内部肌理依然浮光掠影。想得多的，还是得空出来在镇上看看哪里有卖绵羊油的，多带点回去逢人分发。

至于明先生的晚餐，从一开始，和去丁镇海湾半岛看小企鹅、小海狮相比，我是没有更多一分期待的。

我怎么去了丁镇

别说对于明先生以及他的晚餐，事实上我对丁镇本身也没有什么概念。我来丁镇只是一系列谈判、协商的结果。据说奥塔哥博物馆获评过南太平洋地区最佳博物馆的称号，这对这个人口不过十二万，土地面积却有上海一半的城市而言，或许是件很不容易的事情。但我不知道这一切的背后意味着什么，尽管我在上海世博会的时候，靠他们邀请赠发的门票第一次参观的就是新西兰展馆，但我印象最深的是，招待我们的是一个高大黑壮的馆长。我一直以为他是一个黑人，直到这次来新西兰的飞机上才被纠正他其实是个斯里兰卡人。

我对奥塔哥博物馆没有什么印象，虽然很多年前，据说举办了一个“中国龙”的展览，让我的同事中好几位有机会去丁镇。两年前丁镇馆也回访性质地在上海馆举办了一个新西兰原住民的展览，让我也有机会看过一眼那些据说启发过马林诺夫斯基的南太平洋木雕和喜爱伸舌头的新西兰土著，但丁镇和奥塔哥博物馆对我依然如同《天方夜谭》中的地名——其实就是它收藏了我帮他们购买来的东北亚地区的鱼皮衣。

不过我对奥塔哥博物馆的馆长，斯里兰卡人克里须那和他的助手，新西兰的白人女性克莱尔，还有一些印象。当时还在这场展览的酝酿阶段，身为馆长和助理的两人来到我工作的上海博物馆。万年没有修好的博物馆化粪池蠢蠢欲动地刷新着自己的存在感，阻止了我们在文物提看室挑选展品的企图。

馆长一声令下，打开了一个长期隐藏于博物馆地下二层中庭的密室，虽然是人造的光线和天花板上手绘的白云蓝天，但假山、曲径、流水、飞檐、踏步无一不有，甚至流水中还有活鱼（我打赌它们从未见过天日）简直是在办公区域内复制了一个“白毛老鼠精”的福地洞天。就在这个我自己也头一次踏足的神奇密室中，我陪克里须那和克莱尔挑选了这次赴丁镇展出的展品。我对这俩人最深的印象也就停留在这一次接触，克里须那是个很少提出反对意见的人，仿佛只负责经常发出：“beautiful”“really beautiful”这样的赞叹。选择的大权全由克莱尔掌握，克莱尔是个个子不高，留着短发，微有宽度但绝不臃肿的干练中年女性。正因为有了这次展览，才有了我的新西兰之行。

本来我被安排参加七月的布展，但由于人员、经验等等方面的原因，最后我成为十月末撤展组的成员。不论怎样，按照上海博物馆的平均主义规定，每一个参展人员只能参加布展、撤展中的一次，无论哪次都没有区别，翻译薇薇安除外，因为单位就那么几位翻译。十月的最后一个星期，在临上飞机的头一天我拿到了公派护照和此行日程。加上来回路程一共九天，我没有对丁镇有过太多了解，我甚至没有百度一下它的地理位置——大约在新西兰某地吧。我只知道奥塔哥博物馆会先安排我们到皇后镇和峡湾游览，然后再去丁镇撤展，在丁镇逗留三天后，会去邻省搭乘飞机押运展品返回。

这是我第一次出国，虽然以前曾在口岸眺望过哈萨克的草原和俄罗斯的界河，但我的田野调查仅限于国内（并于2013年的三月走遍中国除两个岛屿之外的所有省份），这次出境于我是一件难得的经历。经过飞机上的十一个小时，看完三部电影之后，我到达新西兰首都，北京时间夜里三点，已经是新西兰阳光明媚的早上八点。由于逆着地球自转方向飞行，我比生活在上海的人们快了五个小时，第一次体验到什么是时差——北京时间九点降下的乌鲁木齐落日已经算不得什么了。

皇后镇上有箭村

等了几个小时后，前往皇后镇的飞机上，我才在连续二十多个小时未眠后，终于睡着了一小会儿，第一次出国的人伤不起。来接我们的是奥塔哥博物馆新馆长的太太安娜和丁镇本地华人马孔先生。在飞机上，我隐约从薇薇安那里听说了发生在奥塔哥博物馆克里须那馆长和克莱尔身上的事情。克里须那和克莱尔最近被解聘了。被解聘的博物馆馆长和助理在我有限的经验中很少遇到。按照薇薇安的说法，如果克莱尔还在任的话，我们将得到宾至如归的款待，但此时故人已去，新馆长还能为我们开销游览项目，只能归结为运气不错。至于克里须那被解职的原因并不清楚，但在她看来，他和克莱尔是如此高效的一对工作拍档。在她看来，奥塔哥博物馆能有今天的名声，离不开金融行业出身的克里须那在资金方面的运筹帷幄，也离不开克莱尔勤勉的工作。但他们如此勤奋的工作，或许使他们成为这个慢节奏，享受平均主义价值观国度中的异类。

薇薇安表示，虽然克里须那已经远去新加坡一家医院担任行政主管，但克莱尔还在当地，所以她便打算趁我们工作的间歇，去慰问一下克莱尔，顺便再打听一下原因。关于这件事情我暂时知道的就这么多。

在一片蒙蒙雨雪中我们到了皇后镇机场，薇薇安很快找到了安娜和同来的华人马孔先生。白肤棕发的安娜用略不同于新西兰的英国口音抱歉地说，他的先生，新馆长伊安当天要在馆里做一场讲座，没法同行，只有让她和马孔先来，馆长迫不及待想要见我们，所以明天会在去峡湾的途中与我们会合。后来我知道，这对新上任的馆长夫妇来自英国，应聘上任也才三个月，当然，语言方面的熟悉程度要远远超过我们。

马孔先生，开始并不特别起眼，虽然薇薇安很早就介绍过他。标准华人模样的他身材不高，寸发，是当地华人协会的会长，在过去十多年的来往中已经和薇薇安建立了极有默契的私人关系。每年丁镇和上海姊妹城市互访时，他都自费参加代表团前来上海。一路上就是他和安娜轮流开车从四个半小时车程的丁镇赶来皇后镇，后来我才知道，奥塔哥博物馆派车迎接我们也是马孔先生主动去博物馆协商的结果。

很快就到了皇后镇的镇上，这是一片环湖的人类聚落。此时是北半球的秋季，南半球的早春，湖边密密的雨水在附近的山顶就变成了白霭霭的冰雪。顶着已经超过二十四小时未着床垫的身体，吃过午饭后，乘坐了马孔先生招待的高山缆车。原本计划乘坐的气垫船项目在一个冷风冷雨的电话中被告知终止，但马孔提议，带我们去不远的箭村参观。

我对气垫船没有特别的期待，可来之前进行过这个项目的同事倒是对我推荐有加，据说此事无比刺激，不亚于蹦极！这让我总还有些期待，但临时决定的箭村让我有些摸不着头脑。马孔说，那是一处早期华人采金者的聚落遗址。既然原来的项目取消，别人又诚心招待，那就去看看也罢。此时距我抵达新西兰不到五个小时。

驱车半个小时，来到一处山谷环绕之地。一路上马孔与我们虽然肤色相同，但因为薇薇安没有同行，言语之间，他有限的中文（他能说粤语，但不会普通话）和我们有限的英语无法形成深入的交流。我在箭村没有看到许多现代的聚落，在停车的地方有一块无人看守的说明牌上用中英文介绍了箭村的历史。原来十八世纪中期之后，新西兰丁镇发现金矿，人手不足的殖民者于是招募华裔矿工。而丁镇的早期华裔居民就源自箭村，这里保留了好几处早期矿工居住的棚屋，这种必须弯腰进入，室内仅容转身，有些甚至搭靠在悬崖边上（可以省去一面墙壁）的房屋，倒是让我想起同期在中国东南历史上较有影响力的“棚民”群体。这里的居住条件固然简陋，但和我后几天在丁镇开拓者博物馆看到的早期白人拓荒者聚落相比，这里在物质条件上也没有特别大的差别——因为就当时来说，物质生活水平和今天相比本来就比较低了。

我们在箭村参观的时候，马孔一直陪在我们边上，也没有多说话。天一直下着小雨，快离开的时候又看到几个华人模样的人过来参观。虽然很困，但我终于有点理解这些仿佛考古遗址一样的简陋遗迹和马孔之间的联系。

见到了新馆长伊恩

第二天上午，我们到提阿诺小镇的时候，一个中年白人男性已经在那个极为寂静的湖滨等着我们了。薇薇安介绍，这就是奥塔哥博物馆的新馆长伊安。伊安个子不高，白发，礼貌的热情，每当别人说话时，会努力做出聆听的姿态。对马孔很客气，对我们很热情。

伊安是个天文学家，三个月前他在英国的一家天文馆馆长的位置上成功应聘了奥塔哥博物馆馆长的职位。虽然先行的游览项目让我在此时还没有到达这趟旅行的目的地，但我已经听闻奥塔哥博物馆的一些基本情况：这是一家综合博物馆，而且以科学方面的陈列见长，尽管我后来参观时发现，其中新西兰土著文化、波利尼西亚文明以及世界文化方面的陈列是最吸引我的——其实我也很喜欢里面的动物标本，比上海自然博物馆里死气沉沉的动物好太多了。

所以由一位科学家来担任馆长的确是非常合适的选择。

有一项重要任务摆在这位新馆长面前。在他上任之前，他的前任们发展出了和上海博物馆的密切关系，我所要撤回的这一展览和这层关系就是前任们留给伊安的一份遗产。换句话说，前任在职时布置的展览要在他的手里撤走，而按照前任签下的合同，理论上，他还需要还给上海博物馆一个展览——这样至少与上海这个丁镇姊妹城市间建立的博物馆友谊不会中断在他的手里。但是，自视甚高的上海馆愿不愿意接受他的新展览，或许可以算得上是对他新上任一事的某种认可，在他看来或许是一项挑战。

于是，我单纯地觉得有几个原因促成了馆长的出行：最功利的解释是，馆长为了显示他作为新任者的热情而展现一种待客的职责或义务，毕竟我们的评价，很有可能与他是否能完成与上海馆的展出合同相关（上海馆有可能单方面拒绝丁镇馆回办的展览，理由可以是冠冕堂皇的展品不够高端大气，后来确实没有后继展览了）。最实用的解释，新任的馆长夫妇对新西兰的熟悉并不比我们更多，借此机会可以顺便游览，毕竟我们将去的峡湾的确有着令人终生难忘的自然风光。

但是这两个我能想到的最主要的因素，都没法解释另一个问题，马孔先生的身份。马孔不是博物馆的雇员，他和博物馆完全没有关系。后来熟悉一点之后，我知道他是一位审计事务所的老板，以个人的收入供养一家四口（欧裔妻子和两个女儿），当然，他还是华人社团的现任会长，是设在开拓者博物馆边上的“中国花园”理事会的委员。可他邀请我们乘坐缆车游览、气垫船项目（虽然最后取消）都是自掏腰包，而且为陪我们他还贡献了他自己的时间。回到丁镇，他还邀请我们在他家享用烧烤，外出吃饭接送都由他开车，后来才知道，连这次馆长的亲自接待都由他促成。难道都如薇薇安所说，马孔是仅次于明先生的第二好人？

经过一段寒带雨林，路上遭遇南半球初春大雪，偶遇一只好奇的爱吃橡胶的 Kea 鹦鹉，以及穿过了一条二战期间因军事需要修成的单通道隧道（我回来后查了一下，这条隧道也是华工们修建的）。我见到了难以言喻的壮丽峡湾，据说当年詹姆斯·库克船长曾派手下在这里寻找穿过新西兰的航道，最终却发现这是一个不通内陆的港湾。两岸峭壁、狂风卷起瀑布和海水扑面，在这个狂风暴雨的天气中给人的巨海翻腾感，绝不是一个风和日丽，观看海豹、企鹅，晒日光浴的午后可以相比的。

这天晚上我们住在提阿诺小镇，吃着意大利厨师烹制的银鳕鱼主菜，开始和馆长有了第一次放松的长谈。馆长时刻流露出彬彬有礼的热情，席间不时妙语连珠，在意大利菜和红酒之间，我渐渐知道了他的一些信息。妻子安娜比馆长伊思稍大，并且出身富裕家庭，而伊思纯属工人阶级的子弟，靠着读出学位终于摆脱了家庭的阻挠而成婚，并且成为英国一家天文馆的馆长。不久之前，伊恩在奥塔哥博物馆的全球招聘中脱颖而出，成为斯里兰卡人克里须那的继任者。虽然之前我听薇薇安隐约说过，克里须那在管理和金融方面的才能使得这个南太平洋上的小博物馆能在这片大洋上独树一帜，可他的具体行政手段却不能让全体成员满意。不过，伊安并没有论及他的前任，只是礼貌地绕了过去，他说起了他的两个女儿，说起了过两天在丁镇会出现的流星雨，甚至答应，如果真能看到的话，一定会提前通知我们，让我们半夜起来观看。我没有和克里须那有过如此亲近的谈天，这也让我不像薇薇安那样对他和克莱尔的离职感到那么惋惜，而我更喜欢伊安的这种风格，随和畅谈也兼顾聆听。我想他一定非常热爱自己的事业。

在马孔家中遇到新客惠小姐

明先生邀我们晚上吃饭的那个下午，我们已经按时、保量完成了所有的撤展任务。当地华人惠小姐请我们喝咖啡。惠小姐是薇薇安的好友，这从薇薇安甚至不远万里，从上海随身携带了一个电饭煲带到丁镇给她可资证明。惠小姐虽然已经看得出六甲身姿，但依然开车带我们到了能看见丁镇港湾的山坡上去喝咖啡。坐在咖啡厅里，感受着南半球春雨绵绵的怡人风景，想着明天去港湾远端古堡、坐船出海的观光项目。

惠小姐能说一口新西兰口音的英语，因为已经来此十四年了。她来自上海的殷实之家，虽不趾高气扬，但自然流露不易亲近的气质。尽管如此，看得出来，我们的到来依旧唤起了她的乡情。十四年前，眼看无法在标准化考试中拔筹的她被父亲送到了丁镇读大学，我心中估算了一下，那时的确是上海高中生留洋的第一波浪潮，看来她的父亲真是得风气之先。（后来我从明先生无意的谈话中了解，这股潮流其实也是丁镇经济、产业转型的一次变迁。）她在丁镇大学读完会计专业，就进了马孔先生的审计事务所。薇薇安说，在新西兰接受教育易，留下获得居民权却很不易。因为当地没有制造业这些需要大量劳力的产业，本地人口也相对有限，所以外国留学生很难获得本地企业的聘用。而马孔先生的聘用给了惠小姐劳动力聘用档案中第一份可靠的证明。虽然她后来离开了马孔的事务所，但接下去寻找其他工作就变得相对容易。薇薇安说，惠小姐的父亲一直都很感谢马孔先生，不过骄傲的惠小姐本人对此却有些不以为然。

她始终认为自己是凭借实力获得了事务所的工作，她觉得自己只是担任了两个人工的劳动量，因为她离职后，马孔另雇了两个人来取代她原先一个人的工作。另外，她对丁镇包括华裔在内的本地人的工作效率都很不屑。之前一天，得知我们晚饭无着的马孔邀请我们去他家烧烤，我们就已经第一次见过了惠小姐，她带去了晚餐的牛排、羊排和非常新鲜的青口贝，我不得不说，那个味道真是极为鲜美。马孔住着在当地非常普遍的两层独栋别墅式住房，但在私底下，惠小姐透露她和她先生（也曾是定居当地的前中国留学生），拥有价格几乎是这两倍、面积远过于此的房屋——虽然我知道这离不开她父亲的资助——她甚至还不经意地谈起又买了新车的事情。她承认，自己现在在一家影视制作公司做会计的收入，已经快接近担任审计事务所老板多年的马孔先生，而且她的先生收入比她更高。相比之下，马孔还要负担居家带孩子的妻子和两个孩子的生活。言语中，她对丁镇本地人的生活多抱有一种居高临下的骄傲。

不过，这在我，一个人类学家看来，既不令人歆羡，也无所谓反感，只是深深引起了我的同情。虽然惠小姐在此生活了十四年之久，几乎接近她已有生命的一半，但她身上流露出的种种不适感，与其说保留了曾经历过匮乏年代的上海人民对财富和物质条件的热切期望，不如说折射出她对新西兰、对丁镇主流价值观的格格不入。作为一个远离故乡的人，她的骄傲只是她并未融入当地社会，甚至是融入当地华人生活圈的一种表征。

在过去的两天里，我对丁镇已经有了大体的认识，各色人等穿梭在街头。学生主要是就读市里的丁镇大学，市里还有博物馆、植物园，居民基本都住一层或两层的房子，房屋从这个能看到海湾的山坡一直延伸到半岛。这几天里我已经吃过了日式、韩式、越南和台北料理。前天在皇后镇买旅游纪念品店里和我们流利说中文的是个马来西亚的华裔。昨天我去一家店里买回家送人的绵羊油时，和我说话的大哥口音有着浓浓的东北味儿。惠小姐属于哪个圈子，她应该融入哪个圈子，我也说不上。世界上最遥远的距离莫过于此。

如果让我选择一个做“海外民族志”的地点

喝完咖啡，惠小姐驾车送我们回旅馆。她让我们先休息一下，晚上明先生的晚餐她就不去了。

我躺在房间里翻看一本昨天下午偷闲去“中国花园”和开拓者博物馆时，马孔先生送我们的介绍册子——“兰园”——上面写着。兰园就在丁镇另一家博物馆，开拓者博物馆的隔壁，出了后门就是。如果说奥塔哥博物馆呈现的是自然史，比如它还专门开辟了一个蝴蝶园，每天孵化着来自世界各地的蝴蝶，那么开拓者博物馆则顾名思义，展现了早期拓殖者的历史，有白人也有华人，现在很大一块展厅都辟给了新西兰原住民。薇薇安说，和以前她来时相比，这里有关华人的展区明显缩减了很多，原先有一个展厅都与华人相关，现在只有一面展柜。因为我是首次参观，没有特别的概念，匆匆看了有关早期华人的生活介绍，的确有一种回到晚清时代的感觉。

记得我和马孔先生闲聊时，我无意中透露我的祖辈中也有人来自广东，马孔随口一问，竟然他与我的先人同出“四邑”，而且同县同姓。唯一的不同，是我的祖辈卷入的是发生在北美旧金山的另一股淘金浪潮。马孔向我介绍展柜当中一块姓氏牌匾，一位姓徐的华人来此淘金后兴旺发达，开枝散叶，结果他的姓名前两个字被合称为一个英文姓氏，而他当初居住的地方也因他的姓氏成为一个新的地名。这是我印象最深的一件事情。

博物馆出来就到了兰园，在来新西兰的飞机上，薇薇安就一再提及兰园的渊源。鉴于新西兰严格的生物制品入境规则，而这一中式园林从材料到安装的工人竟然全部都是从中国运来，可见难度之大，以至于当时这个项目有几次险些流产。我听时有些不太在意，但最终见到时，的确感到虽小实精，白墙青瓦，朱漆立柱，入门的牌楼也有简化的莲花斗拱样式，抛开周围的尖顶教堂，不会让人怀疑这是一座袖珍的中国园林。里面除了捐赠人提名碑外还有中文讲解员，一问还是浙江人，和我的另一位祖辈是同乡。庭院里的假山是用太湖石堆砌而成，千里迢迢运来成吨的石头，还要搭成假山模样，围绕回廊。假山下面有鱼池，长满了水草，马孔敲敲亭子边上美人靠的石凳，几十条锦鲤鱼就游了出来。他说这里靠近海边，最初水草没有长成的时候，附近的海鸥就会来吃鱼，放养了几次，都被海鸥吃完了，后来水草茂密起来，鲤鱼才慢慢长大，但也养成了白天躲在亭子下面暗处的习惯，只有敲打喂食时，才会游出来，但也不会游远。我试了一下果然如此。

临走前去茶室坐了一下，吃了一块幸运饼干，里面的箴言纸条上写的，好像是：你能坚持做你想的事。

马孔说到兰园的时候还是没有改变他一贯平淡如水的说话腔调，但还是比平时有了更多表情。他没有说这个“中国花园”和当地华人的关系，他只说包括华人在内的当地人可以选择来这里参观，举办会议，举行中式婚礼，可以借到和中国有关的书籍。这次我拖到新西兰的旅行箱里也装了十公斤送给他们的书。印度教徒可以兴建寺院，基督徒则是建教堂，对于华人，他们盖一座中式园林，或许是个好主意。

我想到进门时他指给我看的一个个用中文写着的捐款名录：“这是前任华人市长陈先生，这是明先生，这是我，这是那个著名的徐氏家族的成员，这是当地的华裔商人，这是另一个华人家族，这是奥塔哥博物馆……”我想如果让我选择一个做“海外民族志”的地点，丁镇的华人一定有很多故事等着我。

明先生的解释

明先生的车五点准时到了，薇薇安上来通知我们。明先生来接我们先到他家里去坐一坐，然后就去吃晚餐。这次我仔细看了他，走在国内就是普通的中国老人，可是他也不怎么会说中文了，他不像马孔先生那样，有时会说一两个中文单词活跃一下气氛，他全程都说英文，我想他应该还是会说粤语的。但他已经是七十多岁的老人了，满头白发，判断力也不如青年，因为我们的住处外面的停车场小，他倒车不及时，碰了边上的一辆车。他估计是感觉到碰撞，下车去看情况，虽然保险公司会赔偿车主，但他特意去旅店的前台打了个招呼留了张名片。这就是我第二次见到明先生。

在车上，薇薇安和明先生聊起我们这次到新西兰一路上的种种，说我们来撤展，以及现在的新馆长夫妇带我们游览的事情。明先生静静地开车，慈祥地听着薇薇安的介绍，不时点头，尤其是听到伊安夫妇盛情款待我们时，他说今天晚上，他也邀请了伊安一同出席。这让我们有些惊讶，原来以为今晚只是当地华人的一次宴请，没想也有伊安。我们只是上海博物馆普通的工作人员，伊安在路上已经颇为殷勤，到我们回到丁镇工作，他走进我们的工作场所时，由于在场还要面对自己的员工，他已把笑容收敛得非常得体，我原想不会再有机会见他了。

薇薇安还聊起老朋友克里须那和克莱尔都已经离职，这让她非常惋惜，我知道她与他们有着不错的私交。其实我们抵达丁镇的第一晚，马孔邀请我们在一家日本料理店吃晚餐时，就见到克莱尔了。她说自己最近卖掉了两处本地的房产，准备搬走，而且因为解聘的事情，他们甚至还把博物馆的管理理事会告上了法庭。我还知道，之后薇薇安单独去拜访过克莱尔，这拜访的结果让她更加对理事会方面解聘两人愤愤不平。因为这两人在很大程度上承载了她与丁镇的友谊，尽管她也承认，这两人的处事方式过于雷厉风行，很可能会让无法达标的人们很难堪。她还对克里须那的理财能力大加赞赏。

“薇薇安，”明先生温柔地打断了她，“克里须那的确做了很多事情，但他为自己也做了很多。”

薇薇安没有说话。

“他非常能干，以至于他和理事会的理事长也建立了很好的关系。”明先生一边开车，一边平静地说着这些，“理事会给他开出了比新西兰国家博物馆馆长还要高的薪水，可他只是丁镇馆的馆长。所以这是不对的。”

这点薇薇安没有反驳，我想她是知道更多的，因为她转译明先生的话给我们时，还用只有我们才听懂的上海话特别解释说，克里须那的工资是理事会开的，但因为他和理事长的私人关系，理事长开出了三十万新币，这在消费不高的新西兰可以说是极高的工资，要比审计事务所老板马孔的年收入高出两倍多。这些补充的内容是明先生没有说的。她还说，克莱尔的薪水也很高。

“而且，克里须那经常外出，而克莱尔做了本应是他该做的事情。”薇薇安解释了明先生这句话里的其他含义，克里须那经常离开他的工作岗位，而由助理克莱尔替他完成本来应该由他完成的工作。另外，薇薇安想了一下才说，克里须那还有一点做得不好，丁镇和上海的关系，最初是丁镇华人社区牵头结成姊妹城市，之后才有了两个博物馆的一系列合作。但是，克里须那接上这条线之后，每次有中国的朋友来访，他却从来不邀请丁镇的华人社团出席。她说这是马孔先生告诉她的。

明先生没有继续谈论克里须那，而是像一个优秀的导游一样向我们介绍沿路的街区。我们路过了丁镇大学，除了欧洲裔的学生外，还有不少亚洲面孔。

“我们这里有两千名中国来的留学生。从植物园一直到山上都是。”但明先生没有继续这个话题，直到又路过下午惠小姐邀请我们喝咖啡的可以看见海湾的山坡。明先生的车稍微慢了一点，“丁镇最初繁荣，和这里发现黄金有很大关系。淘金热过去之后，这里变成了制造业中心，直到二十世纪九十年代以后这里的教育开始吸引世界其他地方的人，尤其是中国人”，他朝着山这边的一排住宅区继续说，“以前这一片都没有中国人住，后来最早淘金的中国人的后代接受了教育，也买了山这边的房子”。

“丁镇附近的海湾里最近发现了石油，”明先生路过山顶的时候，望了一眼海湾的方向说了一句，“这可能又会是一次淘金潮吧，Maybe…… ”

然后我们就到他家了。

明先生的晚餐

离开明先生家的时候，他送我们每人一本不同的书，送了我一本英语国家男士服饰着装介绍，可能我来撤展的展品有很大一部分是民族服饰，让他以为我是做服饰研究的。一起出来的还有他的外孙小明。

小明非常年轻，刚见他的时候，我还以为带着牙箍的他是个中学生，但稚气未脱的他说今年就要去新加坡服兵役了，他的父亲是海南裔的新加坡华人，所以他实际上是新加坡公民。我们在明先生家的时候，他静静坐在外公和我们聊天的书房一角，听外公吩咐给我们倒酒。我觉得这非常像中式家庭对孩子的要求，而之前在马孔家里，马孔就让她的小女儿自由地留在楼上自己的房间里，只是不时上楼照顾一下，并不像中式家庭那样要求孩子必须尊崇长辈的意愿，然后心不甘情不愿地陪同完全不熟悉的客人，被当作展品一样展现给客人观看。所以我和马孔的孩子一面也没见。

听着老人给我们介绍丁镇的过往，听我们讲在新西兰的游览，小明好奇地用标准的中文问我们，你们说的不是中文吗？我才意识到，明先生让外孙一起陪我们聊天的目的，可能是让孩子更多接触中文语境。我只好抱歉地告诉他，我们说的是中文的一种方言——上海方言。

小明陪着明先生开车载我们到一家中式饭店，马孔先生已经到了。伊安也已经到了，与我们热情寒暄，恢复了前几天刚见我们时的感觉，但我感觉到他似乎略略压低了一些姿态。

明先生说，我们没有更多的客人，过会儿还有一位周先生和他的太太要来，他的名字也在“兰园”捐款名录上，而且他是个人捐赠数额最高的一位。但他同时也是一位药品公司的老板，所以今天晚上来我们这里之前，应该还有几个饭局要先应付。我们在稍晚时见到了他，并印象深刻，不光是对他夸张的寒暄方式，还有他“只喝酒不吃饭”的招牌行为。

马孔解释说，周先生每天都有许多商务宴请，非常繁忙，但今天听说薇薇安在场，再加上明先生的邀请，他一定会赶来。说着还模仿周先生的样子，说着“薇薇安，你怎么不早告诉我你过来，下次来一定要提前告诉我，我一定留出一天来陪你”。我很少见马孔露出幽默的一面，大家都笑了，即使是还没见过周先生的我，也笑了起来。

“小张，下次来我们就是好兄弟了，”薇薇安马上做出呼应，假装拍了拍我的肩膀，“等下，他一定会这样和你打招呼的”。

包括明先生，饭桌上的人们都因马孔和薇薇安的表演欢笑起来。接下去，华人老板娘端上一盘盘中式菜肴。饭桌上的主角除了薇薇安和马孔，明先生也会不时说上一两个段子逗大家一笑。我注意到伊安，随着每次说话人的转变，他都把头移向对方，表示聆听。但我很难确定虽然桌上使用的都是英语，但其中承载的文化内涵是否能为他所理解。比如关于周先生的笑话，以略带嘲讽的口吻表现了一位豪爽商人“口惠而实不至”的热情，这里的笑点的确非常“中国”——关于商人，关于夸张的友谊。而伊安，没有了那天在提阿诺小镇夜晚品尝意大利菜肴时，对着湖畔满天星斗时的自信。

“伊安，你最近和上海馆的合作应该不错吧。”直到明先生不经意间的关心，才让在聆听和加菜中交替的伊安有了为数不多发言的机会。

他说了我们之前在漫天大雪中前往峡湾的短暂旅行，也说了在这次展览结束之后，仍热切期待下一次展览的愿望。这好像是说给我们听的，也仿佛是给理事会的工作报告。

但明先生接着又询问起我研究明清家具的同事。他顾自介绍自己家中摆放的家具，一些英式家居是从旧货集市上竞拍来的，而另一些带有中国风格的家具则是早年东南亚排华时，流落新西兰的华侨又辗转他乡时留给他的。就像一个有些耳背的老人，一阵听见一阵又听不见。

这时，饭店推门的声音和对明先生的招呼一同从门口传来。刚回头，两个高大的人影已经在餐桌旁坐下了。“薇薇安，你怎么不早告诉我你过来，下次来一定要提前告诉我，我一定留出一天来陪你！”已经告诉我是谁来了。

马孔介绍，周先生和他的太太是华人社区最慷慨也是最热情的资助者，周先生来自中国香港，这些年的医药用品生意让他走遍中国，我们可以和他无碍地用中文交流。他的太太来自坎市原来荷兰大主教家族的千金，对他的先生非常温柔体贴。我看到尽管已经魁梧的周先生在他荷兰裔妻子身边依然不太显眼。

“小张，”看了我递过去的名片，周先生用力地拍了拍我的肩膀，“下次来我们就是好兄弟了。”我没有受宠若惊，全桌的华人都哈哈大笑。伊安也笑了，他和周先生是初次见面。

“我只喝酒不吃饭。”周先生果然给自己倒了一大杯白葡萄酒。后来薇薇安私下里和我说，周先生夫妇非常想要孩子，但因为周先生喝了太多酒，许多次努力失败后，他们领养了一个中国孩子。孩子的父母是曾在丁镇大学就读的中国留学生。

周先生非常健谈，之前马孔和明先生的份额都被他抢走。只是，他讲了不少我已经听过的关于古董和鉴宝的故事，当然，可能是为了引起我们的共鸣吧。晚餐的大部分时间伊安都在点头附和，没有太多发言机会，他只回答了周先生太太的两个小问题，关于他孩子有没有随同前往丁镇。

周先生的到来活跃了晚餐的气氛，只是有点冲淡了晚餐的主题，当然我也不知道这顿晚餐是否真有主题。在祝我们回程顺利之后，明先生叫来了老板娘结账。当他最后举起酒杯时，周先生立即停止了关于东北人参和他医疗器材销售故事的发言："你说停，我马上就会停下来。"

明先生慈爱地点点头，说着最后的祝酒词："希望薇薇安，还有你们，经常来我们丁镇。""希望你们的展览、合作都能继续下去，"这句是对着伊安说的，"你一定会做得很好的。"

"放心，一定会比克里须那好的。"大嗓门的周先生提到了这个整晚上所有人都没有提到，好像是所有人都在力图避免的名字。

"你们等我做了以后，就会看到。"整晚上话都很少的伊安不知是对着明先生还是周先生说了这么一句，语气很谦逊，像是做出了承诺，也像是保证。

小外孙扶着明先生上车，和我们挥手告别。伊安上了自己的车。周先生和太太一辆。我们上了马孔的车回了酒店。

第二天，我就和同事押运文物去了坎市，然后登机归国了。遗憾的是，我没再见过明先生、马孔先生，甚至伊恩馆长。而上海博物馆和奥塔哥博物馆的交流展览，也没有继续下去。

关于这个南半球海岛上华人社区的事情，我知道的就这么多了。

千万不要招一个像我一样的学生

没有竹叶般的脚印
在乌鲁木齐的雪地
我等着吃大盘鸡

我没有等到大盘鸡
却等到了一个故事
在天山北麓飘荡了二十年

那个故事
讲了一个等着吃鸡的人
最后帮人讨烟钱的事情

嘚儿

神灵庇佑

在晚餐的前半程，我都认为，这天最让人高兴的事，是在考古所看到了著名的“五星出东方利中国”护膊的原件。其实，之前我还看到了与之相配的“讨南羌”织锦。这两片出土于民丰尼雅遗址的著名“国宝”原件已经多年没在任何展出中出现了。当时我和那片颇具预言风格的护膊之间没有任何距离，没有橱窗玻璃相隔，副所长还担心我没有抓牢相机，要掉下去砸到国宝。

幸好，我没有砸到国宝，否则，很可能就没有那天晚上更欢乐的那件事情了。来者是客，正、副所长不但招待我们看了最著名的国宝，晚上还慷慨款待。晚餐的前半段，品酒有方的所长取出两瓶红酒，几杯下肚，一扫下午在办公室里欲说还休的模样，滔滔不绝讲起最近考古界的种种见闻。

昨天上午，我来到乌市的自治区考古所。我们刚购入了一批唐宋时期的古代丝织品，我们单位可以修复各类文物，唯独古代纺织品不够在行。因此，想要联系一个专业机构，可以接下我们这批文物的修复项目。作为丝路大省，乌市的自治区考古所自然，也是我们重要的目标之一。

我许多年前就来过乌市，不过作为籍籍无名的本科毕业生。只能自己参观区博物馆里的干尸展厅，断没有考古所领导亲自接待的待遇。这次，作为领导的随行，官方接待的对象，我这个博物馆里深藏功与名的“扫地僧”，难得有缘一窥藏在库房中的珍贵藏品，一睹考古所长一边聊天，一边拿着一小块玉石在额头、脖颈蹭着皮肤油脂，给玉石包浆的情景。

但冥冥之中，在狗首人身“盘瓠”大神的福佑下，我认识的一位故人，注定要在这个丝绸之路故道巨邑的初冬之夜，化身为我们之间快乐的纽带，成为今天晚餐的主角。

大里的学生

说累了考古界见闻，所长终于想起了闷声不吭一心吃着清炖羊肉的我，他居然问起："帅哥，你是学啥专业的？"

我心中一荡，口中的羊肉在慌乱中落下，硬生生被一旁窥伺已久的狗头神夺走了，狗头神狡黠的目光中，我仿佛看到了大里兄羞涩的神情。

"我是学人类学的，"我以无可挽回的口吻回答，补充了一句，"'八闽大学'人类学系"。

听到这个以研究狗头神著称的人类学系之名时，已经幻化成大里兄模样的狗头神出现在对面所长的头顶。

"你不是大里的学生吧？"

"我是大里的学生。"我已经有一个多月没听人提起这个名字了，上一次是在单位对面的餐厅，上上次是在洱海边的饭店。但和我一同惊讶的，居然还有考古所的副所长。

更让人错愕的是，所长和副所长意味深长地交换了一下眼神后，突然爆发出仿佛在箱子里深藏了二十多年的笑声。

“这个名字好熟啊，他是谁啊？”副所长率先止住了笑声，但她的回答更让我不知所措。大里兄是我读研时的一位老师，在和我共度三年相安无事的研究生岁月后，我们的交往仅停留于逢年过节的问候。

但这并不表示他就此淡出了我的生活，比如，他会在世博会期间携家来沪，却不知如何打开从朋友那借来的房子，然后大清早把我从十几公里外的家中叫出来给他找锁匠开门，结果发现他只是把钥匙拧错了方向，把全家反锁在屋里。

他还会在偶尔参加学术会议的时候，碰巧和我本科时的博士师兄分在一个房间里。他们结识的方式，建立在与我共同相处的经历上，他们分享了对我的认识，借此增进了了解，扩大了共识。

但是，大里兄最让人念念不忘的始终是他无论上课还是开会发言时，慢条斯理永远不知所云的迷人风格；还有每次面对异性时腼腆而不从容的儒雅。

“他现在还抽烟吗？”所长的问话，拉回了思索中的我：难道是某次学术会议上，我的大里兄又给与会者留下了或不知所云，或儒雅腼腆的深刻印象？看来在离开我的日子，他又获得了新的技能！

“他不抽烟啊！”我如实回答了显然在卖关子的所长。

“啊，他不抽烟了吗？”所长眼神中的幽怨，让我无比同情这个搞了大半辈子考古的男人。在所有和人类学相近的学科中，在我离社会学越来越远的日子里，我和考古的汉子似乎最能投缘。我知道，在那些工地上与探方和星星相伴的日夜，他们只能靠着烧酒和一个个故事保持着与生活的联系。

我预感到，一个在大西北的考古探方中口口相传，且至少飘荡了二十年，让无数人在篝火边把酒言欢的故事，终于要回到它的起点。正如只有人类学家才懂得“日记”是“马林诺夫斯基”的暗语，在狗头神的庇佑下，某个游荡在天山脚下二十载的往事，终于觅得一个东返的旅人。

《居里夫人传》

“你可以问问他，还记得当年在西大宿舍里，教他卷莫合烟[①]的人吗？”所长边说边熟练比画出抓烟丝卷烟的动作，就像下午在他办公室里，看他把一块墨玉原石熟练地在额头、脖子上用头油擦得油光发亮，好像老坑中籽料的皮壳一样。我依然不得其解，望着眼前黑壮的西北汉子，说出大明湖畔夏雨荷式的台词。

“这个大里到底是干吗的？我怎么听着这么熟。”豪爽中自带娴静气质的副所长还是忍不住了。

“《居里夫人传》啊。”

“啊……啊……原来就是他啊，怪不得那么耳熟，我

① 莫合烟是一种新疆地区种植、烘烤、切丝的烟叶。可以随手用账簿、报纸、作业本等易燃的纸张包裹，没有过滤嘴。

还见过他照片呢！”副所长已经懂了，可我还没懂。所长和副所长是西大考古系的同班同学，虽然各自成家，但在毕业后又在同一家考古所分别干到正、副所长的位置，可谓缘分至深。但现在，我有点厌烦他们这种大半辈子积累下来的默契。他们已经通过只言片语心领神会了，我还啥都不解呢，真急煞人。

“他是西南人吧，我当年是春儿的上铺，他的照片我看过的，还有点小帅的，对不？”口快的副所长让我总算会到一点意了，我看到狗头神在一边得意地点了点头。

“那年我们八八级的已经毕业走得差不多了。”所长点了一支烟，终于对着一盘清汤羊肉找到了他的篝火。“我是我们那届唯一考上研的。我找了辆三轮车把我们班所有人都送到了火车站，我的三轮车车技就是在那个时候练出来的。最后就剩下我一个人留在宿舍区了。”一桌人都笑了起来，我喜欢考古人的这种幽默。

“我还把我们那楼所有人留下的鞋子都收了起来，用三轮车驮上，拉到火车站跟前，摆在地上，边上再摆个罐子，谁看上穿走，就自己往里扔钱。”我眼前浮现的是下午在考古所标本室里摆得满满的小河、山普拉、扎滚鲁克、尼雅遗址出土的干尸脚上脱下来的鞋子。“我摆了整整一天摊，赚了十三块九毛五。那时一碗泡馍只要两块钱。”

“那可以吃七顿，吃三天。”我迫不及待帮他算了出来，想让他快点进入正题。

“不对，那可以吃一星期，谁顿顿吃泡馍呢？”所长独特的幽默再次让我们笑了起来。可我的大里兄呢？他还没出现啊，我甚至怀疑，故事的后面他会捡走一双鞋。

“卖完鞋我回来的时候，看到我们系女生宿舍那块有个人，在东张西望。”他停了一下，盯着我看，我想我是明白他的意思的。“我觉得这人挺奇怪的，我们人都走了，他来找什么，万一东西少了怎么办，虽然穿得不像拾破烂的。我就拦住这个人，问他找谁。”

“他说找春儿，”说着所长又和副所长会意了一下，“那个㞞，那会儿还不老实，说是来看同学。”我觉得“㞞”这个西北土话和大里兄之间的经典搭配，让我不得不佩服所长这位民间语言大师的造诣。“他说要送一本书给春儿。”所长说完摆了个姿势，用双手在胸前摆出仿佛观音持净瓶，又宛若红小兵胸捧红宝书的圣洁姿态。

全桌人被他的夸张举动逗乐，但已经预料到结局的我，几乎看到狗头神眼中淡淡的忧伤。

下铺姑娘的情感秘密

“哦，我想起他们是怎么回事了，”副所长适时插话道，“那时我住在春儿的上铺，那个年代我们流行一个团支部给另一个团支部写信。我们西大就和‘八闽大学’的考古专业结对子写信。春儿是我们支部的支书，大里是他们支部的。一开始人人都写，但写到后来，就剩下他们两个还坚持写。我估计有一百多封！很厚的一沓子。春儿那时还给我看过他的照片呢，还挺帅的。”

我眼中的副所长仿佛回到了少女时代，兴奋地说着下铺姑娘的情感秘密。我力图用我文献研究和考古复原的双重功力，从我认识的四十多岁的大里兄的脸上重建他二十多岁的模样。“可是，我也不知道他俩后来怎么样了，因为春儿后来有男朋友了，毕业以后就结婚了。没想到他后来还是来了。”我听到这个意料之中的真相时，二十多岁的大里兄在我脑海中暗淡了。

“我问他有没地方住，他说没有。我就让他住到我的宿舍里，反正那时我们人都走了，宿舍空着，又是夏天。”所长不甘心被副所长转变气氛，“那个屄每天都跟我吃饭，还把我的莫合烟给抽上了。”这下我明白所长刚才为啥要交代那骄傲的十三块九毛五，为啥没有撑过一星期。

“我就教他咋卷烟，我那边一大包烟丝，用纸包起来，最后尾巴上卷成一个尖尖。”所长绘声绘色地讲起了卷烟工艺，就像一个月前我在云南看白族抄纸工人造纸时揭纸的过程。“最后，要牙咬住那个尖尖，里面还有没切碎的烟叶杆子，评判一个人会不会卷烟的标准，就是咬住拧好的尖尖的时候，要发出‘嘚’的一下。”说着他把手指比画出来的虚拟卷烟放在嘴角的尖牙边，嘴里发出清脆的一声“嘚”。

全桌的人都被他戏剧化的叙述感动得哈哈大笑，我也凑趣地问了一句：“那他学会了吗？”

“他学得有点慢，但最后还是学会了。”

“那他把你烟都抽没了吧？”

“那没啥，莫合烟嘛，那时候两块钱一公斤，抽都抽不完。”所长并没有在意他的莫合烟，最得意的是教会了大里那个“嘚”的动作，于是他又做了一遍。

晚餐吃得差不多了，清汤羊肉连清汤都舀得快见底儿了。所长又点了盘土豆丝，“我们甘肃人就爱吃醋溜土豆丝，有一次在考古工地上，我一晚上吃了三盘。”

是的，当年我在西北读本科的时候，但凡和同学出去吃饭，每顿饭都有土豆丝，大里当年在所长宿舍的那一个礼拜里有没有吃够呢？我心想。

“他在我宿舍里住了一个星期，”所长就着土豆丝继续了下去，“后来就回去了。”

“那他没见着春儿？”我终于忍不住了。

“没有，她一毕业就结婚了。”副所长说。

狗头神有些失神，从所长的表情中，我觉得这不是故事的全部。

“我们西北人啊，爱吃土豆丝，”他又若无其事地说起了他的土豆理论，“脑子也跟土豆一样，他走了以后一个月，我一直在琢磨。”

我不知道他在琢磨什么，只看到他在吃土豆丝。

“他个㞞，狡猾得很，一直跟我说来看同学，就不是老实交底。可他看同学送本什么书不好，要送这么一本《居里夫人传》，这不就是本教人好好做学习的励志书吗？”

“对对，我们那个时候流行过的，是白色封面，上面有一个居里夫人头像的。”副所长也冒了一句。

“过了一个月，我终于琢磨出来，他的名字里有一个‘里’嘛！”饶是木知木觉如我，也悟出了“居里夫人不姓居里”的道理。[1]在许多年前，我曾经认识的大里，早已成为一个深藏不露的“脑筋急转弯”的绝世高手了。

“后来那本书呢？”

“他带回去了。还带走了一小包我的莫合烟。”所长有些幽怨地说，“走的时候，他说要再联系我，可后来二十多年了，他都没有消息。”

“我们可以开个研讨会，把春儿和他都请上，让他们坐对面，毕竟春儿现在也是寒窑区文物局的局长嘛！”副所长的提议立即扫光了所长的怨念，后者立即变得兴奋了起来。

“他们都没见过吧，估计都认不得了吧！”

“没事儿，当年连我都看过照片。”今晚喝酒最少的副所长也按捺不住自己的激动。“我们一定要办个会，给他们发邀请。小张，你有他地址的吧。”

“没问题，我们常联系呢！”我看了一眼有些羞涩的狗头神，我知道他们只是开玩笑呢。“我会让他把烟钱还你的。”我对所长最后说道。

---

① “居里”是其婚后冠的夫姓。

东归的旅人

夜幕下的天山北麓，空气寒冷清冽，我没穿秋裤！

从饭店回酒店的路上，我还沉浸在《居里夫人传》的故事里，不觉冷。

虽然在过去的若干岁月里，大里在我脑海中，要么是课堂上眉飞色舞，讲着去惠安田野调查时，当地姑娘如何对带队的某人依依不舍骑车远送的自嗨段子；要么是把全家锁在屋内，等待救援的呆萌一幕。但此时此刻，我的脑海中却是另一幅在天山深处飘荡了二十多年的画面。

狗头神保佑！这个曾经到过阿斯塔纳墓地、尼雅遗址、苏贝希古墓、扎滚鲁克墓群、交河、高昌古城，给多少考古队员解去春困秋乏的故事，终于遇到了我。

从黑龙江，到南太平洋，从大凉山，到海南，我都走过。我只想打通我跨越人类学、考古学的“任督二脉”。我越来越发现，我的问题所在：能不能把自己过去所有的知识都串联在一起。在离开起点两千公里，在将近两千个日夜之后，我听到了一个熟悉的故事。这是一个象征，历史在这里交汇，成了一个闭合的路线，告诉我，或许可以返航了，把所有的知识连在一起。

彼时彼刻，那个在手捧《居里夫人传》的青涩少年，走在西大盛夏人去楼空“人面不知何处去”的宿舍旁。他被一个骑着三轮车的青年领进了宿舍。昏暗的宿舍中，只有“沙沙”声响，手和纸的传递，手把着手，他教他把卷好的尖尖放进唇齿的缝隙中，“嘚”的一声，点亮了少年心中缭绕不去的留恋……

南海纪行

我隐居在这真正的江湖
享受最后的安宁
因为我马上就要开始
写一首喧嚣的诗
诗中的我
要激起万丈巨澜
来掩盖水下的平静
踏着浪尖
俯瞰如洗的原野
那时我在那里
留恋初时的寂寞

我又到了海南

午后的阳光，槟榔树下，乐东的黎族寨子。

今天是拍织锦，没我什么事。这是我第二次到海南的第一个拍摄项目，但不是我负责的。轧棉、纺线、染线、腰机织布，年年都看，虽然大同小异，技术差异背后的文化源头却各不一样。

天很热，比我两个月前来海南时热多了。第一站到通什的时候，我特意买了一顶宽沿的草帽，希望能遮住我穿圆领衫暴露的脖子，上次来的时候爬了五指山，脖子直接被晒蜕皮了。我坐在凉棚下，但还是觉得很热。从老太太到中年妇女至少三个年龄段的妇女，都专门换了“民族服装”。我并不主张当地人穿着所谓“传统”服饰上镜，因为如果特意要求，便是给他们徒增麻烦。不过这次的几位都并不在意，一位还特意穿上自制的改良款麻织外衣。

轧棉籽工序我第一次见到，自制的木质装置，用两根滚轮碾压，一端有手柄施力。把棉花从一边慢慢放进去，经过挤压，棉籽被留在了一边，出来的都是棉絮。去籽的棉花用一张小竹弓弹过，用手捏成松松的一条，就可以纺线了。

纺线用的石质纺锤，在腿上一搓，利用自转把棉花抽成棉线，中间没拉直的就继续拉细。这里除了纺轮外，还有纺车，下面有踏脚，两脚轮流施力，和踩自行车差不多。第二天，到了另一处制染料的手艺人那里，看到她拉出的线极细，也极光滑，我几乎以为那线是市场上买来的机器线。又过几天我们到昌江拍扎染时，我自己也在一架纺车上试了试，绕出来的线还能看，就是粗细不均，老是容易断。除了海岛棉之外，还看了木棉，那个绒比较短，但较有光泽。在一个笼子里打，不用弹棉花。

织锦的其他步骤我都看过，黎锦也是“通经通纬”。当时和我一起去的博物馆馆长说了一句：各地发现的纺织技术，在纺线阶段都是大同小异的，纺线之后的绕线，以及再往后的织布工序就差异很大了。这点我深以为然，因为就这几天，我至少看到三种完全不同的绕线线轴了。不过，作为一个技术层面的“传播论者”，我相信纺棉线也是从另一个工艺来的，比如纺羊毛线，纺丝线，这又回到了另一个问题：很可能是牧羊人最早“发明”了纺线技术。但这还只是我的一个假设。

不过这些不是我该想的，这个项目不是我做的，是同事负责的。我今天的任务就是吃吃喝喝。打从我们到了这个拍摄点，我就看到这个手工艺传习站的人们忙活了起来。五指山博物馆事先打了前站，当地人为我们准备午饭。

在一棵菠萝蜜树下，两个男人在杀鸡杀鹅，边上一群鸡鸭来来回回围观，仿佛与它们毫无关系。两只土狗一大一小，来回摆尾。我今天要做的就是等着大吃一顿。

传习所的女管家找来一兜本地杧果，甜中带酸，我吃了一个。跑到屋后，看他们支起三张圆桌，准备吃饭。边上两棵椰子树之间挂着吊床。一个汉子用绑着钩子的长竹竿伸到树梢，把椰子直接从枝头扯下来。“咣”的一声，椰子掉了，又钩一个。我第一次看到这么摘椰子的。看到我要拍他，汉子说：“我是黎族第一帅锅。”可能是说得太开心了，这个椰子怎么钩也钩不下来。

旁边的女人、男人看着笑了。他们切开一个椰子给我喝，和路边卖的差不多，要是冰过就好了。我看到他钩椰子的样子，想起在博物馆看到的一张当地人在树冠之间清除藤蔓，让阳光照到地表作物的照片，和我翻译的《伊隆戈人的猎头》的封面是一样一样的。

我的身体不容等待

这个春天，三月底，我第一次到海南，两个月后又去了一次。在这之前，中国只剩下两个岛屿我没有到过了。这一点我很骄傲。去年我还去了一趟新西兰，第一次出国。

海南我既不特别期待，也没有特别期待，因为海南太小，没有留下太多人类迁移的痕迹。当然，这只是我早先以为。后来我才发现，海南岛的通用语言，是一种闽南话的变异。海南的语言，居然不是与它最相近的广东话，这是很奇怪的。但我后来又想，前往泰国去当国王的中国人，既不是陆地上最近的云南人，也不是海洋上最近的广东人，同样也是福建人。这一点就让我们想明白一个道理，环绕南中国海有一个迁移的循环圈，这个圈大概以闽南与海南之间为最小半径，闽南与泰国为最大半径。这是我后来领悟到的。

第一次出发前，我特意买了《黎族三峒调查》和《失落的文明》两本书，但我还搞不清各种黎族分支，直到现在还是搞不清。至少在我现在看来，这些差异本身的意义并不很大（或者我还没能意识到差异本身的意义）。不过这两本书的质量都还不错，前一本是日本占领海南时期日本调查者在当地的调查，日本调查者特意强调当地没有阶级对立，没有地主和佃户之间的矛盾，没有母系制残留。看到这里，我发出人类学家才能理解的会心一笑。后一本是同济社会学家史图博的《海南岛行纪》的重访记录（史图博还是《浙江景宁敕木山畲民调查记》的作者，几年以后，我也去爬了一次敕木山），重走穿越海岛的旅程甚为详细。

我第一次去的时候先到了海口，我没有特别的计划，只打算地毯式搜查一下做个环岛游。出发时乘坐的飞机最不给力，遇到浦东天气问题，原本七点起飞，却延迟到了夜里一点，还从浦东被拉到了虹桥。深更半夜到了美兰机场，打了黑车去预约的酒店住下，第一天就感觉三月末海南岛的热与空旷。

本想从东部，一站站从文昌开始旅行，但时间紧迫，仅仅逛了海南大学和省博物馆后，就匆匆坐了动车到了三亚。后来我才知道海南大学有一个博物馆不错，可惜两次都没看成。

所以确切地说，我的第一次海南之行是从三亚开始的。

三亚有不错的沙滩、三亚河河口有红树林，以前在深圳福田也远远瞥过一眼，没在三亚看得真切。三亚海鲜便宜，杧果可口，巨大的杧果，把各种品种吃遍，也不嫌饱。自然熟的紫心火龙果同样很甜糯，没想到当地的菠萝蜜和榴莲却一点都不好吃，还没上海的熟，看来好货都外销了。从住的地方走几步就到海滩，渴了就买七八块钱一个的椰子，可以喝上半天。热带的生活真是惬意。

我是抱了这些美好的记忆开始我的第二次海南之行的。我对第二次还有一些踌躇，因为我第一次去完回来后做了一个手术，切除了腰上的一个肉疣，这是一个门诊小手术。术后肉疣组织活检的结果却让我有些不安，报告显示：经上海肿瘤协会上会分析，不排除原位癌变可能。手术大夫需要我再做一个扩大切除的二次手术，切掉原伤口周围半径五厘米的皮肤组织。副主刀医生还建议我准备植皮。

唯一让我心宽的是，我在之前写作了三年的一本著作终于结稿，交给了中华书局。这让我有了一种身后事有了交代的洒脱感。不过二次手术被我往后拖延到出差归来再进行，这种洒脱让主刀大夫也有些吃惊。

我心中对自己的身体还有几分自信，不想会有什么恶化，不想为这些改变行程，也便安排了第二次去海南的行程。可想到回来后等待我的事情，心中又不免蒙上愁云。有了一种想在热带天堂醉生梦死的幻想。

黎族阿姨把我灌醉了

活儿干到中午，天已经很热了。饭桌摆好，我们吃饭去了。刚杀的鸡和鹅摆在桌上，还有海鲜、蔬菜。我们和当地博物馆、摄制组合了一桌。吃了饭，刚才为我们张罗展示织锦的大姐、大妈开始敬酒。

有人问当地如何尊称女性，大姐说，都叫“阿姨”。阿姨提着一个看起来容量有一点五升的塑料小桶就来敬酒，酒桶里漂着一个小瓢。当地博物馆的馆长说：“我们黎族敬酒要先敬一圈。”我才知道他也是黎族，心里想着，嘴上脱口而出，馆长反问：“你看我不像黎族吗？”口气并不为忤，似乎还有几分得意。

书记大声吆喝，指挥“阿姨”倒酒。我心里初时略有些不太乐意。从上午拍摄开始，我就不太喜欢他这样颐指气使。可他说着别人不懂敬酒时，自己唱起一支“黎歌”，并说：

“我虽然不是这里的黎族，但我们唱歌都通，黎族唱歌没有固定的歌词，都是即兴唱来。”随着他高唱低吟，几位阿姨也附和作答。在我知道他也是黎族的一刻，刚才的反感就全部散开。我虽然不喜欢他作践乡人的派头，但他既然并非外来者的代表，那么他的“同胞”身份便消解了这种对立感。后来我反思自己的这种思想变化，其实也是所谓“学术左派”们那种“只有女人才能谈女权，只有黑人才能谈黑人受到的压迫”的意识形态的一个弱化版本。女人欺负女人，黑人欺负黑人，就不是欺负？不存在的。其实不论是否同胞，仗势欺人总惹人厌。

本地的糯米酒其实不淡，甜味难掩酒精的味道，虽是小小一杯，但架不住一杯又一杯。今天本来没我事，没有心理防线，没有压力。我便来者不拒，照单全收。书记指着边上一棵十米长的槟榔树说，前年有个东北来的干部，在这里喝醉了，就抱着那棵树，死活都拽不开。又换了一个敬酒的阿姨，又说有一个东北的客人，以为黎族酒淡，放开大喝，大醉醒来，不知身在何处，以为只过半日，一问方知已醉三日。

这个段子是我喝醉前记得的最后一段话了。我还记得在这之前，桌上十多个人都一个个离席，说是去上厕所，一个个走了就不见再来。轮到书记也去抱树了，桌边就只剩我和摄制组的制片和一个阿姨了。

我印象中还是我先离席了，扔下了制片和阿姨。径直去里屋找了张长的木头扶手椅，横卧在上边。好像还听到歌声时远时近。

长椅睡得不舒服，睡熟了一半，翻身，侧卧，胃里翻滚，刚才喝的甜酒、吃的鸡鹅全都从我的嘴里喷出来了。仗着喝醉，一动不动，尽情地吐着，最后与其说是反胃，不如说是顺着嘴角不住流淌。我感觉胃液还没发酸，吐出来的还是甜的，我正是侧卧着吐的，感觉吐了自己半张脸，带着半边的头发都是。尽情吐过，我竟起身，愣是不管吐了一地，到上午杀鸡的地方，找了个水龙头给自己洗脸。隐约听到几个大姐边笑边说，这个也吐了。看来她们都挺高兴，看我们一醉方休，一吐才说明彻底吃饱喝足了，没有戒心，故意隐藏实力。

我洗干净脸，衣服、裤子溅到的点点污迹都没工夫管了，我跟帮我打扫的“阿姨”说了声不好意思，又找了张铺在地上的竹席，双腿一伸，又睡过去了，什么都不管了。

临到拍完要走的时候，我才被叫醒，还迷迷糊糊，知道我们来的所有人都喝吐了，只有我毫无心事地睡了两觉，被人视作“宾至如归”的典型。

后来我想，那个东北人喝醉三天的故事，很像南朝志怪小说中那种，遇仙后“山中方七日，世上已千年”的传说，以我当日的体验来看，仙人倒是没有，山民好客，躺倒宿醉三天还是有的。换句话说，那类山中遇仙的传说，其实可以“翻译”成另一个层面的文化遭遇事实——那些诉说山中七日的南朝樵夫，到底喝了多少杯酒呢？

黎村体验，让我的设想，又落实了一步，让我的醉生梦死，也落实了一步。

在村里看人烧陶

第一次与第二次海南行间隙，我又买了两本关于海南的书，一本是传教士萨维纳的《海南岛志》，另一本是香便文的《海南纪行》。前一本还附有黄莫京将军的《五指山问黎记》和演讲，这位二十世纪早期的留法学者对海南本地居民的看法，在今天看也是非常坦诚的，让人有一种莫名的感动。书中提到的黎族版本的“盘瓠”传说很有意思，有可能是该传说的一个早期版本。

第一次来海南看了省博物馆和民族博物馆，体验了南岛风光。回去补了一下课，萨维纳说，海南的“苗族”其实不是苗，而是瑶族。我没有什么意见，按照东亚大陆太平洋板块逆时针迁移的原则，瑶族，而不是苗族确实更适合进入海南，因为苗族更偏向印度洋板块。那次，我在五指山看了一场“三月三”的晚会，在“美食节”街头吃了一节竹筒饭、十块钱烤鱿鱼，还是很饿，后来吃了碗麻辣烫煮面，又吃了一个西瓜才结束了这天。

接着第二天要去白沙和昌江，我到白沙赶上一场瓢泼大雨，感觉来了台风，但三小时之后又好像什么都没发生一样。在白沙的第二天我一大早去了九架岭，联系了泥片制陶的老人，奔去车站买了张到昌江的票，打三轮回到宾馆，整理、退房，又打车去车站，没超过半小时。两个小时后，下午一点我就赶到昌江了。一路上匆匆忙忙。提一句，白沙一辆四个轮子的出租车都没有，后来我才听说海南有“一穷二白”的说法，“一穷”是琼中，“二白”就是这里。

我在白沙的九架岭什吾村里的时候，除了找到做陶器的老太太，还碰巧遇到村里人在做一件奇怪的事情。早上坐班车到村口，一路沿着水泥路往村里走，为了节约时间，还背着要送给局长的图册，打算从村里回来时直接去他办公室。但在走水泥路的时候我就在恨这个主意，书至少有五斤，而且我不知道这条路要走多远。这个地方挺好的，早上太阳还没完全升起来，路边是稻田和槟榔树。遇到几个骑摩托车出来种田的农民，都遥指深山，说路走到头就到了。

后来我就走到头了，估计走了二十分钟。村口有两只很大的灰鹅，一个扛锄头的老太太赶着鹅。村子很“短”，走到头就没了。我又折回来，看到一户人家门前站着一男一女，我就走过去问。海南人的普通话比我想象的好多了，比我去过的大多数北方乡村里的普通话都好懂，西北方言使用者觉得自己说的别人能听懂，就说得非常快，可我往往听不懂。海南人说普通话都很谦虚，怕别人听不懂，就说得慢些，我都听懂了。我说名字，对方没听懂，给他看我写下来的名字，他就明白了。他带我走到村尾，到一个老太太家指给我看。

我请他做翻译，他说是老太太的侄子，我就说了来意，问老人还做不做陶器。老人说还做，从地上拿起一个给我看，说是以前做的。我看了一下，这是一个蒸酒器。我说，这还挺好的，大概过两个月再来找她，专门来拍她，老太太说，好。她的气色和气质都还不错，我问他侄子，到时候来找谁联系，他说找生产队长。生产队长是谁？是她儿子。她儿子呢？侄子给我指了一下，在那儿蹲着呢。

我这才注意到屋子外面围着五六个男人，一个男人卷了一坨纸，点着了不停对着吹气。我跑上去把要拍摄的事情向他又说了一遍，还说了拍摄给津贴补助的事情。他说好的，你到时来就好了，现在请你让开，他普通话说得挺好的。我就闪一边了，因为别人也闪了。他打开一个箱子，抽出一页蜂箱页，密密麻麻爬着无数只蜜蜂，又有好多受惊的蜜蜂飞了出来。一只直朝我扑过来，我左闪右闪，围观的人都笑我。侄子叫我躲远点，不碍事。队长把烟凑近蜜蜂，蜜蜂慢慢爬开。不知道是被蜜蜂围攻还是被烟熏到，他眼睛有点睁不开了。另有一人去帮他拿住蜂箱页，给了他一个电焊工人常使用的透明面具和一把刀。他就把带着蜂巢的蜂蜜一刀刀切下来。侄子说，这是天然蜂蜜。队长边切边把掉下来的放嘴里尝尝，还不时赶赶蜜蜂，看得我口水都流了下来。但他们没请我尝。

虽然我挺喜欢看的，但想到还要去找局长就没看完割蜂蜜，逮空又和队长确认，他说我下回到的时候，他应该会在外面打工，但会安排村里做好准备的，希望到时不要下雨（泥太湿就做不好了）。我留了他的电话，就去村外头的公路上等车了。我在村里待了可能不到一个小时，他们也会对我这个突然的访客感到奇怪。两个月后我会再去吗？我也不太清楚。

说实话，这太不像田野考察了，但这就是我的工作。我更希望能安安心心看他把蜂蜜割完，看看都是哪些人分了他的蜜糖，他的堂兄弟，他的母亲，还有谁？我还挺关心他打工的情况的，是去三亚，还是去其他地方？干的什么工作？去多久呢？妻子去吗？赚到现金会用来干吗？还有我后来知道的，他们过去用做好的陶罐去和其他黎峒换米，一个缸子换一缸米，我很想了解这些事情，看样子，他们对我还挺欢迎的。但我的工作让我待不了这么久，真可惜。

以上，就是我这晚上在昌江的宾馆的思考，第二天我就去看了“船型屋”——一种古老的连排屋子，类似印尼达雅克人的“长屋”，这是后话。

我拍到了树皮衣

我第二次去海南时，多了一个项目。同事联系到昌江博物馆，说是可以拍树皮衣了。原本，说是无法拍摄树皮衣，因为制作树皮衣要用到桑科植物“见血封喉”树的树皮，这种二级保护树种不允许砍伐，所以不能做衣服了。我压根就没考虑拍树皮衣，就去了儋州的植物园找了一棵“见血封喉”树看了一眼，这树可以长到很高，可能有三层楼，十几米。树汁含一种具有凝血成分的化学物质，但只要接触树汁的时候皮肤没有裸露的伤口就不会有问题。

但这次既然又联系上了树皮衣制作传承人，我就只好冲过去拍了。县文化局、博物馆的头头脑脑都说他们自己也没看过，既然我们掏钱去拍，他们就顺便跟着一起去看。车开到霸王岭山脚下一个镇上，感觉非常繁华，局长说，这里是归省林业局管的，所以建设得不错。过了镇子，车子又拐了好几个山坡，到了一个村子，下车走不远就到一户农家。一个瘦瘦不高的老人等我们，屋里还有他的太太。

老人本来穿着T恤短裤，局长要他去换了黎族藏青色的衣裤出来，我稍微皱了一下眉。老人先演示砍树，“见血封喉”说是在山里好几公里开外，他在自家院里种了一棵，只是才三年树龄，不够粗壮，只好像模像样砍了一下，然后用他已经准备好的树枝开始剥皮，刀背一边往下砸，一边拍打。不过用来剥皮的树都是已经砍倒的，看来做衣服对这种树的危害太大，不是“可持续发展”之路。

砍完树皮，我上去摸了一下，觉得虽然难免纤维的质感，但毕竟还是有可折叠拉扯的弹性，这种感觉和石棉差不多，但更柔软一些。老人剥完树皮，摘取树皮表面纤维，放水里搓好晾起来，就变成树皮布了。接着他老伴演示裁剪。因为这种演示只是为了应付我们的拍摄，所以她三两下缝个几针，拿起边上准备好的成衣，就算完成了。

两位局长兴致勃勃穿起树皮衣，还要扛上弩箭，做出一副打猎的样子，让随从多照几张相片，看来，他们也沉浸在这第一次来访的游乐情景当中。老人也兴致勃勃拿出一根树皮布料，比画给我们看，问了一下，但只需要一个比画所有人就都知道这是干吗的了：这就是一条兜裆布。老人亲自给我们演示了一下如何将它围在裆部，和下身有关的话题大家都很开心。他还拿出一双木屐穿在脚上，配齐一身行头。局长说，把这条“内裤”也捐给博物馆吧。

我想起来做完衣服，就到了要付钱征集的时候了，便把准备好的劳务费和制作费都装信封。我问老人能不能把兜裆布一起送给我们，他可能没太听明白，有些吃惊地问：衣服你们不要了？我明白他是误会了，我们又不是超人，岂是只要内裤，不要外衣的，连忙安慰他，衣服内裤我们都要，然后把这次的征集费都给了他。老人收下钱，心定多了。在摄制组的要求下，他还穿起衣服、木屐，扛上弩箭，戴上树皮帽子，留下几个镜头。

问了老人，树皮衣其实是当地过去冬天穿来过冬的衣服，其余季节不穿。衣服是上衣下裙，男女同款，没有裤子。这和清代开苗疆之前，湘黔一带的传统服饰类似。我把衣服带回家后，自己也穿了试试，确实挺热的，因为我光穿上身都费了老半天劲，热出一身汗。

弄完树皮衣我们去镇上吃饭，局长也说起东北人喝酒、东北人在海南岛的种种逸事。这让敏锐的我感觉到，东北人在海南蔚然成风，上次我从五指山市去水满乡的路上，小中巴的售票员就说着一口浓浓的东北话，在三亚打车的司机明明是河南人，也冒一口东北腔。东北人在海南，是不假的。

看到船型屋

从乐东到昌江的路上，我又到了江边乡的俄查村。上一次我是从东方市坐班车过来的，到时已经是下午两点，司机告诉我当晚已经没有回城的车了，要回去的话得第二天早上。我并不担心留在乡上，那年去贵州威宁石门坎的路上，我也留在半道的中水镇住了一晚，和一群前来监考的中学老师住了隔壁。只是这次，我没在这里看到住宿的地方。

我到俄查是不怕的，我在网上搜索船型屋的信息时，恰好发现，有一部叫《俄查》的纪录片专门介绍这里，网上的介绍写道：导演到这个村子来时，意外遇到了在这里住了半年的人类学家“六哥”。嗯，六哥是我已经认识十年的本科师兄，现在回本科学校教书去了。

我在来的路上只是觉得有可能回不去了，但问下来的情况是，我真回不去了。

乡政府所在地不大，不管怎样，我打算直接去村里好了。在乡政府对面，我看到一个不错的厕所，我估摸着还要走一段路，就先去上个厕所。进去之后发现全是蹲位，但很干净。我想村里的厕所嘛，已经不错了。等我洗好手出来，一个小伙子愣愣地看我，我意识到什么，回头看了一眼，原来我错上了女厕所。反正村里没人认识我，赶快脚底抹油溜走。

我问了两次人，才沿着主路走到了入村的水泥路，路口摆摊聊天的人告诉我，沿着小路走十五分钟就到村里了。我背着所有的行李开始了在烈日底下的跋涉，这个时候我下决心要换一个更小的笔记本电脑，第二次去海南的时候我已经换成了平板。走了一会儿远远看到一个村子，房子很整齐，被一排田地隔开了，我没冒险从田里走，谁知道田间的小路会让我拐到哪儿去。

最后走到村里，一排排整齐的砖房新村，只在家门口还有几间小房子是茅屋，用来堆放杂物。我倒不觉得失落，散养的猪到处跑，大猪带着小猪，午后的阳光下人都在屋里，只有我一个冒冒失失的人类学家在村里转悠。我还想和人聊聊，可我既不知道晚上住哪儿，也没想出来和人聊什么，除了一个脸上、脖子上还保留纹身的老奶奶和我说了几句我没听懂的话。在村里转了半个小时，我就走了——照了几张相。

在村口我的相机套掉到一个泥水坑里了。捡起来甩甩干。拖着疲惫的身子沿着原路返回，这时是下午三点十分，用地图和手机查了一下这里距离乐东四十公里，距离我中午过来的东方市还远一点，我到底住哪儿呢？我甚至产生了步行四十公里走回去的想法。我走到大路边，站在椰子树下，边上是一个小卖部。望着这条几乎没有什么大车经过，只有一两辆摩托车偶尔驶过的乡间公路，我盘算着，这个不上不下的时间点，我到底要走还是留。

十分钟之后，居然有一辆出租车经过，我伸手，招停，司机让我上去。他说是去前边的大坝接人，可以带我一段，我喜出望外。我来的时候记得，经过大坝那边要多一些人烟，关键是离城近多了，想着再过两天要从海口回去，我还不想就在这乡上看一晚上星空——再次暴露了人类学家对现代生活的依赖。司机挺好，也不趁机宰我，到了大坝，他说是要接人，顺便带我，就收了我三十块，让我找车自己回去，或者如果我愿意等，他一个小时后接了人出来还经过这里，再捎上我。我说好。

我就在坝上看风景。这时我想起了六哥的电话，我刚在村里给他发了微信，他没收到，现在电话来了，说他在俄查村里待了八个月，在白查村又待了六个月，今年过年时还来过。他自豪地说：“那就是我的村子，如果你住那儿，我可以叫他们杀猪招待你。”我相信他说的是真的，但我已经离开了。他说在新村后面有一个老村子，都是船型屋，就是没人住了，我没看到，挺后悔的。

我等了一个小时，司机真的回来了，载了两个老人，还捎上我，回了东方市，在城边把我放下来，我非常感谢他，又收了我三十元。

两个月后，我第二次来俄查，看到了被人遗弃的老村子，还去了白查村，我庆幸当时没走到白查，因为从路口进来几乎要爬一个很高的坡，是俄查的三倍远。白查村挺好，据说是政府付钱修缮，让人还住在里边，外面挂着牌子：黎族传统村落。

最后，我收集了一个励志的故事

第二次海南之行的终点是白沙，这里的一个黎族妇女带我们拍了双面绣。我们忙碌了一个上午，她带我们去找染料、砍树皮，垒灶、染线，最后回到县城一起吃饭，然后她给我们讲了关于她的故事。

三十岁末尾的时候，老公去世，留下一个要读书的女儿，她也遇到下岗，就像所有悲伤故事的开头一样。无事可做又需要带女儿的她去北京旅游，她在长城脚下时，身上的刺绣被两个老外发现，老外对那与众不同的图案好奇不已，甚至买走了她随身带着的绣品。她绣的是黎族纹饰中常见的“人”形图案，我觉得类似蛙纹，她们称之为“大力神”。

回家之后，她对被自己当作游戏的刺绣有了新的感悟。

童年时奶奶曾让她勤于练习却被自己荒疏的绣工，让她找到了丧夫后排遣寂寞的方式。她开始找其他老人重新学习技艺。后来，一位来黎乡采风的某位美术老师发现了她的技能，此后，她给来访写生的美术学生充当“画中人”，学生们也口耳相传她的工艺。

她说，最难的是靠记忆重建失传的“双面绣”技法，她甚至梦见去世的奶奶在梦里教她针法——我把这归结为对自身合法性的强调和儿时记忆的重现——最后，她被申报为黎族双面绣的传人。这让她有能力独自抚养女儿，给自己更好生活。现在她已经有了累计二百多位学生，她说明天不能再陪我们，因为要去其他地方给学生们授课。这解释了她对我们非常热情的原因，毫无疑问，她更愿意依靠外界的力量给她提供援助。

像所有的励志故事一样，她的事迹有一个happy ending，女儿长大，她也有荣誉和事业。我当时挺喜欢这个与众不同的故事的，“主体能动性”在这个故事中充分体现了出来。虽然这不是一个非常典型的案例，但同样通过主人公积极应对机遇，从而给自己创造机会的表现，提供了一个主动，而非被动参与文化变迁的个体的形象。（后来我在黔东南苗族的村寨听到了一个关于破线绣的传承的类似故事，就对此类故事的类型学产生了怀疑。）

我还记得我第一次到海南民族博物馆的时候，专门记下了一则民间故事（兄弟分家故事类型）。故事中的很多篇幅是关于两兄弟的善恶对比，最后善良的一个得到神仙宝物，过上富裕的生活。在这些宝物中，我印象最深的就是“烟叶”，非常有趣，这个故事实际说的是，当烟叶种植引入海南时，有些人群率先种植，并因此致富。看来，在任何时代，机会总是留给积极进取，勇于参与变迁的人们。

我又离开了海南，不知何时归来

我第二次离开海南了，我想这一次我可能要隔很久才会再来了。离开前我第二次到俄查，我也给六哥发了微信，他也过了好几个小时才回电，他说去医院看腰椎间盘的问题了。我吐槽他不做田野调查久矣。他的硕士论文写的是彝族，博士论文写了黎族，最后回到西北。虽然隔得很远，但这种联系靠人类学维系下来了。

我第一次去海南的时候本来打算从陆路走，经广西到徐闻渡海去海南，因为女博士老姐邀我重返瑶山去看十三年一遇的“渡戒”。但最后我没去成，因为在赶《四夷居中国》的最后部分。女博士老姐也没去，她在忙论文和毕业，我们约好以后去恭城之外的其他瑶山看渡戒。后来，听说她要去华中师大那个农村研究中心了。她还记得，我说过要一起组一个人类学系的事情。这事儿我一直记着。

在离开的飞机上，我终于看到海了。这次到海南我们竟一次都没看到大海，都是在山里穿梭，这真是有趣的遭遇——身在海南不看海。在飞机上，我看琼州海峡，这时天正好，四十公里的琼州海峡居然能同时望见两岸，当然这和飞机本身的高度也有关。

我还记得第一次海南之旅的最后一天，我从秀英码头渡海去广东徐闻的海安。去时还好，因为是上午，我感觉海水从绿色到蓝色，又深蓝，再到绿色的过渡，感受波浪和海风，体验古人渡海前往海南的感受。

让我记忆深刻的是我的归途，到了海安之后，我遇到了清明小长假的最后一日。我先在码头售票点，和数百人一起排队买票，整整两个半小时，终于买了一张回海口的船票。又在船上颠簸，不料船行驶了一半，因为码头泊位不足，它竟然直接在海峡中央抛锚，等着重新起锚。那时已经是傍晚，天黑了下来，海中央下起了大雨。我没有待在船舱里，到船舷上吹风，茫茫大海，海面上只有我们的船的灯光在海上投下的一圈影子，还好，还有几只船和我们一样泊在水中央，远远的，在海雾和大雨中能看到一个灯火阑珊的轮廓。雨水打在甲板上，用密密的嘈杂声淹没了我。

还好，在原本应该两个小时的航程又增添了四个小时后，我又一次踏上了陆地，但码头同样是一场大雨等着没带伞的我。回到住处已经九点，吃了一顿猪脚饭，一条油煎的海鱼后，我又狠狠吃了两个硕大的杧果。这是我非常自豪的一点，我那些同事们因为迷信中医的“冷”“热”说辞，错过了这个荔枝、杧果和海鲜泛滥的季节，从这一点上说，我比他们幸运多了。

当然，还有一个原因，我想到回去还有一个手术在等着我，就有些什么也不顾了。

就这样，飞机又一次把我带离了这个热带岛屿，这个人类迁移路上的桃花源。而我，还要带着我的使命，继续顽强地生活。

回忆松坪沟

有一匹

小黑马

痴望着我

我也望它

我给它苹果

它给我青草

我给它弓箭

它给我青草

我给它鞍鞯

它扭头跑了

我想要

骑上它

一起飞跑

它吃青草

我吃烧烤

我到过松坪

得知四川茂县出现大面积山体垮塌，房屋被毁，一百余人被掩埋。当朋友告诉我这个消息时，我下意识地顿了下，不会是松坪沟那边吧？带着一丝侥幸心理，我上网查了一下，滑坡真的就发生在松坪沟沟口的新磨村。找当地朋友确认，是芳草海后面那个村子，进沟必经之路。

松坪沟，是全茂县除了县城外我唯一去过的地方。这一刻，她离我如此之近。

2016年，我到过茂县。那时我又开始去研究羌族文化，茂县有一座全国唯一的羌族博物馆。当时我的人类史研究已经告一段落，我终于可以用比较轻松的心情，尝试一些让我感兴趣的人类学方向，尤其是我在这几年里发展出来的，对经济、生产方面的爱好。另一方面，我确实很想看一下当年汶川地震给当地带来的影响，因为茂县就在汶川北面二十多公里的地方。

去茂县之前，我在汶川包了车去县城周边的羌寨，看看黄泥碉楼震后的修复情况。但我还想了解地震对当地人的意义。碰巧，开车的司机来自当年受灾最严重的映秀镇（这里建有汶川地震遗址博物馆），我问他地震对他们家有没有影响。他说刚震完是挺严重的，他们家没事，但几个亲戚家里都有人员变动。后来慢慢也就习惯了。

我还想再挖掘一下。他想了想说，他们家的苹果卖得比以前好了。我没听懂，请他再解释解释。

他说，汶川过去种苹果、梨子、樱桃就很好，但这里交通不方便，知道的人也少，所以一直卖不出去，价钱也高不上去。每年收了果子，只能靠本地罐头厂解决。地震以后，建了新城，搞建设把路都重新修宽了。加上全国各地来慰问、援建的人，原先不知道这个地方的，都知道汶川了。所以基建搞完，恢复经济的时候，水果出售一下子就成了最优先的方案。说也奇怪，打那以后，汶川苹果出售是一年好过一年。现在他们家里只留了一点苞谷地，剩下的菜地全改种果树了。果树管理起来还没有农田那么费事，所以又有时间到重建后的汶川新城里跑车拉客，因为现在慕名来汶川的游客也多起来了，日子也不差。

这个回答倒是出乎我意料的，我本来想多收集一些和灾害有关的案例，看看能不能写一篇灾害人类学的论文，讨论一下人们是如何防灾抗灾的。但是，我的司机朋友提供的这个这些信息，让我不知该如何下笔。

海子底下有庙子

所以，我想去同样受灾影响的茂县看一下，拜访在当地做田野调查的朋友，看看有没有帮助。不料朋友有事跑开了，但把在茂县的田野点“安利”给我：有一个叫松沟坪的地方，在当地有“小九寨”之称。不为别的，就为景色也该看看。

去茂县的路上，遇到山体滑坡，五公里的路，开了一个小时，让我顿觉蜀道之难。到了县城，又换了下乡的班车，经过两个多小时终于到了松坪沟入口。从入口进去，一个小湖，湖里长着许多芦苇，这就是芳草海。湖对面有几十户人家，边上有果园和农田。再往里走有，好几个连着的大湖，长的有百多米。我让司机到杨哥家的民宿边放我下来。

杨哥是朋友的朋友，当地人，开着一家兼营农家乐的民宿。他受朋友嘱托，要带我看沟里的风景。他开车把我从沟里又带回沟口，从芳草海开始，又一路往里，一个个海子（小湖）给我介绍。

在我一个匆匆过客眼中，每个海子大同小异，只是这个深些，那个水声大点，形状奇异一些。他带我到一个湖边，告诉我，这是“白石海”，是沟里一个大湖。我环顾四周，当时深秋时节，湖水清澈，湖边山上，树叶斑斓，映在水中，五色参差。“你看那边。”我顺着他指的方向看去。我以为他要让我看景，没想他指的是湖中央一个尖尖的物体。我之前坐班车进沟时，就注意到这个金属尖角，以为是水文测量水位的标尺。

“那是一个庙子。”他突然这么一说，让我有些猝不及防。

“寺庙？”我怕听错他的口音，确认了一下。

他说，过去水位低的时候，就能看到尖角下面是庙子的屋顶，露出水面。湖里可以划小艇，小艇划到湖中央，绳子系在尖顶上，停船下网。

我只看到一个很小的尖角，当时不很信他，就问他，庙是什么时候的。他说那就早了，是中华人民共和国成立以前，本来山沟里只有一条小河，那年发生了地震，把小河堵住，水一下子就漫上来，把庙子给淹掉了，庙子边上还有好几户人家，也淹没了。就是庙子的尖顶最高，现在还能看到，别的房子，都在水下了。岸边上有一块白石头，本来在上山，地震时滚落到山腰，后来涨水也涨到这块白石就停止了，当地人觉得很灵验。后来这个新出来的海子，也就叫白石海。

我问他当时沟里住的人有没有事，他说，听老人讲，水涨得慢，加上人们多在山上放牧，看见水涨上来，就都跑到高处，虽然房子给淹了，但人都安全了。

他说得神乎其神，不由我不信。天色晚了，回他家里吃饭。借着生火煮饭的时候，我上网查了一下，真有此事。1933年茂县叠溪地震，是中国历史上数得着的大地震，当时震级7.5级，震毁叠溪古城及附近21个羌寨，地震引起的洪水致两万多人伤亡，在叠溪上游的松坪沟形成了十多个海子，白石海就是其中之一。

打马上山

饭做好了，除了蔬菜，主菜是一大盘极肥硕的黄膘肉，几乎不见一丝瘦肉。我不擅肥肉，但客随主便一向是我出门吃饭的基本原则，于是分分钟眉头皱也不皱一下吃下几大块。杨哥看我厚道，一家人开始同我喝酒。后来，我在茂县博物馆的羌族礼俗中看到，羌族待客，黄膘肉是最诚心的礼节，好在我没有丢人。

酒过几寻，话又回到刚才看到的那个湖中的寺庙尖顶。我觉得，山区生活最大的不测，就是地震、洪水这类突如其来的灾难，要不是他提醒我，我根本想不到，就和这几十年前的地震遗迹遥遥相望。山里生活如此多艰，我问他有没有想过要搬到外面去住，不说去成都，搬去茂县城里。

杨哥的回答让我有些感慨。他说，山里生活没有想象的那么难过，有坏也有好。他劝我往好了想，就像以前这场地震，尽管很多人受灾了，但要是没有上游滑坡形成堰塞湖，也就没有沟里这几个海子，没有这点景色。我们也不会有缘碰面。这里是山区，他出生以来，有记忆的滑坡、塌方就不止一次，差不多已经习惯了，这就是山地生活的一部分。过去，他们在山上放牧，整个寨子的人都分散在东边、西边各个山头，也不太容易受灾。

不过，松坪沟现在要学九寨沟一样整体开发，就把沟里的农民、牧民向外迁移，在沟外地势较低的河谷盖新房居住，这样就能维持沟内的自然风光，向游客开放。如今，沟里原有的农牧民向外搬迁，把原来东一户西一户散居的民家集中到新村里居住，这让他们有点不习惯。他家在沟口有房，有地，也开了农家乐，周末的时候成都方向来的客人都要预约。可他还是向往以前山上放牧的生活。他不止一次劝我多住一天，第二天好有时间，跟他骑马上山去耍，到山上做饭去吃。

第二天一大早，我被屋外的哗哗不倦的溪水惊醒，起身去拍山沟里的晨景，一匹不知哪里来的黑色的马站在路中央，痴望着我。我终究没有骑马上山，因为着急赶回茂县看博物馆。我对川西震后的研究还是没有什么成果，倒是对川西山区人的生活态度，有了新的认识。

临行，杨哥送了我整整一大箱苹果，说是他家在沟口平地上种的。他说，没有汶川的苹果那么大，但绝对更脆更甜。我带回成都，分给朋友，果然。

一切都会好起来

听到新磨村塌方的消息，我马上联系了茂县的朋友，我和这个川西小九寨也有了更多的一层联系。朋友说，杨哥家里肯定有亲戚在这个村里，但好消息是，杨哥家里没事，他住的地方离沟口离还有二十多分钟路程。加上他有经验，也不碍事。只是，这几年沟口的居民增长了，滑坡发生，受灾的人也要比以前多了。

有人说，为了避免接二连三的地震、滑坡威胁，应该把川西易受灾地区的居民外迁，彻底远离自然灾害威胁。我也想过这个问题，但我不确定杨哥会不会同意这个观点。毕竟他是这片山区的主人，他有更深入的体验和更切身实际的生存经验。过去，沟里还有林场，现在为了配合旅游，林场早已撤销，植被恢复好多，留下两行深刻车辙的土路也成为游客探险的路线。我们在这里逛的时候，他告诉我，前几年还发现过野生熊猫，说的时候，杨哥的表情神秘又骄傲。

看来他们还是更喜欢自己家乡，对外界的生活看得较淡。他们比我们这些外人更清楚在这一片山区生活的风险和获得，而这一切是其他人无法替代的。

这次灾害过后，沟口的芳草海是不是还在？我不太清楚。这次滑坡会像以前那样改变松坪沟的地景吗？我也不太清楚，更不知道这对杨哥家的生计，会不会产生影响。我问朋友："慰问一下沟里的人，如果要捐什么，一起帮忙。"她伤心地回给我："人都不在了，捐了也没啥用。"

我无法安慰她。不过我相信，一切都会过去，一切都会好起来。不管遇到什么难事，时间会把失败、受挫，还有苦难，变成经验的一部分。地震后的重建，会带来新的道路。就像失败的田野经验，指引我找到正确的道路。我相信，要不了多久，杨哥还会打马上山，俯瞰重建后的山谷。

原文曾于2017年6月25日发表于《腾讯·大家》，发表时题目为《我去过茂县山体垮塌那个村》。

图书在版编目（CIP）数据

田野 / 张经纬著 . -- 天津 : 百花文艺出版社，2021.8
ISBN 978-7-5306-8073-5

Ⅰ. ①田… Ⅱ. ①张… Ⅲ. ①散文集－中国－当代
Ⅳ. ①I267

中国版本图书馆CIP数据核字（2021）第126893号

田野
TIAN YE
张经纬 著

选题策划：刘 勇　责任编辑：张 雪
特约策划：周青丰　特约编辑：丁敏翔
封面设计：微言视觉 | 苗庆东
出版发行：百花文艺出版社
地址：天津市和平区西康路35号　邮编：300051
电话传真：+86-22-23332651（发行部）
+86-22-23332656（总编部）
+86-22-23332478（邮购部）
网址：http://www.baihuawenyi.com
印刷：河北鹏润印刷有限公司
开本：889×1194毫米　1/32
字数：220千字
印张：12
版次：2021年8月第1版
印次：2021年8月第1次印刷
定价：68.00元

如有印装质量问题，请与河北鹏润印刷有限公司联系调换
地址：河北省沧州市肃宁县经济开发区宏业路1号
电话：(0317) 7587722
邮编：062350